김정환의

만남, 변화, 아름다움

김정환의

만남, 변화, 아름다움

강금실

강은일

강태형

고두심

고종석

김운경

김원우

김주영

김진석

승효상

신수정

안치운

유홍준

이광모

전인권

정진영

조지 부시

차승재

황지우

문학동네

강형철(시인, 당시 문예진흥원 사무총장)의 호의와 배려에 힘입어 진행되었던 한국문화예술위원회 강좌 금요일의 문학이야기 13회 내용을 다시 정리, 인터넷신문 프레시안에 연재했던 것이 이 책의 주요 내용이다. 직접 강좌에 참석하여 들어주고 질문해준 수강생들이 고맙고, 강좌 덕분에 좋은 인연들 만나 같이 이야기하면서 나는 내내 행복하였다.

| 차례 |

온몸으로, 영화 속으로, 그리고 신화 속으로

영화배우 정진영

동숭동 마로니에공원은 을씨년스럽다. 마당에 번듯한 공연이 있는 날도, 화창한 봄날의 대낮 풍경도 을씨년스럽다. 마음에 간직된, 생애 찬란했던 젊은 날 교정의 기억이 마로니에공원을 볼 때마다 여지없이 짓밟힌다. 세상은 화려해졌고 나는 세상이 화려해지는 것을 일단 긍정하는 쪽이다. 대학 사학년 때 들어선, 주변과 너무 달라 심심찮게 돌팔매질을 당했던, 유리창이 너무 많고 건물 각도가 너무 쭈뼛쭈뼛했던 '오감도' 건물은 아예 없어졌는지 찾아보기 힘들고, 나무계단의 '역사' 만큼이나 '장소'가 분명한 학림다방도 택시 타고 잠깐 한눈팔면 한참을 지나쳐 혜화동로터리에 이르러서야 아차 싶을 정도로 동숭동 대학로는 화려해졌지만, 그 모든 것을 나는 긍정한다. 더군다나 사람들의 행진이 아니라 건물들의 풍경이라면, 누추함끼리 어깨를 겯은 평화보다야 화려함과 짓밟힘의 공존이 더 역사적이고 진보적이고 미학적인 까닭이다. 하지만, 마로니에공원으로 들어서면 그런 생각은 온데간데없고 문예진흥원 산하 그 모든 붉은 벽돌 건물의 예술적 권위조차 을씨년스러워 보인다. 역시 '지금도 마로니에는' 보다는 '캠퍼스 잔디 위에 또다시 황금 물결' 이 명곡이다.

근데 왜 오늘따라 이런 생각이 유독? ……그래. 정진영을 만나러, 아니 정진영과 대담하러 가는 길이로구나. 맞아. 하지만, 그도 '울대' (국문과) 출신이지만, 관악산 세대라 이런 기분은 안 들겠지…… 요즘에야 '울대' 라는 게 길게 말하면 욕 얻어먹기 십상인, 사회적 지탄의 대상인 학력으로 전락했지만, 그나 나나 '울대 출신' 이라고 욕먹기에는 좀 억울하다. 주간이 아니라 야간을 다녔기 때문이다. 대개 성공한 관료나 대기업 임원 등 엄숙한 부류를 '주간', 딴따라 등 놀기 좋아하는 부류를 '야간' 으로 분류한다. '울대' 주간은 정계 재계를 주름잡고 있지만, 야간은 딴따라계에서 아직 명함을 내밀 처지가 못 된다. 정진영은, 물론 배우이고, 물론 배우답게 잘생겼지만, 눈매가 부리부리하고 얼굴 상단이 미남인 채로 우락부락할 듯하다가 하관이 빨아지면서 상큼하고 부드러운 미소가 묻어나는, 그러면서도 다른 한편으로, 수염 한 자락 없이도 털보 같은, 배우답지 않게 복잡한 인상이다. 목소리도 굵직한 듯하다가 결국 여려지고, 다정다감해지고, 급기야 사분사분해진다. 자근자근 씹는 법은 결코 없다(문성근의 〈그것이 알고 싶다〉가 깐깐하고 이지적인 탐문수사조라면, 정진영의 그것은 다소 수줍은, 촉촉한 종합정리조다). 복장은 '캐주얼'을 넘어선 적이 없다. 하긴 요즘 '애들' 복장이 워낙 신기묘산이라 영화배우라도 웬만해서는 눈에 띄기 힘들 정도지만.

1987년 정진영을 처음 만났을 때 그는 대학을 졸업하고 연극, 문학, 미술, 무용에 풍물까지, 온갖 장르별로 구성된 예술운동단체의 연극분과 소속이었다. 나는 시인이었다. 그때 연극운동을 주도한 것은 극단 '연우무대'였다. 소시민 혹은 주변부 삶, 혹은 통일 문제를 주로 다룬 '연우무대' 작품들은 좋았다. 정진영이 소속한 극단 '한강'은 주로 노동자 문제를 다루었고, 그가 출연한 작품 〈대결〉은 나를 울렸다. 〈대결〉은 나를 울린 최초이자 마지막 '노동자연극'이 되었다. 그때 이후 나를 분노케 하거나 슬프게 한 '노동자연극'은 많았지만, '울렸던' 작품은 없다. 예술로 감당하기에는 너무 엄청나고 너무 가까운 노동운동 '사건'들이 잇달아 터져서 그랬고, 노동자연극운동이 '프로'보다는 '아마'를 거의 의식적으로 지향했기 때문에 그러지 않았을까 싶다. 문소리는 어디 출신인가? ……문소리도 '한강' 출신일걸요? ……그랬나? 그럼 문소리를 초대할걸 그랬네…… 어쨌거나, 정진영이 연극을 떠나 영화판으로 뛰어든 것은 노동자연극의 아마추어리즘에 한계를 느꼈기 때문 아닐까? 그러나, 그의 고민은 한층 더 진지하고 넓고 깊었다. 극단 '한강'에서 파업 현장을 다니며 공연을 하던 때는 그에게 굉장히 기운이 나고 즐거운 시간이었다. 하지만 동구권 사회주의 몰락의 충격이 운동권을 크게 흔들었고 그도 크게 흔들렸다. 어느 날 지하 한마당극장에 공연을 하러 들어가는데 문득 어떤 깨달음이 그의 뇌리를 스친다. 내가 세상을 잘못 보고 있구나…… 이것은 흔히 말하는 전향과 다르다. 그는 한참 동안 연극활동을 중단했고, 이창동 감독 영화 〈초록물고기〉 연출부 막내로 일하다가, 주인공 한석규의 형(트럭운전사)을 맡기로 한 배우가 개런티 문제 때문에 출연을 거부하자 '우연히' 그 역을 대신 맡게 되었다. 그럼 네가 해라. 어차피 매일 나와야 하니까…… 이창동은 그렇게 말했다지만, 그 '어차피'가 진심일 리는 없다. 이창동은 가끔 답답하지만, 치밀하고 꼬장꼬장하고 배우를 보는 눈이 무척 밝은 감독이다. 그때까지 정진영의 영화 출연 경력은 세 편인데, 1991년 데뷔작 〈닫힌 교문을 열며〉는 극장 상영용이 아니라 순회공연용이었으므로 연극과 별반 다르지 않았고, 가는 곳마다 환영을 받았지만, 연기력보다는 운동성을 더 많이 요구한 작품이었다. 1994년 출연작 〈로자를 위하여〉는 독일 사회주의 여성운동가 로자 룩셈부르크를 다룬 단편영화였고, 1995년 출연작 〈테러리스트〉는, 그의 말을 빌리자면, '정진영이 보이지 않는다'. 그랬지만, 이창동은 정진영의 '배우 기질'을 '제대로' 알아본 것이었다. 그렇다면, 우연은 필연이 되고, 대역은 역사가 된다. 첼로연주자였던 토스카니니는 지휘자의 급작스런 사고를 맞아 악보암기 능력이 뛰어나다는 이유로 지휘자 대역으로 등장, 20세기의 가장 위대한 지휘자 중 하나로 남았다. 칼라스는 살인적인 다이어트를 감행해야 할 정도로 뚱뚱한, 무명의 소프라노였지만, 역시 대역으로 화려하게 등장, 사람들이 그녀 몸무게를 전혀 인식하지 못할 정도의 절창을 뽐냈고, 끝내 20세기의 미녀-마녀 디바로 남았다. 아니 먼 데 갈 것도 없이, 문소리는

〈바람난 가족〉에 김혜수 대역으로 출연, 오락영화에서도 국민배우 자리를 굳혔다. 송강호 또한 〈초록물고기〉의 단 한 장면, 보스의 명령에 어영부영 반발하며 어정쩡하게 오징어를 씹다가 보스에게 얻어터지는 그 단 한 장면을 놓쳤다면, 장안의 화제를 몰며 중고등학생들이 녹음을 하여 듣고 또 듣던 〈넘버 3〉의 무지막지한 '어버버 대사' 를 챙길 수 없었을지 모른다. 어쨌거나, 〈초록물고기〉는 아직, 정진영에게 '우연' 처럼 보였다. 고등학교 때 그의 꿈은 영화감독이었고, 그의 배역에 송강호급 계기가 없었고, 무엇보다 그는 여전히 꿈이 영화감독이었다. 나한테는 연출부 일이 더 중요한데…… 이러다간 죽도 밥도 안 되지. …… 하지만, 〈초록물고기〉는 그에게 많은 것을 가르쳤다. 사회 경험이 전혀 없던 그가 보다 넓은 영화 세상과 영화제작 상황을 접하게 되었고, 무엇보다, 그런 와중 직접 쓰던 시나리오를 읽다가 보다 본질적인 깨달음이 온다. 내가 세상을 전혀 사랑하지 않는구나. 충무로 영화감독을 하겠다는 것은 운동권 연극과 달리 뜻이 맞고 제한된 관객이 아니라 일상적으로 웃고 우는, 즐거워하고 괴로워하는 보통사람들에게 보여줄 영화를 만들고 그들에게, 그들과 얘기하겠다는 건데, 내가 세상일과 세상사람들 삶과 아픔에 대해 조금도 관심이 없고 심지어 사랑하지도 않고 있구나…… 이 깨달음은 커다란 충격으로 다가왔다. 하지만, 영화는 계속 '죽도 밥도 안 되고', 젊은 날 청춘의 시련을 결혼으로 갈무리하고, 아이가 생겼을 때 집에 쌀이 떨어졌다. 그는 다시 연극배우로 나섰고 한 두어 달 공연을 했는데 손님이 거의 안 들었으므로 연극은 망했지만, 그는 거금(?) 백십만원을 받았고, 그것보다, 연기를 즐거워하는 자신을 발견했다. (자신의) 가난이 (세상의) 아픔을 사랑하게 만들었을 것이다. 그리고, 이쯤 되었는데도, 행운이 안 찾아온다면, 운명이란 창녀에 불과하다. 그리고, 창녀 소리를 듣기 싫었는지, 행운이 찾아왔는데, 그것이 김유진 감독의 영화 〈약속〉이었다. 서로 사랑하고 연애하는 조폭 두목 박신양과 여의사 전도연의 소름끼치도록 자연스러운 연기 사이, 그의 '의리파' 연기는 아직 개성파 배우 틀을 완전히 벗지는 못했지만, 둘 사이를 충분히 조절한다. 이것은 그가 확실한 '조연급'에 안착했다는 뜻이다. 과연 그는 〈약속〉으로 1998년 청룡영화제와 1999년 대종상영화제 남우조연상을 거머쥐었다.

상업영화는 대중에게 위로가 되면 족하다. 두 시간 동안 대중이 즐길 수 있으면 족하다. 비디오를 보면 FF라 해서 2배속, 4배속, 혹은 8배속으로 돌리는 기능이 있다. 예술이 현실을 그대로 모사하는 것은 아니고, 리얼리즘도 현실을 반영하는 정신으로, 그냥 베끼는 게 아니라 어떤 입장으로 그걸 다시 펼치는 것이라 본다. 굳이 분류하기가 좀 그렇지만, 예술영화란 8배속 혹은 16배속인데, 그래서 보통 관객들은 이해하기가 힘든 법인데, 나는 예술영화도 하고 싶지만, 어쨌건 대중영화 혹은 상업영화는 최소한 2배속 혹은 4배속 정도로 관객의 정신을 고양해야 한다고 본다…… '요즘 상업영화'에 대한 그의 생각 첫 대목은 그저 그렇지만, 이어지는 비유는 의미심장하다. 옛날에 연극을 할 때는 영화니 연극이니 하는 것이 사람을 치유하는 '약'이라고 생각했지만, 상업영화를 하면서,

내가 하는 것은 이제 '술' 이라고 생각하게 됐다. 술은 안 먹는 사람도 있고 좋아하는 사람도 있고, 좋은 술과 나쁜 술이 있다. 이왕이면 좋은 술을 만들자. 요즈음은, 특히 스크린쿼터 공부를 하면서 생각이 바뀌고 있다. 이제 내가 하는 영화나 연극은 차(茶)가 되었으면 좋겠다. ……하지만 2배속 혹은 4배속으로 대중의 정신을 고양하는 것은 '예술영화' 를 만드는 일보다 훨씬 더 힘들다. 그의 '술의 영화' 는 대체로 코미디영화에서 두드러지게 성공적이었다. 장진 감독 영화 〈킬러들의 수다〉(2001), 박철관 감독 작품 〈달마야 놀자〉(2001), 이준익 감독 작품 〈황산벌〉(2003), 육상효 감독 작품 〈달마야, 서울가자〉(2004)는, 숱한 조폭코미디영화의 일부가 아니라, 조폭코미디의 홍수 속에서 엉뚱함과 재치, 난데없음과 절절함, (성과 욕의) 적나라함과 앙증맞음을 겹치는 대사, 과감한 생략, 절묘하게 양식화한 연기력으로 조폭코미디 장르를 전혀 한국적인 코믹 판타지 장르로 격상시킨 수작들이고(그것은 〈조폭마누라〉도 〈가문의 영광〉도 그렇다), 이 영화들 속에서 정진영은 안면 근육을 약간씩만 풀어주는, 자연스러워도 코믹하고 조금 어긋나면 더 코믹한, 그리고 재빨리 자연스러움을 회복하면 더 코믹한, 어떤 '고요=코믹' 의 경지를 보여주면서, 주연급으로 부상하게 된다. 그가 말하는, 하고 싶은 '차의 영화' 는 물론 휴먼드라마다. 영화를 하면서 오히려 영화를 배우는 편이다. 솔직히 난 아직도 내 연기가 불만스럽다…… 그럴 것이다. 이십오 년을 글만 써댄 나도 내 글이 불만스러운데…… 평생 마음에 안 들 수도 있을 것 같아요…… 그는 김유진 감독 영화 〈와일드 카드〉(2003)를 찍을 때

양동근의 연기력에 매우 놀란 듯했다. 그럴 것이다. 양동근이야 장안의 화제가 되었던 김운경 일일드라마 〈서울뚝배기〉 시절 이미 의뭉한 아역으로 양아치 역의 전설 주현과 맞짱뜨던 강자다.

예술 '행위'는, 가상현실보다 더욱, 다른 삶을, 죽음을 경험케 한다. 글쓰기 행위가 정신적 가상현실을 경험케 한다면, 연기예술은 육체적 가상현실을 경험케 한다. 영화는 어떤가? 제작은 영화를 닮지만, 상영은 소설을 닮았다. 문학을 하다 연극으로 전환한 배우가 영화를 찍고, 다시 그 영화 화면을 멀찌감치 떨어져서 감상할 때, 그는 도대체 몇 단계의 죽음을 겪는 것일까? 정진영의 남다른 생애와 남다른 예술 이력과 남다른 외모를 생각하면서, 그리고 〈그것이 알고 싶다〉 진행 경험까지 생각하면서 나는 약 삼천 년 전, 상이집트와 하이집트가 합쳐질 때 생긴 이집트신화지만, 그 복잡하고 정교한, 온갖 신화를 집대성하고 맥락을 찾아준 그리스신화를 포함한 모든 신화에서 유독 '최초의 단편소설'로 평가받는 '두 형제 이야기'의 주인공 바타를 떠올렸다.

자칼의 신 아누비스와 암소의 신 바타는 형제지간으로, 동생 바타는 힘이 매우 세고 동물의 말을 알아들었다. 아누비스 아내가 시동생 바타를 유혹하다 거절당하자 오히려 시동생이 자기를 욕보이려 했다며 남편에게 거짓 고한다. 아누비스가 화를 참지 못하고 창으로 동생을 찔러 죽이려 하자 바타는 태양신 아톤에게 도움을 청하고, 아톤은 두 형제 사이 악어가 우글거리는 강을 놓아주는데, 강 한쪽에서 동생 바타가 결백을 주장하며 자신의 남근을 잘라버리자 진실을 깨달은 아누비스가 아내를 죽인다. 바타는 아카시아 골짜기로 가서 나무 꼭대기에 심장을 감추고 집을 짓고 혼자 살았다. 어느 날 바타를 찾은 아홉 신들은 그가 홀몸인 것이 가여워 아내를 구해주는데, 거룩하게 느껴질 정도로 아름답지만, 정욕에 불타는 여인이었다. 신들이 예언한다. 그녀는 칼을 맞고 죽을 것이다…… 바타는 아내가 너무 마음에 들어 애지중지했다. 내가 사냥 나간 동안에는 집 밖으로 나오지 마오. 바다가 당신을 잡아채갈지 모르니까…… 바타가 그렇게 조심을 시켰지만 그녀는 듣지 않았고 정말 바다가 그녀를 쫓아오고 그녀는 간신히 도망쳤으나 바다 손아귀에 머리카락을 한 움큼 잡혔다. 바다는 그 머리카락을 이집트 해변에 내려놓고, 아름다운 머리카락이 향그러운 내음까지 풍기니 파라오의 세탁꾼들이 그것을 파라오에게 바쳤다. 파라오는 그 머리카락에 홀딱 반하여 나라 안팎으로 사람을 보내 머리카락 임자를 찾게 하고, 파라오가 보낸 사자가 바타의 골짜기로 밀어닥친다. 바타는 그들을 모두 죽였으나 한 사람이 빠져나가 파라오에게 장소를 알려주니 파라오는 군대를 보내는 한편 보석을 노파에게 들려보내어 바타 아내를 유혹했다. 바타 아내가 남편을 배반한다. 소나무 위에 바타 심장이 있어요…… 그녀가 그렇게 일러바치고 파라오는 군인들에게 소나무를 찍어내리게 하고 바타는 숨이 끊겨 그 자리에서 쓰러지고, 바타 아내는 파라오의 정식 왕비 자리에 오른다. 바타를 찾아갔다 무슨 일이 벌어졌는지 알게 된 형

아누비스는 사 년 동안을 돌아다니며 물어물어 바타 심장을 찾아낸다. 볼품없이 찌그러든 바타 심장을 더운물에 담그니 바타가 다시 살아나 멋진 수소 모습으로 변했다. 바타가 형에게 부탁한다. 저를 파라오에게 선물로 가져가주세요…… 왕궁에 도착한 수소 바타가 왕비가 된 아내에게 자신이 바타라고 밝히자 왕비가 다음 잔치 때 파라오에게 청을 올린다. 저 수소의 간을 먹고 싶어요. ……파라오는 기분이 언짢았지만 할 수 없이 수소를 죽이고 간을 내오라 하고, 수소가 죽으면서 핏방울 두 개가 왕궁 대문 옆에 떨어지더니 각각 아름다운 나무로 자란다. 파라오는 그 나무가 마음에 들었지만 왕비는 그것이 바타라는 것을 알아채고는 다시 파라오에게 청을 올린다. 저 나무를 베어 가구로 만들어주세요…… 가구를 만들기 위해 나무를 쓰러뜨릴 때 왕비가 실수로 조각 하나를 삼키니 덜컥 임신이 되었다. 그리고 사내아이가 태어난다. 그리고 파라오가 죽자 그 사내아이가 말한다. 내가 바로 바타다…… 바타는 왕비가 된 아내를 처형하고 삼십 년 동안 이집트를 다스렸다. 그리고 아누비스가 그 뒤를 이어 다스렸다.

이 이야기가 '소설' 로 평가받는 것은 여러 겹의 '판타지=죽음' 때문이다. 영화가 '판타지=죽음' 속을 유독 파고드는 장르라는 말이 맞다면, '두 형제 이야기' 는 분명, 삼천 년 전의 '영화적 상상력' 을 보여주며, 이런 영화적 상상력이 내내 발전하다가 19세기 과학기술의 발전과 결합, '영화'를 만들었다는 얘기가 된다. 그것은, 나르키소스 신화가 '사진의 탄생'을 예고하는 것과 같다. 그러나 무엇보다, 난 정진영이 정말 '바타' 같았고, 정진영은 위 글을 읽으며 '짜릿짜릿'했다고 했다.

판타지가 원래부터 영화예술의 동력이라면, 판타지를 소재로 한 영화, 이를테면 〈반지의 제왕〉이나 〈해리포터〉는 결국 동어반복 아닐까? 〈매트릭스〉는 가상현실의 미래라는 소재가 어느 정도 판타지적이지만, 그것을 다루는 방식이 더욱 판타지적이라 그럴듯하지만, 앞의 두 영화는 '소재=판타지'의 재현에 그치고 있는 것은 아닐까? 이것은 (예술영화가 아니라) '대중예술'로서의 영화 발전에 역행하는 흐름 아닐까?……이 질문에 대한 그의 답은 차분하고 균형이 잡혔다. '두 형제 이야기'는 놀라운 원형의 이야기 같다. 세상이 복잡해진다지만 오히려 원형을 까먹는 게 아닌가 하는 생각도 든다. '판타지영화'가 신화적 원형을 많이 갖다 쓰면서 그것을 그냥 영상화하는 것이 영화적 상상력을 약화시키는 우를 범할 수도 있다. 하지만 어떻게 보면 판타지 장르의 유행이 상업적 전략인 측면도 있지만, 시각예술 장르로서 영화가 갖는 치명적인 핸디캡 때문일 수도 있다. 그리고 판타지 현상은 영화에만 국한된 것이 아니고 전 장르적 특성이라고 본다. 어떤 도화지에서 시작하는가의 차이 아닐까. 어떤 장르는 파란색 도화지에, 어떤 장르는 빨간색 도화지에 그림을 그리는 것인데, 빨간 도화지에 파란 크레용을 칠하면 이상해지지 않겠는가. 2배속이 4배속으로 발전해야지, 4배속이 2배속으로 물러나서는 안 될 것이고, 예술을 누리고 즐기는 것도 소정의 교육이 필요하지만, 앉혀놓고 마구 가르친다고 되는 것이 아니라, 보고 읽고 즐김으로써 수준이 높아져야 하고, 그렇다면 예술종사자들은 당연히 수준을 높여야 하고 높일 거라고 본다…… 청중의 질문에 정진영은 '나는 무술은 못한다' 고 잘라 말했고 '성룡이나 이연걸도 대역이 있다' 고 소개했다. 영화라는 게 가짜를 엮어 진짜처럼 보이게 만드는 거다…… 소화하기 힘든 역이나 애착이 갔던 역은 아직 없다…… 하긴 그는 아직 연기자로서, 영화 속에서, 파안대소를 한 적이 없다. 역할이 못마땅했다는 뜻은 물론 아니고…… '이념영화' 를 다시 해볼 생각이 없느냐는, 내가 듣기에 다소 '무례한'(?) 질문에 그는 '동의하는 이념이라면 물론. 그러나 나의 이념은 다양함을 인정하고 인권을 중시하는 것이다. 그리고 문제는 이념의 설파가 아니라 감동적인 전달이다. 중요한 것은 작품의 완성도와 진정성이다' 라며, 앞의 '약과 술과 차' 의 명비유를 되풀이했다.

PS. 어쭙잖은 선배 의식이 낭만적으로 발동, 관악산 세대에게 동숭동 문리대 시절, 특히 학림 시절을 알으켜주고 싶어서였을까? '정진영 강연' 을 마치고 우리는, 오래간만에 그를 찾아온 옛날 연극반 동료들과 함께, 학림다방에서 자연스레 술판을 벌였다. 술에 전 정신이 아득해질수록, 정진영이 정말 바타로 보인다. 그의 동료들은, 예술을 너무 오래 떠나 있었는지, 다소 생뚱맞은 소리를 툭툭 던지는 채로, 갈수록 짙어가는 신화감에 유쾌함을 보태고, 비틀걸음이 심해진 나의 헛소리가 신화 속을 마구 헤맨다. 하긴, 그와 나의 술 이력으로 보자면, 오늘 멀쩡한 얘기를 너무 많이 했다. 야, 진영아. 〈파트너〉의 정진영이 니가 아니고 딴 사람이라며? 혹시 장진영 아니냐? ……아네요. 우리가 잘 모르는 사람인 것 같더라구요…… 장진영이 걔 괜찮지. 연기 잘하고, 멋있겠더라…… 요샌 영화판도 어느 정도 정리가 되어서요, 프로가 아니면 발을 못 붙여요…… 그런데, 진영아, 니랑 이렇게 술 먹고 있으니 온갖 근심이 사라진다? ……장진영도, 마침내, 영판 딴소리다. 그러니까 그냥 술이나 한잔 하자고 하시지. 괜한 얘기를 시키시고 그래요. 체질에 안 맞게…… 아니, 그게 아니고, 내 얘기는 그게 아니고……

저, 깊을수록 빛나는 울음소리

해금연주자 강은일

전화를 걸면 누군지 알까? ……그럼요, 몇 번이나 봤는데…… 강은일과 아주 친한 주홍미(공연 연출기획자)는 그렇게 격려를 아끼지 않았지만, 강은일은 처음에 그냥 착한 마음에 긴가민가해주더니, 추가 설명을 서너 번 하고 나서야 비로소 기억이 난다면서 하는 소리가 이랬다. 아, 알아요. 아, 그 배 나오고, 키 작은 아저씨요?……맞아요, 맞아…… 그랬지만 난 좀 비감했다. 나는 '나온 배' 속으로 외모와 표정이 사라지는 타입이다, 뭐 그런 말이 되겠군…… 그런데, 다소 격식 있는 만남을 가지려고 그를 보니 역시 미인이고, 그는 '이용식 파마'를 했다며, '머리 모양이 좀 이상한데, 괜찮을까 몰라' 이렇게 너스레를 떨며 주홍미(가 고맙게도, '강은일과의 이야기' 자리에 동참해주었다. 하긴, 그럴 만하다. 강은일은 "나이 든, 혹은 '예술을 잘 모르는' 분"들을 위해 주홍미가 특별히 마련한 자리에 바쁜 중에도 와서 귀한 연주를 들려주었을 뿐 아니라, '엔터테이너'를 자처하기도 했었다)와 나를, 문예진흥원 계단을 내려가던 다리가 휘청, 아니 후들거릴 정도로 웃겼지만, 웬 미인이 '악기=몸'을 모처럼 빠져나와 내 앞에 현현하는지라, 나는 여전히 '나온 배' 속으로 외모와 표정이 사라지는 처지인 것도 까먹고, 이 미인을 차지한 '바깥식구'가 궁금했다. 잘나가던 삼성맨이었어요…… 삼성맨요? ……네 ……하필 그날 택시를 타고 약속장소로 가다가, 삼성 그룹 신용도가 국가 신용도보다 높다는 뉴스를 듣고, 자세한 용어는 모르겠으되, '삼성이란 데가 대단하긴 한 모양이군. 혹시 저거, 우리나라가 돈을 빌리려면, 삼성이 빚보증을 서줘야 한다는 얘긴가?' 그렇게까지 비약을 했었는데, 그 삼성맨, 그것도 잘나가던 삼성맨이 강은일을 만나 삼성을 때려치우고 지금은 국악닷컴이라는 사이트를 운영하고 있단다. 그 말을 너무 당연하게 하는 것이 뭔가 당연하면 안 될 것 같아 '사람 하나 망가뜨렸군요?' 하고 다시 물었다. 그렇죠…… 여전히 아무렇지도 않다는 투다. 이쯤 되면, 나는 갑자기 그의 아이들이 불쌍해진다. 큰아이는 초등학교 육학년, 작은애는 일곱 살 유치원짜리라는데, 그는 집에서 연습을 하고, 연습은 무수한 틀림과 반복을 요하고, 해금 연습 소리는 날카로운데다 멀리 가고, 무엇보다 연습시간에는 아이들이 어미를 건드릴 수가 없다. 아이들이 굉장히 싫어하죠…… 나는 그게 다소 안심이 되었다. 싫은 게 당연하지. 아무리 유명한 엄마를 둔 것이 유쾌한 일이라지만, 싫은 걸 싫다고 내색 못 하고, 심지어 좋아한다고 말(해야)하고, 더 심지어 좋아한다고 스스로 착각한다면 훗날 얼마나 헷갈리겠는가. 아들은 '이 세상에서 가장 좋아하는 소리는?' 이란 질문에 '해금 소리' 라고 답해 엄마를 감동시켰지만, '왜?' 라는 잇닿은 질문에 '하도 어렸을 때부터 들어서' 라고 대답했다니, 강은일 음악의 기에 안 눌릴 만큼 여유도 있는가보았다. 하긴 강은일 음악은, 국악 출신치고는 드물게, '기가 뻗친' 다기보다는 '강력한 부드러움' 을 발산하는 편이다. 이런, 이런…… 내가 지금 남의 자식 걱정할 땐가…… 정말 오지랖도 넓구만……

강은일은 소녀티와 고전미가 서로를 적당히 응원하고 버텨주고 서로 위로받는 만만찮은 미인이다. 표정 또한 맑고 정결한 화사함과 '코믹의 장난기' 가 그런 관계를 맺고 있다. 그것은 화사함이 늘, 자연스럽게 배어나는 성질의, 장난기가 이따금, 도저히 못 참겠다는 듯 툭툭 튀어나오는, 아니 터지는 성질의 것이라 해도 그렇다. 하지만, 그건 직접 만나서, 진지한 얘기든 시시콜콜한 얘기든, 이야기로 혹은 술로 대면했을 때 얘기지, 헤어진 다음에는 그녀의 외모와 표정이 생각나지 않는다. 그녀의 '해금=음악' 때문이다. 해금은 걸핏하면 '깡깡이' 로 불리며 시답잖고, 잔망스런 음이나 내지르는 악기로 천대받지만, 그녀의 연주는 해금을 바이올린과 비올라, 그리고 놀랍게도, 첼로까지 버무린, 그야말로 '악기=몸' 으로 만들고, 그것이 '섹시' 와 '청순' 을, '참신' 과 '문명' 을 너무도 절묘하게 동일시하는 거라서, 육체가 정신보다 거룩하고 정신이 육체보다 육감적인 경지가 보이고, 그 속으로 그녀의 외모와 표정이 빨려들고, 빨려드는 것이 보일 뿐 외모와 표정은 아뜩해지는 것이다. 그리고, 급기야, 해금은 그의 '악기=몸' 이고 그는 해금의 '악기=몸' 이다. 무슨 야한 소리? 미꾸라지는 온몸으로 물살을 휘젓지만, 제 생각에만 '온몸' 일 뿐 남이 보기에 그냥 미꾸라지다. 용이, 용보다 더 큰 바다괴물이 온몸으로 바다를 휘젓는단들, 용과 바다괴물의 온몸은 그것을 보는 이의 온몸이 아니다. 하지만, 강은일의 '해금=몸=악기' 는 저 혼자 휘젓지 않고, 우리를 휘젓지 않고, 단지 후벼파거나 적시는 게 아니라, 우리를 감동의 '온몸=휘저음' 으로 만들어버린다. 지금은 해금이 그냥 나의 삶인 것 같다. 내 배에서 나온 핏덩이, 타인이 될 수 없는 나 자신. 해금을 보면 소리도 모나고, 나랑 똑같고, 그래서 단점만 들리고 보인다. 해금 소리를 들으면 그런 생각이 든다. 맞아, 이래서 내가 내 삶을 바꿔야 하는구나. 아, 그래, 이런 면은 내가 더 바꿔야겠다. 한마디로, 해금은 나 자신이고 어머니고 스승이다. 해금을 통해 세상을 더 많이 알고 사회를 알게 되는 그런…… 그렇다면, 그전은?

강은일은 중학교 이학년 때 교통사고로 아버지를 잃었다. 가족 모두 당한 사고였고, 다른 식구들은 모두 기절했고, 그도 다쳤으나 홀로 없는 듯 있는 정신으로, 알아챘다. 아, 아빠가 위독하시다…… 안간힘으로 버스를 세우고 식구들을 태워 병원으로 달려갔으나 간호원은 아버지를 보자마자 '사망' 이라면서 아버지 머리 위로 흰 천을 들씌웠고, 그것을 본 사람은 여전히 강은일 혼자였다. 소름이 끼쳤고, 아버지를 소름끼치는 모습으로 만드는 죽음은 더 소름끼쳤다. 아버지는 그런 방식으로 정을 뗐고, 강은일은 하늘이 깜깜해져 몸을 바닥에 퍼지르고, 배운 적도 본 적도 없는 '땅을 치는 울음'을 하염없이 울었지만, 낯익을수록 더욱 소름끼치는 죽음은 그의 뇌리에 깊이 새겨졌다. 죽음은 그의 가족을 해체시킨다. 그렇게 '거칠고 힘들고 심란했던' 그의 중학 시절을 잡아준 것이 바로 해금이고 그의 해금은 그렇게 죽음과 매우 가깝다. 마치 조용미(시인)가 자신의 시집『삼베옷을 입은 자화상』맨 앞에 '시인의 말'로 부친, 시보다 더 시적인 시의 뼈대처럼.

삼천 개의 뼈가 움직여
춤이 되듯,
나는 삼천 개의 뼈를 움직여
시를 쓰겠다.

그러고, 강은일 해금은 환희의 극치로 치달을 때도, 중력의 (삼베)옷을 벗지 않는다. 그러나, 하긴 모든 훌륭한 음악이 그렇다. 모든 훌륭한 음악은 죽음과 삶을 양면의 동전으로 갖고 있다. 태양과 죽음의, 혹은 '태양=죽음'의 이집트 피라미드처럼. 음악 탄생신화 또한 삼각관계 때문에 언니한테 살해된 동생의 뼈로 현악기를 만드니, 악기가 '언니, 너무해. 언니, 너무해' 소리(음악)를 냈다는 영국 전설의 '죽음탄생설'과, 하느님이 하늘로 가서 음악을 가져오라 하여 바람이 하늘나라로 가 보았더니 태양의 찬란한 햇살이 바로 온갖 악기연주자들이 내는 음악이었다는 남미 아스텍 인디언 신화의 '태양탄생설' 두 가지로 대별된다. 그리고 삶의 극치는 사실 죽음의 극치고, 음악의 극치는 '삶=죽음'의 극치다. 강은일은 '대중화의 기쁨' 으로 '너무 이른' 죽음을 극복했고, 그러므로 강은일의 '국악 대중화' 작업이, 대중화는 물론, 깊이와 너비를 확보할 수 있었던 것인지 모른다. 희귀하게도, 다름아닌 해금으로 예술성과 대중성의 (공존이 아니라) 일치를 보여준, 그래서 꽤나 알려진 그의 연주 음반 '오래된 미래' 가 태어나게 된 과정을 들어보면 그것은, 분명하다. 처음 국악을 들었을 때 야, 이거 너무 좋다, 너무 좋은데…… 그런 생각이 들었고, 친구들한테 알려줘야지…… 그런 생각이 또 들었지만 중학생 친구들은, 특히 곡조가 느린 정악을 듣고는 '너무 지루하다, 재미없다' 며 손사래를 쳤다. 이게 좋다는 것을 친구들한테 어떻게 설명하지? ……고등학교 때부터 국악의 대중화를 나의 사명으로 생각했다. 어머니 친구분이 무슨 악기냐고 묻길래 '해금' 이라 답했더니 '해금이?' 라고 되묻던 때다. 처음에는 친구들한테 '네가 좋아하는 곡을 내가 해금으로 연주해주마' 했고, 팝송이나 가요 같은 걸 연주해주었다. 그땐 국악계가 지금보다 훨씬 보수적이라 선생님께 불려가 크게 혼났다. 곡목도 곡목이지만, 그때 '해금' 은 의자에 앉아 껄렁껄렁 연주하는 악기가 아니라 몸과 마음을 깨끗이 씻고, 바닥에 가부좌를 틀고 '모셔야' 하는 악기였다. 어떻게 하지? 선생님 말씀을 따라야 하는데, 그렇다면 대중과 가까워지는 것은 포기해야 하나? ……그런 고민을 하던 중 KBS관현악단에 들어갔고, 들어가서 〈What A Wonderful

World〉〈Autumn Leaves〉 같은 팝송 혹은 샹송 멜로디를 연주하게 되었다. 그리고, 다행스럽게도, 전혀 다른 각도의 고민이 생겼다. 내가 표현하려던 게 이건가? 그냥 해금으로도 이런 곡을 연주할 수 있다, 그런 생각이었는가? ……그건 아니다. 정말, 해금이라는 악기가 좋다는 것을 느끼게 해주어야 하는 것이지…… 그렇다면, 어떤 곡을? ……불행히도, 혹은 다시 다행히도, 대중들은 그것을 알지 못했다. 맞아. 이것은 대중들한테 맡길 일이 아니다. 내가 어떤 음악을 할지, 내가 무엇을 할지, 내가 무엇을 하고 싶은지, 그걸 정말 깊이 있게 고민해야 하는구나…… 국악의 정수는 깊이를 지닌 힘, 깊이의 에너지다. 그것과 대중의 경계에 설 수는 없는가. 하여, 그 경계를 심화-확대할 수는 없는가…… 그런 고민중에 나온 것이 바로 '오래된 미래' 다. '오래된 미래' 라…… 정말 좋은 말이고, 강은일 음악에 아주 걸맞다.

강은일은 출강을 많이 한다. 경희대, 추계예대 말고도 서너 곳이 더 있다, 라는 건, 그가 아직 정식 교수가 못 되었다는 뜻이다. 아니, 그가 완고한 국악계에서 '정식' 국악인으로 대접을 받고 있는지 장담할 수 없다. 그는 유명인과 무명인을 막론한 온갖 장르 음악, 온갖 세계 음악과 만나 음악의 소통을 이루고, 자기 세계를 이룬다. 김기덕 감독 영화〈활〉의 영화음악도 했다. 이것을 '정식 국악' 활동 혹은 '예술' 로 받아들이기에는 수천 년의 더께 자체를 전통이라고 주장하며 국악계 안방을 차지한 자들의 엉덩이가 너무 앙상함으로 무겁다. 서울 LG아트센터는 개관 오 주년을 기념, 독일 현대무용가 피나 바우슈에게 '한국 소재' 무용

작품을 의뢰했고 이 작품에 김민기 음악, 그리고 강은일 연주가 무용음악으로 쓰인다는 '뉴스'가 있었다. 바우슈는 메레디스 멍크와 함께 현존하는 세계 최고의, 그리고 가장 참신한 현대무용가다. 비록 '주문생산' 작품이라고는 하나, 바우슈 무용과 강은일 음악이 한데 어우러진다는 것은 최소한 청소년축구 세계 4강 진출 달성보다 더 떠들썩해야 할 일인데도, 문화계조차 조용하고, 그는 그 숱하고 흔한 교수 자리 하나 꿰차지 못했다. 하지만, 그의 교육 방법은 너무도 재미가 있어, 늦깎이로 그에게 해금을 배운 여제자 한 명은 차를 타고 가다 세우고 연습하고 가다 세우고 연습하고 그러기를 반복하면서 귀가한다는 '전설'이 있을 정도다. 그런데 그의 교육법은 의외로 간단했다. 사람에 따라 다르게, 그 사람에 맞게, 그 사람이 좋아하는 것에서 시작하여 좋아하는 만큼까지, 자유분방하게, 가르치다보면 가르치는 것에 빠질 수가 있는데, 그러면 오류를 범할 수 있으므로, 중심을 잃지 않으려 노력하면서, 그래서, 정석이 없으니까, 이렇게 방황하는 것 같지만, 정석이…… 하지만, 바로 그게 정석 아닌가!

'저, 깊을수록 빛나는 울음소리'는 강은일 음악의 '마력=매력'을 표현하고자 내가 만든 말이지만, '말'이 '음악'을 다 표현할 수는 없다. 하여, '감상시간'을 갖기로 하고 비로소 청중석을 자세히 보니 칠십 퍼센트 이상이 고등학교 남학생, 교복차림이지만 까까머리 티를 벗고 싱그러우면서도 자못 진지한 학생들이다. 단체로 왔어요? ……아니요…… 학교는 같아요? ……아니요…… 인솔교사 있어요? ……없어요…… 그럼 두발자유화 데모 마치고 몰려왔나? ……아니요…… 이것들이 어른 놀리나 싶을 정도로 세대 차를 느낀 것도 잠시, '오래된 미래' 두번째 트랙에 실린 〈비에 젖은 해금〉이란 곡이 장내를 순식간에 고즈넉하게, 그리고 뭔가 낯익은 기분이 나게 했다. '순식간'과 '고즈넉함', 그리고 '낯익음'은 서로 가파르게 모순되지만 〈비에 젖은 해금〉은 그 가파름을 넓디넓은, 그리고 깊고깊은 '폭의 적심'으로 전화하는 것이다. 기타가 해금에게 편안한 살을 내주고, 해금은 그 살을 받아 비에 젖은, 오래된 미래를 촉촉하면서도 천년만년의 시간으로 펼쳐 보인다. 그런데, 작곡자와 그의 작업은 꽤나 수월했다. 같이 해보자 해서 간단하게 샘플로 그냥 몇 선율 만들고 자유롭게 즉흥도 넣자 하여 만들어진 작품이다. 클라이맥스 부분은 악보가 없고, 〈한오백년〉의 '아무렴 그렇지, 그렇고말고'를 갖고 만든 즉흥이다. 비에 젖은 해금이 소리가 나느냐, 뭐 그런 말도 들었지만, 굉장히 서정적이고, 어둠과 차가움, 물, 눈, 얼음 등과 잘 맞는 것 같고…… '비에 젖은 해금이 소리가 나느냐?', 아니면 '비에 젖은 해금 소리가 나느냐?' ……노. 그런 얘기가 아니다. 다시, 아니 합쳐서, '저, 깊을수록 빛나는 울음소리의 몸=악기'다. 음악은 몸이 없지만 그림보다 더 생생하고, 육감적이다. 음악은 뜻이 없지만 글보다 더 구체적이고 축적적이다…… 나는 이제까지 음악을 그렇게 생각해왔다. 하지만 이것은 음악을 귀로 '듣는', 나 같은 사람에게만, '귀의 음악'에만 해당되는 말이다. 연주자의, 온몸의, 최소한 분신의 음악은? '귀의 음악'은 '완성된' 연주를 듣지만, '온몸의 음악'은 언제나 '해석=형상화'의 불완전성을 겪는다. 그것을 겪지 않은 사람은 귀가 먼 채 마음으로 자신의 연주를 들었던 베토벤뿐이다. 혹시 그 경험이, 혹은 착각이 베토벤 만년의 '치매작'이자 걸작을 낳지 않았을까? 강은일은 음반을 만들고 다시 들어보니 처음에는 틀린 것만 들리더라, 그래서 잘 못 듣겠더라고 했다. 하긴, 나도 '읽는' 글쟁이가 아니라, '몸의 글쟁이'고, 이십 년 전 쓴 글들을 다시 읽다가 너무 창피하여 '창피한 힘'이 기진맥진될 때까지 일 주일 동안 술만 퍼마신 적이 있다. 그런데, 나중에 생각해보니, 그때는 그래도 힘이 있었던 것 같아요. 그 힘으로 이제까지 연주해온 것이 아닌가 하는 생각도 들고…… 저런. 나는 그런 생각 전혀 안 드는데. 역시 글은, 편지도 글이고 일기도 글이고 하다못해 고지서도 글이지만, 그래서 '글쟁이'는 같은 글도 멋있게 표나게 중뿔나게 비비 꼬면서 써야 하고, 그래서 글은 글 쓰는 사람을 아무래도 찌들게 하는 쪽이지만, 음악은 아무래도 연주하는 사람의 피로조차 씻어주는 쪽인가…… 저는 연습할 때 가끔 제가 쓰레기라는 생각이 들어요…… 이거, 이거, 안 되겠네…… 제가 오늘 이 자리에 나오면서 무슨 말을 어떻게 해야 할지 잘 모르겠고 그래서, 그냥 정신과 상담 받는다고 생각하고 가야지, 그런 생각으로 나왔거든요…… 강은일은 그렇게 말했고, 나는 '예술가들 하는 말이 조금만 엇나가면 정신분열증 환자와 구분이 안 되죠' 하고 일단 선방(?)했지만, 이거, 이거, 내가 더 중증 정신분열 아닌가!

그리고, '강연' 혹은 '강습' 기회가 올 때마다 강은일은, 언제 그랬냐는 듯, '눌변'과 '쭈뼛쭈뼛'을 내팽개치고, 교육에 열을 올렸는데, 그런 '무대꾼'이 없다. 지금부터 들려드릴 곡은 산조예요, 19세기 말 생긴 장르예요, 그전까지는 독주곡이 없었죠, 장단이 진양, 중모리, 중중모리, 자진모리, 아세요, 모르세요? 이렇게 하는 건데요, 하나둘셋, 둘둘셋, 셋둘셋, 넷둘셋…… 그는 신이 나서 아예 내 등짝에다 장단을 먹이더니, 그예 추임새까지 설명하고 시범 보이고 시킨다. 손을 드시고 무릎을 칩니다. 얼씨구—, 좋지—, 좋다—, 아암—, 그렇지—, 잘한다…… 산조는 계면조가 많다고 하는데, 계면조가 뭐냐면…… 제가 진도아리랑을 잠깐 불러볼 테니까, 여러분이 추임새를 하는 거예요, 아리아리랑, 쓰리쓰리랑, 아라리가 났네, 어, 으, 어…… 산조는 판소리에서 나왔고, 청중이 가장 중요했어요, 일 청중, 이 고수, 삼 명창이라 했어요, 관객과 무대가 떨어지지 않고, 같이 붙어 있었던 거죠, 해금이란 악기는…… 고등학교 이학년 때 김용배한테 사물놀이를 처음 배우고, 사물놀이 대회에 나가 '앉은 반'(꽹과리, 장구, 북, 징) 부문 상도 받았으니 짐작할 만한 일이지만, 아니, 그런데, 해금 산조, 그러니까 '무반주 해금 소나타'도 추임새를 넣나? ……설령 넣었더라도, 오래 넣지는 않았을 것 같다. 19세기 말 이후 얼마 안 되어, 판소리나 민요가 조금 더 버텼을 뿐, 혹은 아직도 근근이 버티고 있을 뿐, '기악곡'은 일찌감치 장터를 떠나 연행장소를 무대로 옮겼고, 오늘날 국악 기악곡 공연에 추임새를 하는 공연문화는 찾기 힘들다. 대중화에 대한 강은일의 열의가 기악 추임새를 고집케 하는 것일 터다. 어쨌거나, 역시 국악은 청중들한테 이것저

것 시키는 게 되게 많네. 꼭 아랫것들 시키듯이…… 난 질색이구만…… 하면서 80년대 초, 순전히 '문화운동적' 관심에서 민요연구회에 가입했다가 이것저것을 하도 극성맞게, 근본적으로 연습시키길래 이러다가는 내 감성이 송두리째 뿌리 뽑히고, 백 년 전 감성이 대신 들어서는 거 아닌가 싶어 찜찜해지고, 그는, 그도 실내가 환하고 청중 추임새가 시원찮아 시들해지는 듯하더니, 고등학생 질문을 받고는 삽시간에 고등학교 시절로 돌아가 고등학생 입장에서 이야기하는 놀라운 변신과 순발력과 집중력으로 내 정신이 번쩍 들게 했다. 그리고, '선생님께서 연주하신 곡 중 가장 소중히 여기는 작품'을 묻자, 직접 연주해 주었는데, 직접 작곡하여 연습할 때 아들이 '엄마, 엄마 속은 분노가 너무 많은 것 같아' 그러는지라 '분노'로 명명했다는 그 작품은 그의 말마따나 '시끄럽고, 괴괴한 소리'로 가득 찼지만, 내가 듣기에, 시작부터 현악들의 비명 소리가 고막을 찢는 대담함에 있어서나, 그 긴장을 아주 오래 이어가는 뚝심, 그리고 긴장 자체의 뼈대화과정에 있어서나 저 유명한 크로노스 현악 사중주단 연주 앨범 중 조지 크럼의 현대음악 〈검은 천사Black Angels〉의, 황량한 전쟁터를 급박하고 괴기스럽게 휩쓸고 지나가는 죽음의 천사떼들 모습에 못지않았다. 그렇다. 강은일에 의해, 강은일의 작곡과 연주에 의해 해금은 '현대성'에 달한다. 그런데, '현악들', '사중주단', 아니 '사중주'로나 가능한 것을 강은일은 해금 하나로? ……강은일 음악에 '크로스오버'라는 형용사를 붙이는 것은, 그게 칭찬인 줄 알고 쓴 것이라면 무식한 짓이고, 말뜻을 제대로 알고 쓴 것이라면 음흉한 짓, 나쁜 짓이다. 크로스오버란 이를테면 파바로티가 할리우드 유행가를 부른다거나, 스팅이 오페라 아리아를 부르는 것으로, 말 그대로 '넘나듦' 일 뿐, 예술과 대중화의 변증법과는 상관이 없다. 강은일을 보니 생각나는 것 또하나. 강은일 같은 '국제적인' 해금연주자를 지닌 이상, '산조' 를 'sanjo' 로, '판소리' 를 'pansori' 로, 국악용어를 글자만 한글에서 알파벳으로 바꿀 게 아니라, 용어의 내용(혹은 분위기)을 '번역' 해야 하지 않을까? '산조' 에 적합한 영어단어가 도저히 없다지만, 정말 그럴까, 음악이 세계언어라는 것은 상식인데, 그것은 국악 현대화와 오히려 연관된 문제 아닐까, 우리는 많은 경우 '봉건적' 과 '민족적' 을 혼동하는 거 아닐까?

PS. 황석영(소설가)이, 국제문학포럼 참석 각국 문인들과 함께, 강은일과 한번 놀아보겠다 하여, 있는 돈 다 주고 돈 없으면 그냥 먹고 나오는, 그래서 계산서 볼 일 없는 술집 '소설' 로 갔지만, 황석영은 포럼 강행군에 뻗었다는 소식이고, 자세히 보니 강은일은 주홍미보다 젊고, 다시 정신과 상담 운운하더니, 취기가 더운지 웃옷을 활짝 벗어버리고, '건강한 여성' 이 내 앞에 물씬했으나, '악기=몸' 속으로 사라질 외모와 표정이므로 괜한 생심을 지웠지만, 나는 평소의 '난낭구 패션' 을 엄두 낼 수 없었다.

밑바닥 인생으로 질펀하다가,
질펀함으로 일상이 깊어지다

TV 드라마작가 김운경

의당 차가 밀리는 날이라고, 밀릴 거라고 생각하고 나왔건만, 생각보다 더 밀리고, 한참을 더 밀리면 그것처럼 정신 사납고 신경질나는 일도 없지만, 교통부장관 불러다 요절낼 일 없을까, 그런 생각도 나자마자 싹뚝 잘릴 정도로 열불이, 지리멸렬하게 터질 정도지만, 김운경을 만나니 그것도 다 헛거고, 언제 그랬느냐 싶고, 십 킬로그램이나 빠진 몸의 숨만 가쁘다. 김운경만큼 인생과 작품이 구체적인, 구질맞다 싶을 정도로 구체적인 TV 드라마작가 앞에서는 투덜거리는 것도 치기라는 듯이, 아니면 역시 오십대 나이가? 아니, 그는 나와 동갑인데, 그는 아직 인생이 꿋꿋하고 나는 여생이 삭았고, 어쨌거나 그는 안 늙었고, 나는 늙었다. 그는 허술한 차림에 얼굴이 검고 얼핏 너부데데한 농투성이지만, 그보다 더 뚜렷하게 모종의 동그라미가 묻어난다. 순진무구하다기에는 너무 진지하고(작가의 파지는 고흐가 잘라낸 귀처럼 혹독한 자학에 근거해야 한다. 고통과 절망, 몸부림, 망망대해, 낭떠러지, 스스로에 대한 연민, 재능에 대한 회의, 찢고 다시 쓰고 허물고 세우기를 반복해야 한다—김운경) 진지하다기에는 너무 순진무구한, 모종의 동그라미가 그의 얼굴에, 얼굴보다 더 또렷하게 묻어난다. 미소? 아니 미소라기보다는 깊고, 아니 깊고 얕고의 문제가 아니라, 혹시 '빙그레' 라는 말뜻을 동그라미로 약간 푸짐하게 표현한 것 같은, 그런 공감각의…… 몇 달 전 첫 만남 때 그는 무공해농산물을 내게 '봉다리째' 넘겼는데, 묻자니 자기가 지은 것도 아니고, 동생이 지은 것도 아니고 그냥 남이 준 것을 나와 첫 만남이 너무 반가워서 덥석 준 것이라지만, 들은 소문과 첫인상(취잿길이 얼마나 험난했던가를 증거하는)을 종합하건대, 그가 드라마 소재를 농사꾼처럼 사냥한 후(적어도 드라마작가라면, 처절한 자기 헌팅이 있어야 한다. 노숙자들 얘기 쓰고 싶으면 서울역에 가서 노숙자들과 같이 소주 마시며 한 이 주 동안은 굴러야 한다. 여자들도 파출부 얘기 쓰고 싶으면 파출부 나가야 한다—김운경), 사냥꾼처럼 농사짓는 듯하고, 딴 거 따질 것 없이, 더도 덜도 말고 〈서울뚝배기〉, 〈서울의 달〉(제비족 대목을 쓸 때는 영등포 '에어리어' '대머리 박' 이라는 분을 찾아가서 사교춤도 좀 배우고 그랬다—김운경), 〈파랑새는 있다〉라는 밑바닥 인생으로 질펀한 드라마들이 어떻게 우리 안방을 (당연히) 질펀하게 하고, 질펀함이 (놀랍게도) 우리 일상을 (더 놀랍게도) 일상적으로 깊어지게 만드는가, 그 비밀을 잠깐 엿본 듯도 하고, 갑자기 이성부 시 「전태일 君」을 같이 읽고 싶어진다.

불에 몸을 맡겨
지금 시퍼렇게 누워버린 청년은
결코 죽음으로
쫓겨간 것은 아니다.

잿더미 위에
그는 하나로 죽어 있었지만
어두움의 入口에, 깊고 깊은 파멸의
처음 쪽에, 그는 짐승처럼 그슬려 누워 있었지만
그의 입은 뭉개져서 말할 수 없었지만
그는 끝끝내 타버린 눈으로 볼 수도 없었지만
그때 다른 곳에서는
단 한 사람의 自由의 짓밟힘도 世界를 아프게 만드는,
더 참을 수 없는 사람들의 뭉친 울림이
하나가 되어 벌판을 자꾸 흔들고만 있었다.

굳게 굳게 들려오는 큰 발자국 소리,
세계의 생각을 뭉쳐오는 소리,
사람들은 아무도 귀 기울이지 않았지만
아무도 아무도 지켜보지 않았지만

불에 몸을 맡겨
지금 시커멓게 누워 있는 청년은
죽음을 보듬고도
결코 죽음으로
쫓겨간 것은 아니다.

80년대는 '전태일 활화산'의 시대였고, 숱한 '전태일 시' 혹은 '전태일 연극' 혹은 '전태일 영화'가 나왔지만, 나는 70년대 씌어진 위 시만큼 감동적인 작품을 보지 못했다. 그런데 이 감동은 매우 뒤늦은, 비역사적인, 80년대 문화를 겪으면서 비로소 깨달은 감동이다. 전태일의 소원이 바로 그것이었음에도, '불탐의 증오'를 '눈물의 감동'으로 만드는 법을 80년대는 알 수 없었다. 왜냐면, 그럴 생각이 없었다. 하여 어떻게 되는가? 사람들은 안방에 전태일을 들여놓기가 께름칙하다. 그리고, '아름다운 청년'이란 말도 허세거나 가짜다. 전태일을 후대에 물려준다는 것은 아름다운 전망을 물려주는 것이지 불에 탄 시체를 물려주는 것이 아니다. 그런 점에서 80년대는 일상의 모뉴멘털리티를 죽음으로 더욱 아름답고 의미심장하게 만들 기회에 게을렀고 결국 놓쳤다. 전태일 추모곡 〈그날이 오면〉 말고는. 그렇게 보면 김운경은 특이한 소재의 작가가 아니라 특이한 소재로 안방극장을 직접 파고드는 승부사고, 파고드는 목적을 십중팔구 달성하는 대가다. 백발백중이 아닌 것은, 〈죽도록 사랑해〉에서 보듯, 서민성에 대해서는 손목을 풀되, 역사성 앞에서는 약간 목에 힘을 줄 때가 있기 때문이다. 서민성이라…… 〈서울의 달〉이나 〈옥이 이모〉는 그의 어린 시절이 많이 묻어 있고, 〈도둑의 딸〉은 직접 취재를 많이 한 편이지만, 가장 중요한 것은 평상시의 '서민 체험' 이다. 양희은과 송승환이 진행하는 '여성시대' 도 자주 듣고, 소설보다는 논픽션류를 많이 읽고, 교양잡지보다는 『선데이서울』 같은, 부황한 얘기지만, 서민의 성과 속이 생짜 냄새로 배어나는 싱숭생숭한 글을 더 많이 읽는다…… 이 대목은 영화 〈맨 인 블랙 1〉의 고참대원이 신참대원에게 하는 말을 연상시킨다. 우주인 사정을 알려면 싸구려 '진실과 야담' 류가 가장 빠르다구…… 잡다 속으로 더욱 깊이, 갈수록 잡다하게 온몸을 담가야만 '김운경 표' 드라마가 나올 수 있다.

그는 1981년 〈전설의 고향〉 '몇 편' 을 집필하는 것으로 드라마작가 생활을 시작했는데, 그때는 이미 전국의 전설 소재가 거덜났을 때였다. 공진석이 지은 제법 두툼한 『전설의 고향』을 들춰보아도 남아난 전설이 없었으므로 결국 새로운 전설을 스스로 지어냈다. 지어낸 걸 시청자한테 들키면 안 되니까, 만만한 이북 '함경북도 어디 전설' 이라며 지명도 지어냈고, '무사히' 전설로 통과되었다. 어쨌거나, 〈전설의 고향〉은, 지금 돌이켜보면, '작가가 없어도 되는' 희한한 작품이었다. '전설' 이란 말, 그리고 '고향' 이란 말의 위력은 그토록 크다. 두번째 작품 〈한지붕 세가족〉은 서민생활을 다룬, 시트콤에 가까운 일요 아침드라마였는데 (사실 모든 코미디는 시트콤으로 되는 경향이 있다), 탤런트 오미연이 교통사고를 당한 것을 계기로 아예 새판을 짜서 탤런트 윤미라, 강남길과 함께 교체팀으로 투입되어 쓴 것으로, 일 년 육 개월 쓴 후 또다른 교체팀을 맞지만, 이 기간은 작가 김운경의 이름을 전국에 알리고 김운경의 직업을 '먹고살 만한 것'으로 격상시키는 데 충분한 기간이었다. KBS로 옮긴 후 쓴 첫 작품 〈회전목마〉는 '재미가 없었'다. 하지만, 그 뒤를 이은〈서울뚝배기〉는, 말 그대로 대박이었다. 그런데, 이 작품이 씌어진 경위는 김운경 특유의 '잡다의 미학'을 전형적으로 보여준다. 이 작품은 '목에 힘을 준' 주제로 구상되지만, 결국 '주인공이 사라지는' 코미디의 진경을 보여주게 된다.

〈서울뚝배기〉는 사실 당시 일본 JAL기 기내식을 먹은 사람들이 식중독을 일으키고 그중 한 사람은 거의 죽을 뻔했다가 겨우 살아나게 되자 기내식 납품업체 사장이 국민에게 너무 미안하다는 유서를 남기고 자살한 사건 때문에 쓰게 된 것이다. 그걸 보고, 아, 우리나라 음식문화도 저 정도가 돼야 하지 않겠는가, 그런 생각이 들었다. 유서 내용은, 부끄러워서, 쪽팔려서 못 살겠다, 뭐 그런 내용이었고, 우리나라도 그런 사람이 나오면 동상 하나 세워줘야 한다고, 그런 우리나라 음식문화의 어떤 모범을 세워보자는 의무감에서 시작했는데, 나중에, 그랬걸랑요, 저랬걸랑요, 하는 식으로 좀 이상하게 가버렸다…… 하지만, 이상하게 가버린 게 아니다. 제대로 간 것이다. 그렇게 손목이 풀리지 않았다면, 그의 음식문화 구호는, 더군다나 안방에서, 박정희 정권의 분식장려 구호를 연상시켰을 것이다. 그리고, 손목이 풀린 〈서울뚝배기〉에서 주인공이 조연들 속으로 사라지는 광경은, 설렁탕과 수육이라는 음식이 당당히 안방 식탁을 차지하고, 음식문화야말로 가정생활의 가장 아름다운 기본이라는 점을 어설픈 '가정용 궁중요리 강좌' 보다 몇 배나 더 일상적으로 당연시하기에 족했다. 성스러운 밥과 친근한 밥의 일치, 이것이 음식문화의 기적이 아니라면 무엇이 기적이겠는가. 그와 병행하여, '주먹' 이 거의 고정역이다시피 했던 오지명은 '근엄하게 코믹한' 배우로, '그리스 조각상처럼 이목구비가 훤칠한' 주현은 도저히 구제가 안 되는, 설상가상으로 미워할 수도 없는, 꾀죄죄한 나이를 먹어 더욱 그러한, '양아치적으로 코믹한' 배우로, 육감의 김애경은 푼수와 문학소녀 취향을 버무려 '사십대 육신이 코믹한' 배우로 거듭났고, 아역 양동근은 벌써 의뭉한 표정과 동작, 그리고 대사로 주현과 '연기 맞짱' 을 뜨고 있다. 왜 그렇게 되나? 인물들의 캐릭터 위주로 간다. 스토리 위주가 아니라 캐릭터를 일단 꾸며놓는다. 그러면 캐릭터가 자기네끼리 살아 있는 것을 느끼고, 써가는 동안 캐릭터가 사건을 준다. 셰익스피어도, 결국 운명을 이끌고 가는 것은 캐릭터라고 했다. 드라마는 큰 게 아니다. 드라마는 누가 왕을 죽였느냐가 중요하지 않고 저 푸줏간집 아저씨가 배추 장수 아줌마와 결혼을 할 것인가, 아닌가가 중요하다. 드라마는 영화하고 스케일이 달라서, 어떤 때는 아주 디테일한 것에 더 관심을 둬야 한다. 드라마작가가 되려면 최소한 지하철이나 기차를 탔을 때도 항상 얘기가 있는 쪽으로 가서 듣든지 아니면 녹음기 같은 걸 갖고 다니면서 약장사 얘기도 녹음하고 그렇게 디테일하게 끌고 가는 연습을 해야 한다…… 그래서 어떻게 되는가? 〈서울뚝배기〉의 그 모든 절묘한 코미디들은 주인공들의 사랑 이야기를 감싸안고 흘러간다. 주인공들은 희박해지지만, 사랑 이야기는 시리고 시리다.

〈서울뚝배기〉에 이은 드라마 〈형〉은 그가 가장 애착을 갖는 작품이지만 반응은 시원찮았다. 하긴, 반응이 시원찮아서 더 애착이 가는 것인지도 모른다. 출세를 할 만큼 한 자식에게 무슨 애착이 가겠는가. 하지만, 김운경이, 겸손을 떠는 평소의 그답지 않게, '정말 열심히 잘' 쓴 작품이라고 했으므로, 나처럼, "케이블TV가 내게 해준 가장 좋은 일은, 옛날에 바쁘기도 하고, 주말마다 기다렸다가 보는 것이 너무 '아줌마스러워' 안 보던 명작 TV 드라마들, 특히 김운경 드라마를 보여준 것이다"라고 생각하는 나로서는, 이 작품 재방을 기대해볼 일이다. 케이블TV 재방송도 왕년의 히트작만 하니, 그것도 간단치 않겠지만. 어쨌거나, 〈형〉의 고만고만한 반응을 보고 사람들이, 하긴 〈서울뚝배기〉만한 성공을 두 번 거두기가 쉬운 일이겠는가, 뭐 그런 생각을 할 때쯤 〈서울의 달〉은 터졌다. 그런데, 주인공 한석규와 최민식을, 조연 속으로 실종시키는커녕 '자고 나니 스타가 되'게 만들면서 동시에, 이제껏 겉보기에 '멀쩡한 신사'의 대명사였던 탤런트 김용건을 '부산 찍고 목포 찍고 대구 찍는' 제비족 조련사로 보기 좋게 망가뜨린, 하여 다시 김용건에게(도) 코미디언의 길을 열어준 이 작품은 출발이 잡다했다.

〈서울의 달〉을 할 때 한석규와 최민식이 캐스팅되리라고는 생각도 못 했다. 처음에 김영철과 유인촌을 생각했는데, 유인촌은 부인이 이탈리아에 있다며 거절을 했고 김영철은 돈을 많이 달라 해서 캐스팅을 못

하다가, 난데없이, 한석규와 최민식을 캐스팅했다는 것이라, 너무 마음에 안 들어서, 삐쳐가지고, 다른 사람으로 하지 않으면 글을 안 쓰겠다고 버텼다. 하지만 결국, 제작비가 없으니 더 버틸 수도 없고, 다만 원래 최민식이 '날라리' 분위기가 있고 한석규가 촌놈 기질이 있다고 보았던 것을 다시 바꾸어 한석규에게 뺀질이 역을, 최민식에게 우직한 촌놈 역을 맡겼다. 그때 하도 그래 놔서 최민식과 한석규는 지금도 나를 좋아하지 않을 것이다. 뭐 가끔 술 한잔 하자고 전화를 해오기는 하지만, 그래도 꽤나 기분이 나쁠 정도로 반대를 했으니까…… 어쨌건, 3, 4회 방송이 나가면서 나는 내 생각이 완전히 틀렸다는 것을 인정했다. 저 친구들 덕분에 드라마가 성공하겠구나. 그때 크게 반성하여, 지금은 캐스팅에 별로 신경 안 쓰고 PD한테 맡기는 편이다…… 하기사 나도, 한두 번 혼이 나고는 출판사 기획에 대해 입도 뻥끗하지 않게 되었다. 『영어공부 절대로 하지 마라』, 그 책 어떻겠냐고 후배 출판사 사장이 묻길래, 그것도 제목이라고 붙였냐? 했다가 그 책이 출간 몇 주 만에 백만 부 가까이 나가는 곤경을 치렀고, 그러고도 정신을 못 차렸고, 그 얼마 후 또 후배의 후배 출판사 사장이 『공자가 죽어야 나라가 산다』라는 제목에 대해 묻길래, 아무리 일단 책을 많이 팔고 보는 것이 급하기로서니, 라고 핀잔 내색을 했다가, 역시 몇 주 만에 그만큼 팔려버리는 바람에 곤경이 곤욕으로 바뀌고 나서부터니, 꽤 오랫동안 입을 다문 셈이다. 그건 그렇고, 준비단계부터 잡다했지만, 〈서울의 달〉 또한 계기가 있고 그 계기는 고스란히 살아남았는데, 다름아닌 김종삼의 짧은 시 「스와니江」이다.

스와니 江가엔 바람이 불고 있었다
스티븐 포스터의 허리춤에는 먹다 남은
술병이 매달리어 있었다
날이 어두워지자

그는
앞서 가고 있었다

영원한 江가 스와니
그리운
스티븐

1970년대 말 서울예전 문창과를 다닐 때 그는 시를 지망했고, 당대의 시인 정현종에게 이 년 동안 시를 보여주고, '나한테 배워 니가 재능이 없다는 것을 아는 것만으로도 인생에 큰 도움이 되는 것으로 알라'는 말을 듣고, 지금도 시집을 많이 사서 보는 편이고, 내 시집은 '별로 사본 기억이 없' 고(그가 굳이 짚고 넘어가니 나도 굳이 짚고 넘어간다), 그와 아주 친한 소설가 이윤기가 '이 친구는 방송을 통해 문학을 한다' 고 그를 소개했을 때 기분이 나쁘기도 했지만(사실, 설령 문학작품을 각색할 때도, '문학' 을 완전히 잊고 쓰는 드라마작가가 프로다), 그가 정말 좋아하는 것은, 김종삼의, 의미가 사라지는 음악의 시인 듯하다. 아니

'시=음악' 은 그의 '잡다의 미학' 을 튼튼히 버텨주고 정결하게 만들어 주는 중심이자 비밀이다. 아주 넓은 그의 집 지하는 파도바 성당의 조토 〈그림의 방〉 못지않게 장려한 음악의 방으로, 양쪽 긴 벽은 LP 명반 위주로 가득 찼고 전면은 오디오 전문가도 혀를 찰 정도로 정교한 기기에 지름 삼십 센티미터쯤 될 듯한 바다고둥 껍데기 모양(진짜 고둥 아닐까?) 스피커가 음악의 눈처럼 아름답게 박혀 있어, 모양의 아름다움과 소리의 아름다움을 스스로 뽐내며 서로를 닮아가는 중이다. 「스와니江」은, 구호가 아니라 시이므로, 〈서울의 달〉 마지막 장면의, 한석규의 비참하고 초라한 죽음으로 살아남았다. 이쯤에서, 악인에 대한 그의 생각이 뇌리를 스친다. 드라마를 쓸 때 스스로에게 약속했고, 지금까지 그 약속대로 악인을 만들지 않았다. 제비족 한석규도 악인은 아니다. 만일 악이 있다면 그걸 코믹화한다. 조금만 들여다보면 악이라는 게 굉장히 웃긴다…… 이것은, 코미디에 한정된 얘기지만, 사실 TV 드라마를 안방의 '예술' 에 달하게 만드는 요체다. 완전한 악인이 등장한다면 그것은 예술이 아니라 신화다. 예술에는 '악행의 전후사정이 있을 뿐이다. 그리고 그는, 당연히, 죽은 예술이 아니라 산 생명을 지향하고, 그러므로 더욱, 예술가다. 〈남과 여〉라는 영화를 보면, 남자와 여자가 해변을 걷는데 가늘어진 그림자가 꼭 자코메티의 '철삿줄 인간 조각' 같다. 여자가 "꼭 자코메티 같죠?" 라고 묻고는 남자가 그렇다고 하자 다시 "자코메티가 한 말 기억나세요?" 묻는다. 그리고 답한다, "불타는 방 속에 렘브란트 그림과 고양이가 있다면 나는 고양이를 구하리라. 그리고 놓아주리라……" 김운경의 〈파랑새는 있다〉는, 내가 보기에, 〈서울뚝배기〉와 〈서울의 달〉의 모든 것을 갖추고 그것으로 새로운 질서, 아주 안정된 질서를 만들어낸 김운경 드라마 예술의 최고 걸작이다. 전직 창녀, 차력사, 국악 지망 소녀, 밤무대 가수 등, 얼핏 낯설고 신기한 이야기들만 한데 모으기로 작정한 듯한 소재들에도 불구하고, 그 모든 것을 한데 아우르는 모종의 '예술=인생' 관은 정말 화엄이라 할 만하고, 이 화엄의 경지를 문득문득 깨닫는 것은 휴식의 중심인 안방이 또한 화엄으로 가득 찬 것 아닌가 하는 착각마저 주는 것이라서 우리는 '신기' 보다 더 놀라운, TV 화면이 안방인지 안방이 TV 화면인지 까마득해지는 경험을 하게 된다. 전태일의 불을 눈물로, 눈물의 화엄으로 전화하는 것은 바로 이러한 까마득함일 것이다. '사기꾼' 백윤식은, 갖은 잔꾀에도 불구하고 악의가 까마득하고, '가수' 양금석은, 순정과 억척에도 불구하고 선의가 까마득하다. 그렇게 까마득함에도 불구하고, 아니 까마득하므로, 백윤식과 양금석은 안방의 그 무엇보다 친근하고, 친근함이 까마득하다. 이때 우리는 '인생을 배웠다' 고 할 수 있을 것이다. 〈서울의 달〉은 '안방에 어울리지 않는 소재' 라는 이유로 숱한, 엄청난, 어처구니없는 관의 압력을 받았다. 〈파랑새는 있다〉는 그런 터무니없는 압력에 대한, 혹시 오기로 시작한, 그러나 예술로 끝맺은, 답변인지 모른다. 그렇게, '고우영 만화' 가 70년대, 운동권보다 더 본질적인 문화운동사의 한 맥락을 이루듯, 김운경 드라마는 80, 90년대, 운동권보다 더 본질적인 문화운동사의 한 줄기를 이루는 것인지 모른다. 올 11월부터

방영될 작품은 〈황금사과〉. 그리스신화 세 여신 사이를 이간질해 결국 트로이전쟁을 일으키게 되는 '불화의 사과'에 착안, 60년대 경상도 상주쯤에서 벌어지는 살인사건을 둘러싼 이야기란다. 그에게는 또하나의 도전이랄까, 산 너머 산일 텐데. 그것 아니라도 TV 드라마라는 게, 일단 쓰기 시작하면 징역살이와 진배없다던데. 그의 대답은 이랬다. 피아니스트 박하우스는 자기 집에 탄광 광부 사진을 걸어놓고 열심히 피아노 연습을 했다…… 그는 배우들의 애드리브에 대해 단호하지만(구속을 시키거나, 군대나 이민을 보내거나, 병원 이송시킨단다, 물론 드라마상으로), 주현과 임현식의 애드리브 능력은 인정했다. 어쨌거나, 내 나이 아래로는 애드리브를 인정 못 한다……

PS. 역시 김운경이라, 만남 끝 뒤풀이는 술도 인물도 푸짐했다. 동료 방송작가로 최근 전남대에서 강의중인 박진숙이 달려왔고, 같은 광주파 나희덕(시인)이 달려왔고, 이승우(소설가)까지, 실로 모처럼 만에 불려왔고, '쌍총장'(문예진흥원/작가회의) 강형철과 김형수가 자진해서 왔고 술판은 새벽까지 이어졌다. 그리고 며칠 후 다시 이어진 술자리에서 나는 술 취한 엉겁결에 엄청난 선물을 받았다. '바릴리 사중주단 베토벤 현악 사중주 전곡집'. 떨리네…… 이거, 술 깼으니 다시 돌려줘, 말어?

문화유산은 오래될수록 따스한 기억이다

문화재청장 유홍준

유홍준은 '문학판의 4·19 세대' 보다 튼튼한 '운동권 68학번 세대' 소속이고, 70년대 가장 시끌벅적했던 민청학련 사건 주모자 중 하나이며 더 요란한, 『나의 문화유산 답사기』 이래 숱한 베스트셀러 작가다. 그리고, 물론, 이 글을 쓰는 현재, 정부 고위직 중에는 그래도 때깔이 괜찮은 문화재청장 자리에 앉아 있다. 어지간한 사람은 다 아는 사실이다. 대학 시절, 혹은 그후로도 상당 기간 동안, 그의 별명은 '아가리컬처'(구라+문화 혹은 경작)였다. 그가 푸는 구라가 대단했거니와, 결코 잘생겼다고 할 수 없는, 느끼함과 말상을 간신히 면한 거무죽죽 얼굴에, 역시 훈계조를 간신히 면한, 가라앉음과 떠오름이 애매한 어조에도 불구하고 그의 구라 '내용' 이 상당한 '딴따라' 수준에 달했다는, 그래서 그 모든 것이 모종의, '어긋남의 조화' 를 이뤘다는 것을 짐작케 하는 별명이겠다. 뭐, 설마, '어글리컬처'는 아니었겠지…… 1968년도 대학가가, 그렇게 악의적인 시절이었을 리는 없다. 어쨌거나, '구라'를 '방송국'이라 치고, 큰 구라는 중앙 방송국 혹은 공중파 방송국, 새끼 구라는 지방 방송국이라 부르거니와, 그는 어언 '교육방송'으로 불리고, 그 '평가'를 그냥 무념무상으로 받아들이는 처지가 되었다. 아니, '교육'에 대한 그의 정의는 참신하고, 열의는 대단해서, 혹시 그가 애당초 교육을 위해, 전혀 교육이 아닌 것처럼 교육하기 위하여 특유의 '구라 기법'을 익힌 것이 아닐까, 그런 생각도 든다. 그런데, 웬 '구라' 이야기를 이렇게 서두부터 장황하게? 그것이야말로 유홍준의 '안팎'을 이해하는 '서두'로 중요하기 때문이다. 적어도 내가 보기에는, '운동권 투사'라는 '존칭'은 툭하면 '운동을 너무 하여 근육만 튼튼할 뿐 골은 텅텅 빈 사람'을 뜻하는 '빛 좋은 개살구'이기 쉽다. 김영삼이 특히 그 점을 너무도 당당하게, 거의 주장했고, '전문 행정가'에 대한 국민 일반의 갈급증 또한 그런 사정과 무관하지 않으며, 심지어 오늘날 그것과 연관된 몇몇 운동권 출신 정치인들의 자괴감 또한 없지 않게 되는 실정 속에서, 유홍준의 '학식+썰'은 단연 돋보일 뿐 아니라, 그를 모종의 진퇴양난으로부터 일찌감치 구원하는 품격이었다. 민청학련사건은 어떤가?

민주화운동사, 혹은 학생운동사에서 이 사건이 차지하는 비중은 아무리 강조해도 지나치지 않지만, 그거야 역사가가 평가할 때 그렇고, 사건을 주도한, 혹은 겪은 당사자들로서는, 젊은 날 한 번도 견디기 힘든 충격을 단 일 년 만에 세 번이나 '겪게' 만든, 얼을 빼는 사건이었다.

분위기가 한껏 고조된 시기 전국적으로 데모를 벌이려 한다. 그러나 데모 전국화는 실패하고, 주동자들이 느닷없이 '간첩 이상의 현상금' 으로 수배된다. 주동자들이 잡히고 사형, 무기, 수십 년 징역 등 난데없는 철퇴를 맞는다. 십 개월 남짓 지난 후 '시간이 미쳤는지, 내가 미쳤는지, 아니면 둘 다 미쳤는지'(김지하), 사형수와 장기수 모두 형집행정지로 석방된다. 그리고 며칠 후 '공범' 으로 재판을 받았던 인혁당사건 관련자들이 대법원 확정판결이 난 다음날 새벽, 모두 형장의 이슬로 사라진다…… 이것을 어떻게 '사건' 이라 하겠는가. 아니, 일 년도 채 안 되는 시기 벌어진 이, 나라 전체에 불길하고 이상한, 삼국시대 나라 멸망의 징후를 닮은 일들을, 어떻게 현실이라 하겠는가. 이것은 '죽음보다 끔찍한 황당함' 이고, 땅이 꺼진 듯한, 다시 죽음보다 끔찍한 허전함이 뼛속 깊은 곳까지 파고들며, 소름끼칠 틈도 주지 않고 존재 전체를 장악한다는 뜻이다. 더군다나, '형집행정지' 란 언제 어느 때든 다시 잡아가둘 수 있다는 뜻이니, 그들은 '죽음의 무게를 먹은 수십 년 징역' 의 빚을 지고, 그런 상태를 일상화했을 것이다. 이럴 경우, 당사자들은 대개 영웅적으로, '목에 힘' 으로, 아니 육체 전체를 뼈대화하는 것으로 버틸밖에 없고, 장차 정치밖에 할 일이 없게 된다.

아니 그것도 정말 드문, 영웅적인 심성의 소유자만이 가능한 일이고, 장한 일이다. 이런, 비극보다 끔찍한, 아니 끔찍함보다 끔찍한 무기력의 코미디 속에서 유홍준을 구원한 것은 역시 '학문+썰' 이다. 긴급조치4호라는 '죽음의 코미디' 를 그는 '삶의 코미디' 로, 받아치지 않고,

그물 벗어나듯 벗어났다. 하긴, 그가 받은 형량은 칠 년이다. 그가 사형이나 무기를 받았다면 그의 코미디는 세 번의 충격으로 더 깊어졌을까, 아니면 충격에서 헤어나지 못했을까? 장담할 수 없다. 소리꾼 임진택이 유일하게 '무죄 선고'를 받지 않고 사형이나 무기를 받았다면 그의 예술이 세 번의 충격으로 더 깊어졌을지, 아니면 충격에서 헤어나지 못했을지 장담할 수 없는 것처럼. 어쨌거나, 유홍준이 칠 년을 받은 것, 그리고 임진택이 무죄를 받은 것은 정말 다행이다. 아무튼, 『공간』『계간미술』 등 미술잡지 기자생활을 하다가 1981년 동아일보 신춘문예 미술평론부문(이란 것이 이때 있었던 것도 참 다행이다)에 당선되었을 때, 그는 미술, 특히 한국미술에 대한 '공부'가 '구라'를 훨씬 능가한 상태였고, 그의 '공부'는 장차 민중미술운동에 참으로 소중한, 고전적인, 고전으로서 역할을 하게 된다. 소위 '제도권' 전통 미술사가들이 민중미술진영한테 그 흔한 '전통도 모르는 것들이' 운운을 하지 못했던 것은 대체로 유홍준 때문이다. 하지만, 그것보다 더 중요하게, 이제 '교육적 구라', 즉 '교육방송'의 시대가 온다. 그는 문화유산 슬라이드들을 보따리, 보따리로 싸들고 다니며, 순회강연을 시작하는데, 그 순례의 노정과 행색은 조선 말 보부상과 다를 게 없었다. 이때의 '교육방송' 경험이 고스란히 녹아 '문화유산 답사기'를 이룰 뿐 아니라, 그를 가장 유능한 운동권 화상(畵商)으로 만들어주었거니와(당시 그림은 운동권 최고의 자금원이었고 그의 '구라'에 걸리고도 그림을 사지 않은 부유층은 없었다. 그것은, 지금도 그렇다), 그때부터 나는 유홍준을 위해, '문화유산은 오래될수록 따스한 기억' 이라는 명제를 위하여, 조태일 시 「국토서시」를 읽어주고 싶었다.

발바닥이 다 닳아 새살이 돋도록 우리는
우리의 땅을 밟을 수밖에 없는 일이다.

숨결이 다 타올라 새 숨결이 열리도록 우리는
우리의 하늘 밑을 서성일 수밖에 없는 일이다.

야윈 팔다리일망정 한껏 휘저어
슬픔도 기쁨도 한껏 가슴으로 맞대며 우리는
우리의 가락 속을 거닐 수밖에 없는 일이다.

버려진 땅에 돋아난 풀잎 하나에서부터
조용히 발버둥치는 돌멩이 하나에까지
이름도 없이 빈 벌판 빈 하늘에 뿌려진
저 혼에까지 저 숨결에까지 닿도록

우리는 우리의 삶을 불지필 일이다.
우리는 우리의 숨결을 보탤 일이다.
일렁이는 피와 다 닳아진 살결과

허연 뼈까지를 통째로 보탤 일이다.

산새 소리 사라진 만덕산의 봄, 그것은 외할머니 돌아가신 외가댁에 온 것만 같았다…… 『나의 문화유산 답사기』는 문화유산 '론' 을 문화유산 '문학' 으로 끌어올렸다. 특히 향토적 서정에 대한 묘사가 뛰어나고, 사라져가는 자연에 대한 묘사는 가슴 아프다. 그가 농촌 출신은 아니다. 오히려 서울 출신이라 농촌과 자연의 아름다움을 더 잘 느끼는 것 같다. 왜냐면 농민에게 농촌과 자연은 일상이고 버릇이고 습관이니까…… 소설가 송기숙은 "나는 장흥에서 태어나 시골 촌사람으로 살면서 여태까지 논바닥에 벼 포기 흔들리는 것을 문학으로 쓴다는 생각을 해본 일이 없다"면서 『나의 문화유산 답사기』를 홧홧하게 평했다. 하긴, '문' 과 '학' 은 도시에서 하건 농촌에서 하건 근본 기질은 '도시적' 이니까. 명문 혹은 명비유(좋은 문학은 항상 이 둘을 동반하거나 일치시킨다) "산새 소리……"에 대해 유홍준은 친절한 설명을 덧붙이는데, 그것 자체로 '썰' 이다. 어릴 적 초등학생 시절 방학숙제가 끝나면 어머니는 그를 경기도 포천 연천 어름의 외갓집에다 '부려' 놓고 개학 때 다시 실어갔다. 그는 천성이 노는 것을 너무 좋아해서(누군들 안 그렇겠는가, 더군다나, 대가리가 막 깨기 시작하는 초등학생이라면!) 방학숙제를 며칠 만에, 밤을 새워가며 얼마나 빠른 시일 내, 곤충채집(!)까지 포함하여 얼마나 빨리 끝내느냐가 관건이었고, 외갓집은 말 그대로 노는 천당이었다. 가재 잡고 나무하고 외사촌형 묵내기 화투 구경하고, 하지만 그것도, 외할머니가 돌아가시고부터는 시들해져서, 그는 외갓집에 가지를 않았다. ……노는 것을 좋아하는 그가 '론'을 위하여, 그러나 '아름다움의 론'을 위하여 미학과에 입학했으나 역시 '론'은 '론'일 뿐이라 그냥 노는 쪽을 택했던 그를 '공부'로 이끌어준 것은 김윤수(미술평론가, 국립현대미술관장)였다.

미학과에 가면 무슨 예술평론, 예술학을 배울 줄 알았는데, 난데없이 헤겔, 칸트라니. 죽겠는데, 게다가, 하르트만이라는 자가, '병이 아름다우면 병 자체가 아름다운 것이냐, 아니면 병은 가만있는데 우리의 미적 감성이 병에 비추인 것이냐' 운운하면서, 주관주의, 객관주의, 상관주의 운운하더니, '객관적'이 삼십 퍼센트, '주관적'이 칠십 퍼센트라는 자, 즉 삼칠제라는 자, 사륙제로 하자는 자, 그렇게 몇 학파로 나뉘고, 미치겠고, 그래서 마냥 놀다가 대학 이학년 때 수학여행 가서는, 더군다나 이박 삼일 동안을, 소문날 정도로, 전설적으로 놀아제낀 그를 어느 날 김윤수가 대학다방으로 불렀다. 김윤수는 당시 시간강사로 출강했으나 유홍준을 직접 가르친 바는 없고, 다만 수학여행 때 유홍준 꼴이 너무 해괴한 중에도 모종의 싹수가 보였던 것이다. 자네 노는 것을 보니 공부하면 잘할 것 같은데, 너 공부는 떼엎어버리고 그냥 마냥 논다며, 그럼 뭐 하러 미학과에 왔나? ……평소 자상하지만 남을 꾸짖을 때는 더 자상하면서도 외유내강의 이심전심이라 꾸중 내용이 더 아픈 김윤수가 그렇게 말했고 유홍준은 짐짓 호기롭게 버텼다. 선생님, 나, 미학과한테 사기당했습니다. 여기 오면 '예술'을 배울 줄 알았는데, 없는 독일어 실력에 『판단력 비판』, 『예술철학』 이런 거 읽으려니 고생바가지고, 제가 원했던 것은 이게 아니라 이겁니다. 전 어쨌든 즐겁게 살랍니다…… 하지만 사실, 이 말은 애당초, '선생님, 저 공부하고 싶어요'를 강하게 담은, 탕자의 고백 같은 거였다. 김윤수가 답한다. 대학사회는 학생을 지식인으로 대접하는 사회인데, 선생이 가르친다고 학생이 배우고 안 가르친다고 학생이 안 배우고 포기하나? 니가 하고 싶었던 것이 무엇인지, 지금부터 니가 그것을 하면 될 것 아니냐? ……그리고, 김윤수는, '유홍준류'가 무엇을 공부하고 싶어할지 이미 알고 있었다. 유홍준에게 바사리의 『이탈리아 르네상스 미술가전』을 읽어보라며 내주었던 것. 바사리는 이탈리아 르네상스 미술을 '평전' 스타일로 정리, 미술평론의 길을 개척한 사람이고, 『이탈리아 르네상스 미술가전』은 훗날 유홍준이 『화인열전』, 무엇보다 『완당평전』을 쓰게 만들 만큼 내용이 매력적이었다. 문화재에 대해 관심을 가진 것도 그때부터였다.

그의 연구실 책꽂이에 라면 박스 열 개가 죽 놓여 있(었)다. 겸재(정선), 단원(김홍도), 추사(김정희), 능호관(이인상), 현재(심사정) 등 조선시대 '화인들'에 대한 자료통이다. 각 인물에 대한 자료는 물론 각 통에 넣고, 여러 사람이 등장하는 자료는 여러 부 복사하여 한 통에 하나씩 집어넣는다. 그는 이 통들을 무려 십오 년 동안 보강하고 관리하고 처리했다. 그가 쓴 논문 「단원의 삶을 증명해주는 열 가지 변증」은 '단원 통'이 너무 넘쳐서 '처분'하려고 쓴 글이다. 이 정도의, 자료벌레 혹은 공부벌레지만, 김윤수 때문에 특히, 그가 강조하는 조기교육론은

'education'의 그리스 어원 '에두카'가 그렇듯, (아이가 가진 재능을) '뽑아주'는 것이다. 김윤수가 유홍준을 '에두카' 해주었듯. 빈 깡통 같은 머리에다 부모가 제멋대로 마구 지식을 '우겨넣는' 것이 아니라. 페프스너 『미술 아카데미의 역사』를 보면, 프랑스 '왕립 아카데미'(우리나라로 치면 '학술원', '예술원' 쯤 된다)라는 데가 참 희한한 곳이다. '아카데미 모범생' 중 훗날 대가가 된 예가 없고, 그곳에서 쫓겨나거나 그곳을 탈퇴한 세잔, 르코르뷔지에 등은 훗날 대가로 컸다. ……어쨌거나, 아니 그래서 그런지, '전기'에 대한 그의 애정은, 얼핏 우리 애정이 그만 못해서 화가 난 듯 보일 정도로 근본적이고 열혈적이다. 그는 각계 명사들을 만날 때마다 왜 우리나라 의사 열전은 없냐, 왜 무용가 평전은 없냐, 왜 법조인 열전은 없냐, 무턱대고 물어보기 일쑤고, '실명'을 쓰면서도, '전기적(傳記的) 근거'가 거의 없는 요즘 영화, 방송드라마, 문학, 연극, 뮤지컬 등 온갖 예술 장르 '시장' 사정에 대해 말을 아끼지 못한다. 아니 그는, 이순신이든, 광주항쟁이든 그것을 다룬 '문학'보다 실제 삶이 더 드라마틱하고 상상을 뛰어넘는 면이 많을 수 있다고 생각한다. 사실, 「전태일 수기」 및 『전태일 평전』(조영래 지음)은 이 땅의 온갖 노동문학보다 사실적이고 감동적이다. 모든 광주항쟁에 대한 사실 없이 소설만 있다면 사람들이 '날구라'라고 하지 않겠는가…… 사실, 굳이 외국과 비교해보지 않더라도, 우리나라의 '전기문학'은 수준의 사정이 형편없고, 앞으로 나아질 전망도 보이지 않는다. '신화적인' 재벌 성공담, '영웅적인' 아동물 위인전들이 사태를 더욱 악화시킨다. '전기

문학' 은 유홍준의 '썰 + 학문' 기질에 무척 어울린다. 아니, '전기' 가 바야흐로 유홍준이라는 '임자' 를 만났달까. 『임꺽정』을 쓰기 위해 『조선왕조실록』은 물론 『열려실기술』까지 온갖 것을 두루 뀁 벽초 홍명희는 정말 대단한 사람이다. 그의 허구는 모두 근거가 있는 허구다. 구라되, 근거가 있는 구라라는 얘기다. 그는 철저한 근거에다 '문학적 심혈' 을 기울인다. 『임꺽정』은 엄청난 인기를 끌며 연재되던 중, 사흘 동안 '작가 사정' 으로 연재가 끊긴 적이 있다. 작가 사정이란 게 뭐냐. 여자하고 노닥거린달까, 일본말로 '히야카시' 쯤 되는 뜻인데, 이걸 당최 우리말로 어떻게 표현해야 할지 모르겠는 거다. '노닥거리다' 는 너무 남녀 구분 없이 일반적이고, '수다 떨다' ? 이건, 남녀 수작과 거리가 멀고, '수작' 은 '다 된 밥' 냄새가 나고, 도무지 마땅한 말을 찾지 못하여 사흘을 끌었고, 그러다가 마침내 '희영수거리다' 라는 표현을 찾았고, 그리하여 연재가 계속될 수 있었다. 그리고, 홍명희의 『임꺽정』이 어떤 자료를 근거로 씌어졌는가를 연구한 임형택(국문학자) 또한 대단한 사람이다…… 『완당평전』 제3권은 '자료집' 이다. 이런 자료집들이 널리 알려진 상태라면 나는 두 권짜리 완당 '평전' 이 아니라, 한 권짜리 '완당전기' 를 쓸 수 있었겠으나, 그런 사정이 아니라, 내가 일일이 '논증' 을 해야 하므로 평전이 될밖에 없었다…… 그가 내친 김에 『완당평전』을 아무 데나 펼치며, 추사가 남긴 '죽이는' 글들을 대목대목 읽어주는데, 과연 '이 정도면 이 사람의 생애를 재현하는 데 나의 재주를 바칠 만하지 않은가!' 하는 그의 주장에 동조할 만한 수준이었다. (괄호 안은 유홍준

의 감탄-찬사)

나는 천성이 노는 것을 좋아하여서(야, 이 문장이 참…… 내 이분이 이럴 줄은 몰랐어) 늘 좋은 놀이 만나거나 좋은 친구를 만나면 낮놀이가 부족하여 밤까지 계속했으며(어쩌면 이렇게 나와 완벽하게 닮았는지, 그래서 놀랐는데, 점점 더 닮아요) 근심과 걱정을 하도 많이 겪어 삶과 죽음까지 깨우쳐 통달했으니 처자나 집안일 따위는 마음에 걸릴 것도 없이(밑줄 유홍준)(그 다음은 더해) 오직 풀 한 포기 돌 한 덩이 꽃 한 송이만 보더라도 진실로 내 마음이 거기 붙일 만할 곳 있다면 아예 거기 가서 세상을 마칠 생각으로 떠나곤 했지요(내 답사 다닌 꼴이 꼭 이랬었지. 어떻게 자기 자신을 이렇게 진솔한 이야기로 풀 수 있을까. 그런데 그 다음을 내가 못 미쳐요). 하물며 이른 봄과 늦봄 사이 강마을 경치는 더욱 아름다워 꽃은 비로소 봉오리가 터지고 새들은 다 둥지를 벗어나 하늘은 엷은 청색을 띠고 물은 짙은 초록을 지으며 만 그루 복사꽃이 붉고 천 그루 배꽃이 희게 다투어 벌어지고 백 리 들판에 보리는 푸르고 누렇게 펼쳐졌는데 나는 이따금 홀로 그 속을 거닐며 짐짓 들까치들 설레게 하고 왕왕 큰 소리로 노래 부르며 흰 구름을 뚫고 가곤 했지요. 간혹 옛 벗을 만나면 그윽한 데하고 먼 데까지 마음껏 구경하고(다음은 갈수록 태산이지) 낮에는 역사책을 읽고 새벽에는 경전을 공부하며 해가 기울도록 벗을 붙들고 밤중이면 귀신과 얘기하며 밤낮의 구경을 다하여 흠뻑 젖어드는 흥취를 실컷 푼다면 그 즐거움이 거의 죽음을 잊을 만도 하지 않겠습니까?(이게 예순여덟 살 과천 노인이 서울 친구에게 보내는 편지라니!)……

유홍준에 관한, 나만 아는, 혹은 안다고 착각하는 A)고마운 일과 B)놀라운 일과 C)비밀과 D)기분 좋은 일 하나. A)80년대 중반, 악명 높은 수금원이던 나에게 그는 '내가 한 일에 비해 돈을 너무 많이 받는 것 같다' 며, 자진해서, 거금을 희사했다. 그건 정말, 일 주일에 한 번 출근하는 화랑 큐레이터 월급에 비하면 막대한 돈이었다. 다시 한번 감사. B)그의 베스트셀러 대부분이 연재 글을 모은 것이고, 연재 고료를 받지 못한 것이지만, 어쨌거나, 유독 바쁜 '유명인사' 가 된 후, 거리에서 우연히, 한 십 년 만에 만난 내게 그는 '책을 보냈던가?' 묻더니, 주소를 적었다. 뭐, 그런 시늉만 해도…… 난, 그 정도로만 생각했는데, 며칠 후 정말 책이 왔다. 이런 경험 처음이다. 다시 한번 경악. C)그가 국립중앙박물관장 공개채용에 '응시' 했다가 스스로 철회한 것은 '인터넷' 에 깡통이기 때문이다. 몇 사람이, 혹시 아르바이트로, 집중적으로 비난 댓글을 올렸는데, 그는 '전 국민' 이 반대를 하는 줄 알았단다. 하긴, '관장' 낙방하고 '청장' 됐으니, 그것도 새옹지마지만. D)몇 달 전 이가 아파 유영재(는 대학 시절 같이 문학반 하던 내 친구다)치과에서 유홍준을 만났다가, 피차 모종의 무참함('이빨 문제' 는 '나이 듦' 의 그것을 넘어, 뭔가가 '삭는' 듯한 문제 아닌가)을 얼버무리는 와중, 나는 그에게서 『완당평전』을 썼다는 몽블랑 만년필을 천행으로 얻었다. 그가 사는 집이 무슨 문화재급(문화재 용어 좀 쉬운 말로 하면 안 되나?)이라던데, 이 몽블랑 만년필도 몇십 년 묵히면 문화재가 되지 않을까. 다시 한번 흐뭇…… 나와 만남이 있고 그 다음다음 날엔가, 북한 방문중 유홍준의 '노래 실수'로, 유홍준의 입담에 눌렸던 언론이 '잘 걸렸다' 쾌재를 부른 사건이 있었다. 뭐, 경솔했던 건 사실이지. 하지만, 더 중요하게, 나는, 유홍준이나 노무현 정부가 모종의 실험을 하고 있다는 생각이다. '딴따라+교수+공무원'이 우리나라 문화 수준에 가능한지 아닌지.

눈빛으로 대화하는 어머니의 전형을 찾아서, 혹은 연기의 미분학과 삶의 적분학

연기자 고두심

나는 어려서 우리들이 하는 말이
별이 되는 꿈을 꾼 일이 있다.
들판에서 교실에서 장터거리에서
벌떼처럼 잉잉대는 우리들의 말이
하늘로 올라가 별이 되는 꿈을.
머리 위로 쏟아져내릴 것 같은
찬란한 별들을 보면서 생각한다,
어릴 때의 그 꿈이 얼마나 허황했던가고.
아무렇게나 배앝는 저 지도자들의 말들이
쓰레기 같은 말들이 휴지조각 같은 말들이
욕심과 거짓으로 얼룩진 말들이

어떻게 아름다운 별들이 되겠는가.
하지만 다시 생각한다, 역시
그 꿈은 옳았다고.
착한 사람들이 약한 사람들이
망설이고 겁먹고 비틀대면서 내놓는 말들이
자신과의 피나는 싸움 속에서
괴로움 속에서 고통 속에서 내놓는 말들이
어찌 아름다운 별들이 안 되겠는가.
아무래도 오늘밤에는 꿈을 꿀 것 같다,
내 귀에 가슴에 마음속에
아름다운 별이 된
차고 단단한 말들만을 가득 주워담는 꿈을.

—신경림, 「말과 별」 전문

TV를 천리안의, 편재하고 싶은 예술 소망의 결과라고 볼 때, TV 드라마 '배우', 즉 탤런트의 소망은 착한 사람들 약한 사람들의 '말'이 아름다운 '별'로 되는 순간을 직접 경험하는 일일 것이다. 이때 이 연기자는 보통 아버지 혹은 보통 어머니의, '낯익음의 권위'에 달하게 된다. 그러자면 명대사와 명연기는 물론 명장면과 명연출, 그리고 명시청자가 있어야 한다. 하지만, TV 드라마의 엄청난 접촉면적에 비하면, 그리고 그 요란한 시청률 경쟁에도 불구하고, '말'이 '별'로 되는 경우, 특히 그냥 내뱉는 듯한 말이 드라마 밖 해묵은 일상을 건드리며, 해묵음 자체를 빛나게 하는 경우는 드물다. 아주 열악한 환경에도 불구하고 우리나라 영화사에 명배우는 많았다. 하지만 영화는 관객과의 거리가 TV 드라마보다 훨씬 멀며, 그만큼 판타지고 그만큼 멋있는 것을 추구하므로, 설령 가난을 다룬다 하더라도, 우리 바로 곁의 말들을 '별'로 만드는 데 별 관심이 없다. 김승호와 황정순은 명배우지만 서민적으로 '멋지고', 최무룡과 김진규는 멀쩡하게 '멋지고', 장동휘와 박노식은 주먹건달로 '멋지고', 이예춘과 허장강은 다시 볼 수 없는 악역 배우고, 김지미는 '아름다움의 연기력' 그 자체를 연기한 배우고, 신성일과 엄앵란은 물론 다시없을 '맨발의 청춘' 커플이지만, 화면 속으로 너무 멀다. 오늘날의 영화배우 스타들은 스스로 하늘 높이 떠 있으므로 일상의 말을 주으려면 다시 내려오는 수고를 겪지 않으면 안 된다. 영화와 TV 드라마는 그렇게 다르고, 그러므로 다시, TV 드라마 연기자로서는, 심지어 사극 연기를 하더라도, 낮은 말을 높은 별로 끌어올리는 과정이 본질적이다. 그렇다면, 나는 우리나라 TV 드라마 연기사를 고두심 이전과 이후로 나눌 수 있다고 생각한다. 더 과감하게 말하자면, 그녀 '연기'는 우리네 실생활과의 차이가 미분화할수록 감동적이고, 그런 그녀 연기로 하여 우리네 일상은 그녀 연기를 누릴수록 감동적이다. 우리가 '성격 배우' 혹은 '성격 춤' 혹은 성격 음악(표제음악)이라 할 때 혹시 암시하는 어떤 부정적인 측면, 화면 밖으로 나오기에는 뭔가 '2% 부족한'

느낌이 그녀 연기에는 없다. 그것은, 우선 우스개 삼아 말하자면, '고두심' 이란 이름이, '예쁜 연예인 시대' 인 지금은 더욱, 놀랍도록 촌스러운 것임에도 우리가 그 사실을 전혀 인식하지 못한다는, 더욱 놀라운 점에서 그렇다. 나는 배우 이름이 아름답고 부르기 쉽고 그래야 하는 것인줄 몰랐다. 연기자생활을 시작하면서 연출자들이 예쁜 예명을 하나 짓자고 하기도 했지만, 내가 안 하게 되고, 뭐 잘 몰랐으니까, 아버지가 지어준 이름이 최고다 생각했으니까 고집을 했다. 동생 이름이 고두화인데, '화' 자가 하나 들어간 것이 예쁘게 들리길래 어릴 때 이름을 바꾸자고, 그런 소리를 한 적은 있다. ……고두심 이후 젊고 예쁜 탤런트들은 영화스타와 구분이 되지 않는다. 즉 그들도, 일상의 말을 주으려면 다시 내려오는 수고를 겪지 않으면 안 된다. 요즘 유행하는, 스타가 망가지는 이야기들이 그렇다. 고두심은, '예쁜 탤런트' 로 시작하지 않았고, 망가질 필요가 없다. 않았으므로, 없다? 아니다, 않았는데도, 없다. '망가지는 연기' 또한 명연기자만이 가능한, 그러므로 명연기자에게만 주어지는 역할이다. 〈결혼하고 싶은 여자〉의 명세빈, 〈불어라 봄바람〉의 김정은, 〈내 이름은 김삼순〉의 김선아의 망가짐이 우리를 즐겁게 하는 것은 딱히 망가지는 꼴 때문이 아니고, 그 망가짐 연기를 명세빈이나 김정은, 혹은 김선아 아닌 배우가 한다는 것을 어언간에, 아니 시작과 동시에, 순식간에, 상상할 수 없을 정도로 그들의 연기력이 뛰어나고 그들의 망가짐이 치명적인 웃음을 자아내기 때문이다. 이론과 인기 분석은 사실 나중 일이고, 부산하기만 하다. 하지만, 어쨌든 그럴 때 그들은 희극적이고, 그런 의미에서 고두심은, 늘 곁에 있으므로 굳이 내려올 필요가 없고, 내려올 필요가 없으므로, 희극적이었던 적이 한 번도 없다.

그렇다면, 고두심을 일상에서 만나는 일은, 드라마 '안' 낯익은 현실로부터 드라마 '밖' 낯익은 현실로 불러내는 일이므로 낯익고 편안할까? 아니다, 그것은 무섭다. 그것은 '안' 과 '밖' 의 차이의 끊임없는, 어지러울 정도로 빠른 미분(학)으로부터 그녀를 끄집어내어 적분(학)하는 일이므로 무섭다. '운동' 후유증 때문인지 같은 것보다는 다른 것을 더 좋아하는 버릇, 나쁜 것에 반대하는 일에 나서기보다는 좋은 것과 자주 어울리는 버릇이 생겨 '문화계 마당발' 이라는 '선의의 욕' 을 감수하면서까지 다른 장르, 다른 영역, 다른 직업, 다른 차원의 인간들과 만나기를 주저하지 않게 된 지 얼마 안 된 후부터, 그리고 특히 '만남의 글' 을 쓰기 시작한 직후부터 고두심과 만나보기를 바랐으나 번번이 지레 주눅 든 까닭이 거기에 있다. 그리고 얼핏 보더라도 연기자 고두심과 〈마당 깊은 집〉〈산 너머 저쪽〉〈아들과 딸〉 등 시청률 요란했던 작품을 같이 했으므로 인연이 제일 깊은 듯 보이는 방송작가 박진숙에게 부탁하여 겨우 전화 통화가 된 후 처음 들은 고두심 육성의 내용은 정말 무서웠다. 나 그거 하기 싫은데, 라고 말하는 것이 정말 〈목욕탕집 남자들〉에서 시집 안 가고 버티는 세 딸에게 하듯 바로 내 곁에서, 너무도 당연한, 그리고 일상적인 짜증투였던 것. 차라리 야멸쳤다면 오히려 편했을 텐데, 그녀는 그 틈도 주지 않았다. 나는 아주 오랫동안 잘못하고 오랫동안 꾸중들을 날을 전전긍긍하다가, 예상대로 꾸중을 듣지만, '예상대로'가 무슨 도움이 되기는커녕, '느닷없이'보다 더 무겁게 느닷없는, 그런 상태로 잠시 어버버댔을 것이다. 그리고 두서 없이, 내용 없이, 아니 무슨 말을 하는지도 모르고, 그냥 애원의 어조만 겨우 버텼을 것이다. 그리고, 만남을 겨우 허락을 받고 나니, 뭔가 망신살의 파국이 예정된 것처럼, 그 '예정 예상'이 다시 준비에 전혀 도움이 안 되는 것처럼, 본격적으로 떨리기 시작한다. 미치겠네 이거…… 대담 순서를 앞쪽으로 잡았기 망정이지, 한두 달 뒤로 미뤄 잡았더라면, 다이어트 효과가 상당했을 것이다. 많은 사람 앞에서 얘기하는 걸 굉장히 꺼린다. 강의 제의를 받아도 못 하겠다 대답한다. 그 대신 일대일로 만나 그 사람 눈빛을 보며 얘기하는 일은 삼십 년 넘게 해 버릇하여 그런지 잘 익어 있다…… 눈을 맞추는 대화라. 얼핏 황홀한 말이지만, 삼십 년 넘은 방송 동료라면 모를까, 초면에 그녀와 '눈을 맞추는 대화'는 얼마나 간담 서늘한가.

초등학교 때는 뭘 몰랐고, 중학교 때부터 꿈은 두말할 것도 없이 연기자였고, 중학교 일학년 때부터, 고등학교 삼학년 때까지 고전무용을 했지만, 신성일, 최지희, 엄앵란 등 유명배우들이 모처럼 제주도로 와서 당시 유일한 관광호텔에 묵던 중 베란다로 나오고 교복 입은 여학생들이 그리로 몰리고, 나는 다른 학생들과 달리 단발이 아니라 갈래머리였는데, 배우 신성일이 '어, 재는 배우 얼굴이다. 배우 시켰으면 좋겠다' 하며 나를 정말로 뽑아줄 것 같은 기분이 들었고, 아무리 날짜가 가도 연락이 오지 않았지만, 배우가 될 것 같은 예감이 계속 들었고, 결국 오빠 밥해주겠다는 핑계로 상경했다. 바람보다는 꽤 늦었지만, 1972년 만 스물한 살로 데뷔했다. 초기 출세작 〈춤추는 가얏고〉는 예술인의 일대기를 그린, 그래서 이중으로 어려운 작품이라 처음에는 겁이 나서 못 하겠다고 했는데, 유명한 욕쟁이 연출자(장수봉. 앞서 말한 박진숙 작품 모두 그가 연출했다)가 예의 그 '쌍시옷 걸쭉한' 욕을 해대며 '너는 뭐 뭐만 하자고만 하면 못 한다고 그러냐?' 하길래 '뭐 이런 게 다 있어?' 하다가 오기가 생기고 그런 일이 두 차례 더 있은 후 정말 오기로 한 작품인데, 정말 하기를 잘했다고 생각한다(그후 고두심은 '욕으로 시작해서 욕으로 끝내는' 장수봉을 더 걸쭉한 '쌍시옷' 욕으로 맞받아쳐 단 한 번에 눌렀다는 '신화'를 갖게 된다. 그리고, 하긴, 장수봉의 욕은 처음이 좀 거시기해서 그렇지 애정 표시라, 종류가 단순하고 반복적이고 순정적이다). 못 먹는 소주를 '털어넣고' 가야금을 '산산조각낸 상태에서 머리가 하얗게 센 할머니로 분장하고 담배 장죽을 물고 연기하고 촬영하고 혼자 자동차를 몰고 밤새벽길을 밟아 일영에서 돌아오며 카세트 볼륨을 있는 대로 높이고 고래고래 소리 질렀고, 집에 와 목욕탕에서도 창을 부르며(sing), 창을 불렀고(call), 결심하고 각오했다. 등허리 굽고 초라하고 남루한 할머니 역할만 잘할 수 있다면, 오늘 내가 늙어 내일 사람들이 고두심을 몰라보아도 좋다…… 삼십사 년 연기생활에 아쉬움도 없으니 난 행운아다. 앞으로 내려가는 길도 잘 내려가려고 한다(그러나 이십대에 이미 할머니 역할을 했고, 여러 명을 울린, 고두심 자신도 연기하며 울었다는 〈꽃보다 아름다워〉 전에도 치매 노인 역할을 맡은 바 있는 고두심에겐 사실 내려가는 길이 없다. 그녀야말로 나이를 먹을수록 아름다워지는 연기자다). 요즘 삼 년 동안 몸뻬만 입는 엄마 역을 너무 많이 했으니 이제는 현대적이고 감각적인 여성을 하고 싶다(그러나 장서희가 '화려한 아름다움'의 연기를 펼쳤던 〈인어아가씨〉에서 고두심은 스스로 말했듯 '옷을 실컷 입어서 좋았'고, 한 치의 오차 없이 세련되고 현대적이었다).

이런 여자와, 초면에 어떻게, 감히, 눈을 맞추고 대화를 한단 말인가. 몇 분도 안 되어 보잘것없는 내 속내를 그냥 들킬 것 아닌가! 아니, 몇 분 좋아하네. ……사실 초장에 깨졌다. 같은 제주도 출신으로 문예진흥원 당사자인 현기영(소설가)과, 자칭 고두심 열성팬으로, 오갈 데가 마땅치 않던 중 마침 소식 듣고 달려왔다는 황석영(소설가) 일행이 미리 다방에서 진을 치고 행사 시작 전 그곳에서 차나 한잔 하라길래, 그러려다가, 고두심을 '모시고' 가는 게 당연히 예의 같아 나도 문예진흥원 행사 담당자들과 함께, 문예진흥원 정문 앞마당에서 기다리는데, 내 엉거주춤한 폼으로 미루어 내가 그를 불러낸 '죄인'이라는 것을 한눈에 짐작한 그가, 담당자들과는 서로 친절하고 공손한 인사를 나누는 그 와중, 내게 눈을 흘기고, 그래서 나는 그 자리에 얼어붙을, 참이었는데, 그런데, 그 흘기는 눈빛의 표정! 마치 삼십 년 동안 아름다운 누님의 꾸지람과 원망과, 무엇보다 예리하게 파고드는 정겨움의 표정! '여시'라거나 '프로'라거나 그런 '직업적 용어'가 전혀 묻어나지 않는 그, '연기=삶'의, 어느 쪽에도 속하지 않는, 그러나 양쪽을 빛나게 만드는 표정!

하긴, 그렇지 않았더라면, 그렇게 펼쳐주지 않았더라면, 그런 적분학이 없었더라면, 내가 어찌 이렇게, 여기까지 왈가왈부를 할 수 있었겠는가. 고두심이 문학인과, 잘 어울린다기보다는 문학인을 많이 돕고 현기영과 황석영뿐 아니라 이청준, 박경리, 박완서 등 '대가들'의 작품을 깊이 읽는 것은 잘 알려진 사실이지만, 이청준 책에 서문까지 썼을 줄은 몰랐다. 그분들 작품을 보면 사람이 태어나서 어떻게 살아가야 할 것인가까지 생각하게 된다…… 그녀 말은 그랬다. 이청준이 남도의 끈질긴 정서를 문학예술화한다면, 고두심은 제주도 해녀의 삶을 연기예술화한다. 해녀의 자맥질은 얼마나 오랫동안 호흡을 끊느냐이다. 이렇게 평생동안 죽음을 견디는 것은 자식의 가장 편안한 단 한 번 숨에 맞닿아 있다. ……이것은 자연인 어머니로서 얘기기도 하고 '연기자=어머니'로서 얘기기도 하고, 적분학으로서 얘기기도 하다. 그녀 일상이 궁금해질 때다.

드라마를 한 편 하면 육 개월, 두 편 하면 일 년이 간다. 어느 날 자동차가 움직이는 바람에 흩날리는 낙엽을 보고서야 어, 가을인가봐, 그럴 때가 있다. 게다가 원고 마감을 어기는 작가를 만나면 밤샘 작업도 다반사다. 작품성을 따져 작품을 고르는 편은 아니고 어떤 인간적인, 끈끈한 정에 끌려다니는 편이지만, 연출이 내게 맞는 역을 의논하고 골라주는데다, 대개 팀워크가 잘 맞아 결국 좋은 작품이 되는 경우가 많다(하긴 탁월한 연기자일수록, 연기예술의 작품성에 몰두하는 편이라, 문학성에 몰두할 겨를이 없겠다). 남매를 두었는데, 어머니 연기를 많이 하지만,

걔들한테 정말 좋은 엄마 노릇을 하고 있는지 반성할 때가 많다. 어렸을 때 야단을 한참 치는데, 애들이 '엄마, 지금 엄마 얼굴이 텔레비전에 나올 때하고 똑같아요'라고 해서 웃음을 못 참고 다른 방으로 뛰어들어가 막 웃고 다시 돌아와 야단치고 그랬던 적이 있다(이 점에서 고두심이 걱정할 필요는 없다. 아이들은, 시답잖은 TV 광고와 달리, 어른들이 없는 시간 내어 놀아주는 것으로 철이 들지 않고, 열심히 일하는 모습을 보여주는 것으로 철이 든다. 그렇게 보면 애들 없는 데서 선생 노릇 하며 땀 뻘뻘 흘리는 우리 집사람은 불행하고, 실업자로 집에 붙박여 글을 짜내고 원고료로 입에 풀칠하는 나는 좀 낫고, 훌륭한 어머니로 밤마다 텔레비전에 나오는 '일하는' 고두심은 훨씬 유리하다). 그녀가 생각하는 어머니상은, 까막눈이었지만 참으로 지혜롭고 자애로운 그녀 어머니로부터 비롯된다. 남이 아파할 얘기를 잘 못하는 편이다(당연히 그렇겠다). 대사는 외우고 나서 스튜디오 문만 나서면 딱 잊어버리고, 그런 생활을 반복하다보니 개인적으로 얘기한 것도 그냥 털어버린다. 그러므로, 할 때 아무리 좋았던 작품이라도, 조금 지나면 어떤 에피소드가 있었는지 생각나는 경우도 없다(이것 또한, 컴퓨터 용량 문제가 아니라, 프로로서 당연하다. 하물며 나같이 약소한 필자도, 이왕 쓴 것에 집착하면 글이 써지지 않는데……). 내 연기 모니터링을 가능하면 하지만, 딴 일이 있어 처음 방송분을 못 보게 되면, 이상하게 재방으로 모니터링을 하지는 않게 된다(그녀는 연극을 많이 했고, 지금도 연극을 통해 관객과 '발가벗은 채' 만나고 싶어한다). 책을 쓰라는 사람도 있지만, 일기나 그때그때 감정 메모를 자식들한테 주고 갈지는 모르겠으나, 글을 남긴다는 것은 무섭다(그녀 입에서 '무섭다'는 말이 나오다니! 하지만, 고두심은 책을 써야 할 것 같다. 그러지 않으면, 고두심 연기예술의 비밀을 엿보는 '쾌감의 교과서'를 우리가 놓치지 않겠는가). 여가시간은 정말 없는데, 어쩌다 비가 온다거나 동료 연기자가 사정이 생겨 촬영이 펑크나면 마당에 나가 아주 조그마한 꽃들을 들여다보거나 인사동 찻집을 이집 저집 들르며 차를 얻어먹는 정도다……

주눅이 좀 풀렸는가, 나는 그녀에게 모처럼 평소 궁금했던 것을 물을 수 있었다. 고두심은, 의외로 김수현(드라마작가)과 일을 두 번밖에 안 했다. 그중 〈목욕탕집 남자들〉은, 우리가 다 알다시피 대박이었다. 그런데, 자세히 보면, 김수현 특유의 그 '괴팍한 코믹' 성격들의 잔치 속에서, 그 쟁쟁한 연기자들과 쟁쟁한 입담의 전쟁터 속에서, 고두심은, 가장 자연스럽다. 마치 코믹하지 않음이 그 모든 코믹의 코믹성을 보장 혹은 담보해준다는 듯이. 그런데, 다시 그런 장면들의 와중, 허리가 유독 약한 고두심이 그 사실을 깜빡 잊고 몸을 쓰다가 역시 허리를 삐는, 매우 인상 깊은 장면이 두 군데 있다. 하나는, 고두심은 정말 꼼짝을 못하고 우왕좌왕대는데 강부자(시어머니 역)가 "비켜라, 비켜!" 하면서 이불을 가져와 바로 옆에 깔고 고두심을 굴려 다시 끌고 가는데, 이 장면은 한마디로 기똥찼다. 그런데, 그 다음 장면은, 절묘하고, 거의 믿을 수가 없다. 목욕탕에 보일러가 안 들어온다니 신새벽부터 난리가 나고 기술자 장용(남편 역)이 허둥지둥 내려가고 고두심이 커피를 타서 들고 또한 허겁지겁 내려가다 미끄러져 다시 허리를 움켜쥐는데, '아픔의 극치' 와 '우스꽝스러움의 극치'(사실 아프다는 것은 보기에 따라 얼마나 우스꽝스러운가? 어떻게 보면 가장 우스꽝스러운 것은 죽음 아닌가?)의 결합을 어떻게 그렇게, 다시 '한 치의 오차' 도 없는 자연스러움으로, 그리하여 아픔이 웃음을 (덧나게 하는 게 아니라) 틀어막게 하고, 웃음이 아픔을 (덧나게 하는 게 아니라) 틀어막게 하는, 하여 이중으로 숨이 막히는 그런 연기가 어떻게 가능했는가? 그리고, 좀 '연예계' 스런 질문이지만, NG는 몇 번 났는가, 그 NG 장면은 남아 있는가? ……그런데, 고두심의 답이 정말 놀랍다. 그게, 이제까지는 비밀로 했는데, 사실 그때 내가 정말 허리통증이 있었고, 김수현 선생이 그걸 알고 써먹자 해서, 그냥 써먹은 건데, 그때 정말 죽는 줄 알았다……

어쨌거나, 청중 앞에 그녀와 나란히 앉으니, 표정 얹힌 그녀 얼굴과 나의 얼굴은, 흔하디흔한, 그리고 성적인 '미녀와 야수' 는 잽이 안 되고, 완전 '잘생김과 안 생김' 의 대비였다. 청중 덕분에, 청중을 핑계로 나는 그녀를 만났고, 그녀 덕분에, 그녀가, 마치 소심한 소년에게 용기를 주듯 무언가를 펼쳐주었으므로, 나는 청중 앞에서 고두심과 '고두심 이야기' 를 나눌 수 있었다. 자리가 끝나고 그때까지 (당연히) 기다린 '고두심 팬들' 과 술을 한잔 하면서, 그녀는 어느새, 이따금 반말도 하고 그랬는데, 초장 반말이 아늑하게 들린 것 또한 전에 없던 일이고, 아쉬울 정도의 시간만 앉아 있던 그녀가 '같이 일하는, 오랜만에 만난 오빠' 들과 한잔해야겠다고 일어나 밖으로 나가니, 모든 것이 사라지고, 한바

탕 꿈이었던 듯도 하다. 그녀는 지금, 오랜만에 드라마를 쉬는 한편, 〈역사스페셜〉이란 교양프로 진행자라는 색다른 일을 하고 있다. 역사라. '착한 여자' 고조선 웅녀, 고구려 고주몽의 '정치적 어머니' 유화, 혁명적 아름다움을 성취한 백제 도미부인에서 누추의 미학을 표출하는 조선 미얄할미에 이르는 모든 전형의 여성들을 그녀가 모조리 연기하는 '역사 다큐멘터리 극장'을 나는 그녀에게 맡기고 싶다.

육체의 응집인 정신과 정신의 해방인 육체의 변증법

연극인 안치운

안치운을 만나는 일은 프로메테우스와 대면하는 일이다. 그의 몸매의 표정은 우람하고 강단지고 윤곽 뚜렷하고 낙관적이며 친절하게 과묵하지만, 묻는 말에 대한 대답은 늘 진지하고 고통이 묻어난다. 그를 괴롭히는 것, 매일 새로 돋아나는 그의 생간을 맨 처음처럼 쪼아 먹으며 고통을 주는 제우스의 독수리는 천박화 경쟁을 갈수록 노골화하는 천민자본주의 대중문화다. 프로메테우스는 제우스를 물먹이려고 인간에게 불을 가져다준 죄로 영원한 고통의 벌을 받지만, 결코 제우스에게 무릎을 꿇은 적은 없다. 하지만, 영웅적인 거역과 상관없이, 인간에게 불(문명)을 가져다준 것이 과연 잘한 일이었을까? 인간이 과연 불을 누릴 자격이 있는 동물일까? ……프로메테우스의 고뇌는, 회의는, 그렇게, 고통보다 깊다. 사실 프로메테우스 자신이 모순적인 존재다. 그는 제우스 이전 거인족 출신이고, 제우스 시대는 문명 시대의 시작을 뜻한다. 문명 이전 거인족이 문명 이후 신을 거역하는 방법으로 인간에게 문명을 선물한다는 것이 도대체 어떤 의미를 갖는단 말인가? 프로메테우스의 답은 단연 연극예술적이다. 문명 이전이 육체만을, 문명 이후가 정신만을 뜻하는 것은 아니다. 육체의 응집인 정신과 정신의 해방인 육체의 변증법이야말로 문명 발전의 행로다…… 연극은 그런 프로메테우스적 깨달음에서 비롯된다. 연극은 시와 소설 혹은 그림이 '제우스(혹은 그 아들딸들) 고전적' 이라면 연극은, '프로메테우스 고전적' 이고, 이 연극이 바로 안치운의 희망이며, 삶의 근거며, 그를 절망시키는 것은 오늘날의 절망적인 연극현실이다. 일찍이, 최승자도 그런 절망을 노래했다.

일찌기 나는 아무것도 아니었다.
마른 빵에 핀 곰팡이
벽에다 누고 또 눈 지린 오줌 자국
아직도 구더기에 뒤덮인 천년 전에 죽은 시체.

아무 부모도 나를 키워주지 않았다
쥐구멍에서 잠들고 벼룩의 간을 내먹고
아무 데서나 하염없이 죽어가면서
일찌기 나는 아무것도 아니었다

떨어지는 유성처럼 우리가
잠시 스쳐갈 때 그러므로,
나를 안다고 말하지 말라.
나는너를모른다 나는너를모른다.
너당신그대, 행복
너, 당신, 그대, 사랑

내가 살아 있다는 것,
그것은 영원한 루머에 지나지 않는다.

— 최승자, 「일찌기 나는」 전문

일찍이 절망했던, 아니 절망으로 노래를 시작했던, 그리하여 초짜 시절 이승우(소설가)를 종교적으로 경악시켰던 최승자는 지금 어디 있는지 행방과 소식이 묘연하고(연락 요망) 안치운은 지금 히말라야 산속으로 깊이깊이 들어가 삶과 죽음의 경계가 없는 곳에 서보고 싶은, 혹은 사라지고 싶은 충동에 시달린다. 하지만, 안치운 이야기는 끝내 '사라진 이야기' 가 아니다. 사라지기에는 그의 고통이, 혹은 고뇌가 너무 프로메테우스적이다(그는 최승자 시의 명구 "이렇게 살 수도 없고 이렇게 죽을 수도 없을 때 서른 살은 온다"와 "괴로움 외로움 그리움 내 청춘의 트라이앵글"을 더 외었다).

그는 우리나라 최초의 프랑스 정부 초청 장학생이다. 프랑스 정부가 그를 처음 들여보낸 곳은 국립연극학회. 이 학교를 졸업했더라면 '김정환 형한테 술을 살 정도로' 돈도 주량도 넉넉했겠으나(설마. 이 학교를 졸업하고 연극 실기자가 되었다면, 연극평론가이자 대학교수인 지금보다 주머니가 더 쪼들렸을 텐데……) 그는 사십오 일 만엔가 퇴학당했다. '예술적'이라고 소문난 프랑스 교육제도도 그의 강한 자의식(은 무대공포증을 유발한다. 쪽팔릴 각오, 후안무치가 없이는 무대에 서지 못하는 것)을 깨지 못했다. 나이 든, 유명한 할아버지 교수들이 고색창연한 건물 강의실에서, 교수와 학생 한 열 명이서, 칠판 없이(!), 교수와 학생 사이 직접 만남으로 수업을 진행했다. 교수가 농담을 하라 하면 그는 못하고, 남들 앞에서 뭘 해보라 하면 도망가는 게 특기다. 기숙사에서 열심히 연습을 하고 나가서도 '내가 뭘 하면 누가 볼 것이다' 그런 생각에, 잘 못하고, 그의 시간이 처음 오 분에서 사 분으로 다시 삼 분으로 줄어들고 뒤 차례 학생들은 자기 시간이 늘어나 좋아하고, 그렇게 한 달쯤 되자 땡땡이치고 싶고, 교실 문 열다 다시 도망가고 도서관에서 책이나 읽지 뭐 그러다가 결석이 잦아지자 교수가 '불어를 못해 그러느냐, 너희 나라 말로 해봐라, 그것도 아니면 음성언어로 해도 좋다' 했으나 그것도 못하니 교수가 마침내 말한다. 넌 여기 그만둬라…… 교수는 그의 '이론' 체질을 알아보고 추천서를 써서 그를 대학으로 보내주었다.

자의식이라. 나도 무대공포증 때문에 연극반을 하면서도 '출연'을 한 번도 못 해봤지만(그냥 평소대로 주정만 해도 되는 김지하의 〈구리 이순신〉 중 시인 역은 공연 금지 처분을 받았다), 한 오 년 인간에 대한 능멸을 겪고, 즉 자존심을 철저히 짓밟히고 나서야 그것을 극복했다. 사실 자의식은 연극의 출발점이다. 자아가 발전하면서 자기 내부의 야만을 자각하고, 그렇게 자기 분열된 자아가 그 야만을 이성보다 열린, 이성보다 총체적인 어떤 '정신=육체' 총체성을 위한 통로로 끌어안는 과정이야말로 친족살해, 인육섭생, 근친상간으로 얼룩진 (고대 그리스) 연극 탄생과정이고 연극 발전과정이다. 그리고, 그러므로, 안치운의 자의식은 연극이론에, 프랑스 '대학=이론' 교육제도는 안치운의 자의식에 걸맞았다. 프랑스 교육제도는 한 가지 코스를 계속한 사람들이 학점 등 문제에 불이익을 받지 않도록 배려한다. 안치운은 교수 인터뷰를 거친 후 교수 사인을 받는 식으로 어렵지 않게 박사과정에 입학할 수 있었고, 교무처로 가서 입학 등록을 하기도 전에 교수는 '앞으로 말을 트자' 고 제안했다. 박사과정에 들어왔으니 같은 연구자 아닌가?……그는 물론 자의식 때문에라도, 술자리에서 마지못한 반말 말고는 제대로 말을 트지 못했지만, 제자를 연구자로서 존중하는 정신은 물려받았다. 그는 '제3대학' 을 다녔는데, 정교수도 대개 연구실이 따로 없었고, 아침에 도서관엘 가면 늘 교수들이 먼저 와 공부를 하고, 자기 강의시간이 되면 나갔다 들어오고 그랬다. 하지만, '누구보다 더 중심에서 연극 공부를 한' 그를 한국연극계는 받아들이지 않았고 그래서 비평을 하기 시작했지만 연극 동네에서 글을 실어주지 않으므로 연극과 아무래도 제일 가까운 『문학과사회』『창작과비평』『문예중앙』 등에 글을 실었다…… 그가 낸 적지 않은 저서 대부분은 유명 문학 출판사에서 나왔고, 대부분 연극이 주제지만, 연극 장르에 대한 배려라기보다는 문학성을 인정받아 출간되었다. 연극론은 아닌 『옛길』(학고재, 1999)에 이런 구절이 나온다. 목소리만 존재하는 옛길은 자기 모습을 숨겼다 감추었다 하면서 걷는 이에게 말을 건다…… 이 책에는 유구와 참신을 아우르는 시적 서정성의 극치라 할 만한 것을 보여주는 표현들이 이것 말고도 숱하다. 안치운의 '연극글' 이 문학판으로 들어온 것은 물론 그의 빼어난 산문력 때문이지만, 돌이켜보면 안타까운 일의, 아슬아슬한 반영이기도 하다. 그가 데뷔한 90년대는 연극비평의 전성기였다. 일간지에 얼핏설핏 실리던 연극평론이 1989년, 1990년부터 모든 신문에 나타났다. 그리고 지금, 일간지 연극비평란은 없거나, 기자들이 리뷰를 대신한다. 90년대, 십 년 동안 열심히 글을 썼던 사람들은 지금 글을 쓰지 않거나 비평적 입장을 취하지 않고 있거나 둘 중 하나다. 문학하는 친구들은 전과 달리 연극에, 연극행위에 관심 갖지 않는다. 그리고 연극하는 사람들 사이 '왜 연극을 하는가?' 라는 질문은 어언 '연극할 돈 어디서 생겼느냐?' '지원금 받았으냐?' 로 바뀌었다. 그리고 물론, 가장 중요한 질문은 '연극을 왜 하는가?' 며, 이 질문에 대한 안치운의 대답은 과연 자의식적이다.

나는 '맨' 자를 제일 좋아한다. 그냥 발보다는 '맨발' 이 좋고 손보다는 '맨손' 이 좋다(그렇다면 '정신' 보다 '맨정신' 이 좋을까? 나는 맨정신과 '횡설수설 상태' 를 아우르는 제정신이 좋은데……). '연극을 왜 하는가?' 라는 것은 결국 '왜 연극을 좋아하는가?' 라는 질문이다. 연극은 우리 삶 속에 분명 진짜가 아닌 가짜, 즉 환영이지만, 그 가짜가 실제보다 용량이 더 크고, 실제가 품지 않는 어떤 것, 실제가 드러내지 않는 어떤 것을 드러내므로(재현), 우리에게 즐거움과, 실제 반성 기회를 준다. 우리가 실제라고 알고 있는 것, 우리가 일상적으로 누구를 사랑한다 혹은 좋아한다 어떻든 욕망하고 상상한다고 믿는 것들도 사실 허망한 가짜일 수 있다, 그 허망한 것이 도대체 어디서 오는가? 실제가 아닌 허망함을 어떻게 보아야 하는가? 헛것은 왜 헛것인가? 헛것과 실제가 둘 다 우리 몸 안에 있는 것 아닌가? 우리는 왜 헛것에 의존하는가? 가짜가 진짜를 반성케 하고 즐거움을 준다는 거, 우리가 본 것의 허망함, 허망함에 대한 어떤 새로운 깨달음……

이쯤 되면 그도 '맨' 정신보다는 '제' 정신과 아닐까? 아니다. 연기자와 관객의 '감정공유현상' 에 대해서도 그는 자의식-분석적이다. 연극은 가상현실이되, 너무도 생생한, 육체적인 가상현실이므로 다른 예술 장르에 비해 무대와 관객의 호흡이 더 직접적 아닌가?

물론 감정공유는 있다. 가난한 나라든 부자 나라든, 못 배운 백성이든 많이 배운 백성이든, 어느 나라 어느 시대에나 극장이 존재했다는 것은 인간의 감정공유 욕망 때문이다. 다만 배우들이 흔히 이야기하는 '관객과 직접 소통하는 매력' 은, 물론 있겠지만, 너무 오랫동안 점검 없이 남발된 면이 없지 않다. 예를 들면 관객은 뭘 보고, 배우는 뭘 보는가, 그것 또한 사실 각자 헛것으로 인식하는 부분은 없는가? 자칫 잘못

하면 분명하지도 않으면서 전부 다 공유하는 듯 느끼는, 신앙현상이 생기기 쉽다. 배우들은 공유 안 되는 부분부터 이야기하는 게 순서다. 내 경우 공유 안 되는 부분이 더 많았다.

하긴 그렇네. '몸의 공유'를 너무 강조하다보면 관객은 무대로 뛰어오른 사이코 혹은 스토커와 다를 바가 없겠네. 이거, 잘하면, 내가 맨정신과로 가는 거 아닌가? …… '침체한' 한국연극에 대해 안치운이 할말이 많을 것은 당연하지만, 그의 문제제기는 단아하고 완강하게 고전적이었다. 지금 한국연극계에서는 고대 그리스나 셰익스피어 작품들, 이른바 고전들을 고전대로 하지 않기 때문에, 왜 그런 작품들이 오늘날까지 살아 있는가 하는, 다시 말해서 연극의 핵심은 무엇인가 하는 것을 느끼지 못하고 전달하지 못한다. 텍스트를 난도질하고 어떤 한 부분만 확대해석하므로 전체를 알 수가 없고, 고전에 대한 여러 가지 해석이 미리 차단된다. 그리스 연극의 최대 최고 후원자였던 국가와 연극 전망의 관계, 그것에서 비롯되는 아름다움과 감정공유의 이상(理想) 등등의 문제를 조감해볼 장치는 사라진다. 무엇보다, 비극 운문 대사와 희극 산문 대사 구분조차 모호하므로 대사가 풍기는 문학적 아름다움을 누릴 여지가 애당초 없다. 연극이 왜 중요한가, 이건 몰라도 좋지만, 연극 존재론 어쩌구 하는 거 다 치우더라도, 연극이 베푸는, '운문=대사'의 아름다움 하나는 놓치지 말았으면 좋겠다. 몇 년 전 셰익스피어 〈베니스 상인〉 공연을 보러 갔는데, 거짓말 보태지 않고 대사 반이 없어졌고 나머지 반은 어처구니없는 오역투성이였다. 우리나라 일상 대화에서 아름다운 말 표현이 사라진 것은 무엇보다 연극 침체 때문이다…… 내가 보기에, 오늘날 연극 대사 투가 너무 과장적이라, 비극풍이 오히려 TV 코미디의 희화화 대상이 되는 까닭 또한 같다. 그리고, 내가 보기에, 오늘날 연극현실에 가장 필요한 것은 고전성의 회복이며, 레퍼토리의 창출이다. '레퍼토리'란 스토리가 궁금해서 가는 게 아니라, 요번엔 이 사람이 연출한다더라, 요번엔 누가 주연을 맡는다더라, 요번에는 특히 어떤 부분을 새롭게 해석한다더라, 뭐 그런 이유로 열 번 스무 번씩 찾게 되는 작품이다. 일전에 무슨 지원금 심사를 하다가 '이미 공연한 것은 대상에서 제외하자'는 소리를 듣고 (안치운과 함께) 경악한 적이 있다. 레퍼토리 생성을 원천적으로 차단하자는 뜻으로 들렸기 때문이다.

1975~1978년쯤 '창작극'이란 말이 본격적으로 쓰이기 시작하고, 그후 이십 년 동안 번역극보다는 창작극이 우선시되고 많은 지원이 있어왔다. 80년대 중반 대한민국연극제는 아예 창작극으로만 열렸다. 이 정책은 이강백 같은 훌륭한 작가를 배출했다. 그런데, 이강백 작품이 계속 창작될 수 있는 풍토란 무엇인가? 지원인가? 그건 아닌 듯하고, 실제로 불가능하기도 하다. 지금 젊은 작가들은 문화가 훨씬 개방된 상태에서 경쟁을 해야 한다. 그것이 일을 어렵게 만들지만, 무엇보다 중요한 것은 연극은 희곡에서 시작된다는 원칙의 재확인이다. 90년대부터 '연극은 연출이다'라는 얘기가 나왔고 그 결과 연극이 여기까지 왔다. '글로 씌어진 것'에서 출발해야 하고, 그러려면 고전작품들을 더 많이 읽어야 할 것 아닌가, 그렇게 생각한다. 무엇보다 좋은 희곡들이 많

이 쌓여야 한다……

영화든 연극이든, 희곡-시나리오 작가의 저작권이 보호되는 게 우선이다. 원작과 연출은 구분되어야 결합될 수 있다. 사실, 문학잡지 시대가 계속 이어지고 있지만, 정말 잡지가 필요한 곳은 대본의 '저작권' 확립이 필요한 연극과 무용계다. 한국문화예술위원회 문예진흥기금 심사위원을 여러 해 맡고 있는, 내가 보기에 연극계에서 '심의의 권위'를 상당히 인정받고 있는 처지지만, 안치운의 '예술가 지원론'은 매우 시민적이다.

프랑스 이야기를 많이 하는데, 프랑스는 우선 노동조합이 결성되어 있다. 교사도, 예술가도 모두 노동자다. 국가는 교사든 예술가든 최소한의 삶 조건을 보장해주는데, 사회주의 정책의 영향으로 그 보장제도가 매우 발달해 있다. 임신 사 개월부터 육아 지원을 한다든가, 집을 임대하면 임대료 중 몇 퍼센트를 국가가 대신 지불한다든가, 동거하면 동거수당 나오고, 국회의원이 좌파냐 우파냐에 따라, 지역구 따라 다르지만, 부자 동네는 대개 우파고 가난한 동네는 대개 좌파다. 국가는 근본적으로 어떤 사람이 예술가라서 지원하는 게 아니라 어떤 예술가가 사람이므로 지원한다. 예술가 스스로 자신의 예술로 얼마 번다, 혹은 얼마밖에 못 번다고 얘기하는 것은 사실 남우세스럽다……

그리고, 희극도, '자본주의와 춤추는' 뮤지컬과 팔짱을 끼고 우왕좌왕 비틀걸음을 거듭하기보다는, 고전성을 회복하는 것이 관건이다. 몰리에르는 희극의 고전성으로 국가의 간섭을 버티고, 끝내는 탈출할 수 있었다. (몰리에르) 희극은 루이 14세 이후 새로운 시민사회 형성에 중요한 역할을 한다. 비극의 귀족 혹은 절대왕정 가족의 윤리에서 희극의 광장-시민-폴리스의 윤리로 넘어온다. 한국연극은 가족의 윤리를 중요하게 여기는가, 시민사회 윤리를 중요하게 여기는가? 한국연극은 아직도 자족 윤리에 의존하는 부분이 많다…… 산문은 하층민의 언어이며, 운문은 귀족의 언어다. 희극은 산문풍이고 비극은 운문풍이다. 비극은 '위에서 아래로', 희극은 '아래에서 위로' 창작된다. 희극이 비극을 압도하기 시작할 조짐을 보인 것이 이탈리아에서 발생한 '코메디아델라르테'고, 몰리에르 희극은 그 완성이며, 그후 희극은 특히 이탈리아 오페라부파(희극 오페라)를 거쳐 현대예술의 근간으로 이어지게 된다.

PS. '대담 겸 강연' 행사를 마치고 여전히 어깨가 무거운 그의 체구를 '차나 한잔 하자'며 끌고 학림다방엘 가니, 술이 몇 순배 돌고, '한진지'로는 안치운보다 선배인 김민기(작곡가)가 나타나, 그날따라 경쾌한 웃음을 날리며 이런저런 말을 걸었지만, 안치운은 내내 울적해하더니, 2차는 아무래도 사양하고 인사동에서 차를 내렸다. 그의 뒷모습의 '고전주의'가 무지근하게 내 눈을 때렸다. 슬픔인지 분노인지, 그의 감정인지 내 감정인지 분간되지 않는 어떤 것이…… 그는 물론 여전하겠지만, 비극이든 희극이든, 진지한, 그래서 고전적인(모든 걸작은 고전이다) 연극 이야기를 하면서 그와 유쾌한 시간을 보낼 날이, 올까?

자본과 미학 사이 전쟁터에 선 '아름다움의 권위'

영화제작자 차승재

영화제작자를, 그것도 차승재처럼 돈 단위가 나와 달라도 너무 다른 제작자와 친해지는 것은 오 년 전만 해도 전혀 예정에 없던 일이다. 그가 약간 '힘주어' 만든 영화 한 편 제작비면, 너무 책을 많이 내서 말도 많고 탈도 많은, 그래서 결국 악명 높은 내 저서 모두를 출판하고도 남는다. 이제까지 그의 손을 거쳐간 돈은 약 천오백억원. 그리고, 최근 그는 KT한테 자신의 영화사 싸이더스 지분 반을 주는 대신 이백팔십억을 투자받았다. 영화 말고도, 그의 현재 재산이 최소 이백팔십억이 되었다는 뜻이다. 물론 빚도 있겠지만, 어쨌거나 어구 무시라⋯⋯ 한번 실패하면 내 글쟁이 인생 전부가 망조든다는 얘긴데, 그런 부담을, 단지 썰일망정, 기꺼이 질 사람이 어디 있겠는가. 더군다나, 나는 나 혼자 좋아 환장하는 딴따라 후배들이 너무 많아, 여생이 모자랄 정도다. 그리고 그는 딱히 운동권 출신도 아니다. 하니, 어떻게 내가 (감히) 차승재와, 그것도 내가 선배고 그가 후배인 사이로, 몇 년 사이 친해졌는가를 밝히는 게 좋겠다. 참으로 가기가 뭐했지만 참으로 갈밖에 없었던 베트남여행 일행 중 그가 끼어 있었다. 천운영과 김현영과 방현석(이상 소설가), 김지영과 신준봉(이상 당시 문학담당 기자), 그리고 강태형(문학동네 대표) 부부와 황석영(소설가) 부부 등과 함께였다. 부부와 합방은 물론 안 되고, 처녀 작가 혹은 기자와 합방은 더더욱 안 되지만, 그들을 빼고도 남자들이 꽤 되건만, '주최측' 이 차승재와 나를 여행 내내 룸메이트로 정해버린 것은 아마도 체구 때문이었을 것이다. 나는 꽤 살이 찌고 배가 볼록 나온 편이고, 그는 나를 1.5×1.5배로 확대한 형용 그대로다. 물론, 얼굴은 나보다 훨씬 미남인데다 더 믿음직스럽고, 풍채는 더 듬직하고, 나와 달리 '아름다운 권위' 를 전체적으로 풍기기 때문에, 비만형한테서 흔히 볼 수 있는 '아장걸음 거구' 분위기가 그에게서는 전혀 느껴지지 않지만. 나는(이란 말을 너무 써서 죄송. 이번 글에서는 계속 그럴 것 같아 미리 또 죄송) 여행을 아주 싫어하고, 좋아하는 사람한테야 여행이 해방이지만, 여행이 구속으로, 아니 감옥보다 더 갑갑한 구류로 느껴지므로, 러닝과 팬티 한 장과 책 한 권만 여행가방에 챙기고 호텔방에 들면 그날 빨아 그날 말리고, 그 동안 내내 발가벗고 지낸다. 그런데, 내가 빠니(?) 그도 빨고(그가 다른 여행 때도 그랬을 리는 없다), 내가 훌러덩 벗은 채 누우니 그도 훌러덩 벗은 채 눕고(그가 다른 여행 때도 그랬을 것 같기도 하다), 그렇게 황석영 표현대로 오소리와 곰 한 마리가 침대 하나씩 차지하고 잎사귀(타월) 한 장으로 가운데만 가린 채 퍼져 있는데, 그가 '형님', 하고 아주 무지근한 조폭 스타일로, 하지만 '아우야' 보다 더 근사하고 무지근한 발음으로 나를 호칭하더니, 그후로는 온갖 잡일을 도맡아 한다. 조금 과장하자면, 담배를 물면 라이터를 갖다대는 것은 물론이고, 휴지를 뽑을라치면 어찌 알고는 나보다 먼저 뽑아 나에게 내민다.

아, 이 사람, 정말 밑바닥부터 꼼꼼하게 기어서 올라왔구나…… 그도 나의 궂은일 전공(사무국장 출신)을 눈치챘을까? 하지만 그날 밤 아차 하는 사이 나는 그의 또다른 면모에 놀라게 된다. 술을 조금 늦게까지 마시고, 그러니까 그보다 조금 늦게 방에 도착했는데, 방문은 당연히 잠겨 있고, 아무리 두들겨도 그가 도무지 깨지를 않는다. 방 밖에 한참을 있다가 너무 지쳐 옆 방문을 두들겼더니, 천운영과 김현영이가, '여기서 주무시죠', 말은 그렇게 하는데, 그 어감이 마치 엄마가 어린애한테 '얘야 이리 온' 그러는 투라(어구, 무시라), 다시 나와 한참을 또 기다리고 나서야 방으로 들어갈 수 있었다. 그후, 방에 몸져누운 다음날 빼고는 여행 내내 나는 그의 곁을 떠나지 않았고(방문이 또 잠기면 정말 낭패 아닌가), 차승재 덕분에, 아니 때문에, 손 하나 까딱 않고 돌아다닐 수 있었고, 그게 전혀 낯설지 않을 즈음, 그러니까 단 며칠 만에 '후배' 하나가 생기게 되었다. 그것 참…… 뭔가에 얽혀들었는데, 아주 기분 좋게 얽혀들었고, 얽혀듦이 내내 기분 좋을 거라는, 정말 기분 좋은 예감……

그리고 차승재를 만날 때마다, 아니 생각할 때마다, 나는 옛날에 영화 공부하던 생각이 난다. 〈빠삐용〉을, 진지하게는 아니고, 작은 윈도를 따로 내서 '리핏(Repeat)' 으로 나오게 하고 나는 내 글을 쓰며 곁눈질로 보는데, 그렇게 수십 번을 보니 영화만, 배우와 풍경만 보이는 게 아니라, 화면 뒤에서 레일 따라 촬영기를 굴리고 돌리는 기사들, 확성기에 대고 고함을 지르는 감독, 그리고 컷 사인을 주는 스태프 등 온갖 '뒤패' 들이 보이는 것이었다. 차승재도 그렇다. 촬영은 물론 제작과정에 대해서도 말하는 적이 거의 없지만, 둘이 만나면, 간간이 굵직한 목소리로 형님, 형님, 하며 안부를 묻고, 내색 않는 걱정을 풍기며 술을 권하고, 나는 그냥 고개를 끄덕이며 받고 그러지만, 그렇게 각자 장르보다 술이 위주지만(자랑인지 쪽팔리는 얘긴지 모르지만, 그는 심심하면 내 이름으로 양주를 사놓고 간다. 그것 참……) '차승재' 란 이름은 내게 늘 '기획으로서 제작' 뿐 아니라 '중노동으로서 영화' 의 모든 것을 순식간에 떠오르게 한다. 그것은 수십억 혹은 수백억을 주무르고 휘두르면서도 밑바닥정신을 잃지 않는 사람만이 가능한 경지다.

그리고 봉준호 감독 영화 〈살인의 추억〉도 그렇다. 〈살인의 추억〉은 여러 면에서 뛰어나지만, 내게 특히 인상적이었던 것은 거의 첫 부분인 '범행 현장 조사 장면', 특히 송강호가 설치는 장면을 마치 영화 스태프들이 촬영 준비하느라 설치는 장면처럼 구성하면서, 순식간에 공간을 장악한다. 그리고 그 유명한 베르크 〈바이올린 협주곡〉은 자신이 사랑했던 스승 부인의, 딸의 죽음을 애도하는 작품이지만, 오케스트라가 무대에 나와 연주를 시작하기 전 각 단원들이 각 악기를 조율하는, 그 불협화 대목 자체를 서두부로 삼으면서, 순식간에 시간을 장악한다. 어쨌거나, 그러므로, 차승재에게 자본과 미학의 전쟁터를 맡기면서(왜냐면 그는, 본인 표현대로, 예술가라기보다는 자본과 미학의 관계를 최적화하는, 댜길레프를 닮은, 물주 기획자고, 자본 없는 영화는 불가능하며, 자본만 아는 영화제작자는 이 글의 대상이 아니다), 이수명의 시 「케익」을 읽어주어도 되겠다. 이수명의 시는 논리가 논리를 뒤엎는, 혹은 배반하는 과정 자체를 시화하지만, 「케익」은 더 나아가 전쟁의 파괴성을 뒤엎는 과정을 시화하고, 시화의 경로 혹은 '자본과 미학의 전쟁'을 드러내는 상상력의 방식이 영화(제작)적이므로 현실적이다. 전문이다.

커다란 케익을 놓고
우리 모두 빙 둘러앉았다.
누군가 폭탄으로 된 초를 꽂았다.
케익이 폭발했다.
우리는 아름다운 노래를 불렀다.
그리고
뿌연 먼지 기둥으로 피어오르는 폭발물을
잘라서 먹었다.

차승재 전사(前史)는 온통 조숙한 책읽기다. 영화계에 입문할 생각은 영화 입문 전까지 전혀 없었다. 전혀 없었다는 것 말고는 별것이 없다. 산동네 살며 만화가게에서 한글을 깨쳤고, 엄마 이름을 팔아 삼사 개월 동안 주전부리까지 섞어 외상을 하다가 엄마한테 방비로 흠씬 두들겨맞았다. 읽은 만화도 믿기지 않을 만큼 조숙한 내용이었지만, 삼사학년 때 어린이도서관 책을 거의 다 뗐고 오륙학년 때 친구 큰형한테 을유문화사판 세계문학전집을 빌려 보카치오 『데카메론』부터 그레이엄 그린 소설까지 읽었고, 사춘기가 빨리 왔고, 중학교 들어가면서 '폼 나는 책'을 선호, 김수영, 강은교 시집 등을 끼고 다녔다. 고등학교 때 이청준 소설을 보고, 공부는 안 하고, 술과 담배를 했으며 고등학교 후반부터는 연극에 미쳤다. 창작의 재주는 없었다…… 얼핏 들으면 어린 나이부터 독서를 하면 인생이 어떻게 망가지는가 하는 경험담 같지만, '이야기'를 쫓아다닌 이력이 그의 인생을 영화로 이끌었고 그는 서사구조를 가장 잘 이해하는 영화제작자로 컸다(문학, 특히 소설에 젖줄을 대고 있는 게 영화지만, 소설의 서사구조가 다소 연대기적인 반면 영화는 대략 1막 이십오 퍼센트, 2막 오십 퍼센트, 3막 이십오 퍼센트의 3막 구조며, 1막이 꼭 연대기풍으로 시작되지는 않는다……). 이런 제작자가 있으니 그나마 우리나라에서 좋은 영화가 나올 수 있는 것이다…… 영화예술가 최민은 차승재를 그렇게 평했다. 〈돈을 갖고 튀어라〉로 영화제작계에 발을 들여놓은 이래 〈비트〉(는 내가 좋아하는 후배 심산이 시나리오를 썼다. 대견), 〈8월의 크리스마스〉 등 출세작, 〈봄날은 간다〉 〈화산고〉 〈결혼은 미친 짓이다〉 〈살인의 추억〉 〈싱글즈〉 〈말죽거리 잔혹사〉 등 흥행작, 〈모텔 선

인장〉〈플란다스의 개〉〈정글쥬스〉〈지구를 지켜라〉〈슈퍼스타 감사용〉〈범죄의 재구성〉 등 화제작, 〈태양은 없다〉(이것도 심산 작품이다. 흐뭇) 〈행복한 장의사〉〈킬리만자로〉〈나도 아내가 있었으면 좋겠다〉〈썸머타임〉〈인디안 썸머〉〈내 머리속의 지우개〉 등 징검다리 혹은 살림밑천작, 〈무사〉(이것도 심산이 썼다구? 이건 재미 못 본 작품 아닌가? 저런…… 뭐, 자세히 물으니 국내에서 손익분기점을 넘기고, 해외수출로 십억 벌었단다. 심산도, 시인이자 소설가인 것은 잘 알려져 있지 않지만, 『한국형 시나리오 쓰기』가 베스트셀러라니, 다행이다) 〈역도산〉〈남극일기〉 등 대작에서 최근의 제목부터 꽤나 상큼한 맛을 풍기는 〈연애의 목적〉과 꽤나 엉뚱한 〈천군〉에 이르기까지 그의 필모그래피는 다양하고 화려하지만 흥행 실패작이 있을 뿐 작품 실패작은 없고, 걸작 혹은 자본주의 예술작이 있을 뿐 순수예술작은 없다. 그런데, 그의 영화 입문 직전 및 직후 이력을 보면, 모든 것은 미리 정해져 있었다는 생각이 든다.

한국외국어대 불어교육과를 나오고 어학연수도 다녀와 불어 실력이 어지간했던 탓에 금호상사(현재 금호타이어) 무역 직원으로 취직하려고 추천장 들고 갔는데, 그 회사 과장이던 외대 영어과 출신 선배가 마포 뒤 돼지갈빗집으로 부르더니 돼지갈비를 구우며 하는 소리가 이랬다. 난 부장을 못 달 것 같아. 부장까지는 달아야 하는데…… 쇼크를 먹었다. 월급을 얼마나 주느냐 물었더니 삼십팔만 팔천원. 당시 삼성 초봉이 사십이만원 정도였으니 적다고는 할 수 없었으나 그 정도 월급을 한 십 년 받다가 부장도 못 하고 그만두는 게 직장이라니. 차라리 젊어

고생하고 젊어 헤딩해보자…… 어머니한테 '장가가면 전세 얻을 돈' 이천만원을 미리 받고 일수 이천만원을 따로 내어 방배동에 카페를 차렸는데 대박이 나서 스물여섯 살 나이에 한 달 사백에서 팔백을 일 년 반 동안 벌면서 도박에도 빠지고 물장사 주제에 비싼 룸살롱도 들락거렸다. 대학교 때 학과도 다르고 학번도 위지만 진하게 술 먹다 친해진 김태균(〈화산고〉와 〈박봉곤 가출 사건〉 감독)이 같은 한국영화아카데미 학생 이현승(감독), 김형구(촬영감독) 등과 함께 외상술을 마시며 카페에서 개개고 노는지라, 영화한다는 애들이 신기해서 '들여다' 보곤 했다. 그런데, 사귀던 여자친구와 결혼을 하려니까 여자 쪽 집에서 '물장사한테는 딸 못 준다' 그러는 거라, 당장 때려치우고 옷장사로 나섰다. 사 년 반 동안, 서른 살까지 한 옷장사도 잘되어, 쓰고 놀고 방탕한 생활을 하고서도 가게를 처분하니 이억이천만원이 남았다. 옷 원가를 잘 알기 때문에 지금도 비싼 옷은 안 입고, 복장이 늘 불량하지만…… 그가 잘나가던 옷장사를 그만둔 것은 '영화한다는 애들'을 객꾼으로 들여다보는 게 지겨워 모처럼 직접 해보고 싶어서였다. 그는 운좋게 자본주의를 어르고 뺨치고 농탕질한 후 영화계에 입문한 것일까? 천만에. 자본주의가 그리 허술할 리 없고, 그랬다면, '영화제작자' 차승재가 나올 수 없다. 복수인지 은혜를 베푼 건지 모르지만, 자본주의가 결정적인 순간에 그의 뺨을 느닷없이, 난데없이, 호되게 친다. 이십억짜리 땅 십 퍼센트를 이억에 샀는데, 실제 시세가 형편없는 땅이었던 것. 천 평에 이르는 그 땅의 현재 시가는 사천만원. 그가 원형탈모증을 앓을 정도로 골치를 썩였던 그 땅을 그가 아직도 팔지 않은 것은 경계로 삼기 위해서다. 그렇다. 그는 자영업 자본주의의 모든 것을 누리고 겪고 배웠다. 그리고, '준비된' 그를 알아보기라도 하듯, 아니 그가 준비되기를 기다렸다는 듯, 영화가 왔다. 충격을 벗지 못한 채 방 세 칸짜리 집에서 영화하는 애들 여덟 명과 함께 살며 밥이나 해주고 있는데(그의 음식 솜씨는 까페 경력 이상이다), 친구들이 그런다. 야, 너도 들은 풍월 삼사 년인데, 영화를 해보지…… 돈도 없는데 무슨 영화를? ……돈 갖고 하라는 게 아니라 우선 제작보로 시작을 하면…… 오랜 친구 김태균이 역시 그를 챙긴다. 너도 서당개 삼 년인데 라면 하나 못 끓이겠나? 제작보 말고 아예 제작부장부터 시작해봐…… 이때 그는 세상의 직업을 네 등급으로 분류했다고 한다. 꼴등, 제일 나쁜 직업은 하기 싫은 일을 하면서 돈을 못 버는 거. 삼등, 하기 싫은 일을 하면서 돈을 버는 것. 이등, 하고 싶은 일을 하면서 돈을 못 버는 것. 일등은 물론 하고 싶은 일을 하면서 돈을 버는 것…… 그의 자본주의 직업 분류는 얼핏 1)냉장고를 연다 2)코끼리를 집어 넣는다 3)냉장고문을 닫는다 식 비슷하지만, 그는 이등을 택했다. 일단 영화 쪽에 친구들이 많고, 삼겹살 사주고, 시나리오 지망생 여관비 대주고, 겨울 촬영장에 싸구려 보세 오리털 파카라도 와장창 나눠주고, 인덕을 쌓은 동네는 그곳뿐이었다. 단신 월남한 아버님이 1992년도 돌아가셨을 때 온 위문객 사백 명 중 삼백몇십 명이 영화판 사람들인데다 영화평론가 박평식 형은 사흘 밤낮을 한잠도 안 주무시고 빈소를 지키시더라, 서른두세 살 내 삶의 뿌리가 거기 있었다. 그것이 좋아서라도 영화를 해야겠다…… 그리고, 그의 분류법은 무엇보다 그에게, 적확했고, 그가 일등이 되는 데 결정적이었다. 높은 목표를 잡으면 너무 힘들다. 힘들면 고민하고, 고민되면 같이 고민하는 놈들끼리 모여 술 마시고, 그러면 고민만 심화하고 혼돈이 온다. 고민할 동안 책 한 줄이라도 더 보고, 왔다갔다 걸어다니는 게 몸에도 좋다. 열반에서 일등하고 우반 꼴등으로 다시 시작한다, 그런 마음으로 여기까지 온 것 같다…… 몸이라. 그가 처음 맡은 제작부장은 그의 표현대로, '최소 세 명, 많게는 열 명까지 상대할 수 있는' 충무로 깡패들이 맡았던 직업이다. 1991년 〈걸어서 하늘까지〉로 제작부장 일을 시작했는데, 선배 제작부장들이 우르르 구경을 나왔다. 어떤 미친놈이 대학 나와 제작부장을 한다냐……

하지만, 이번에는 자본주의가, '육체적' 이유로 그를 돕는다. 비디오플레이어와 비디오테이프를 생산하는 삼성, 현대, 대우, 선경 등 대기업들이 비디오 보급용 콘텐츠를 찾다가 나이 든 충무로 제작자들에게 많이 당하고는 서울대 출신 젊은 영화인 신철과 유인택을 선택, 자본을 대주며 영화제작을 의뢰, 영화제작회사 '신씨네'와 '기획시대'가 출범케 되는데 이 두 사람이 완성된 영화의 홍보는 잘 알지만 제작 현장을 몰라 대학 출신 경험자를 찾으니 그밖에 없고, 그는 곧 '신씨네'로 스카우트되어 〈미스터 맘마〉 제작일을 하다가 '프로듀서'라는 게 있다는 것을 신철에게 배우고는 친구를 통해 받은 일본 히트 드라마 〈백한번째 프러포즈〉의 영화화를 기획-프로듀싱했으나 자기 친구를 신인 감독으로 데뷔시키겠다고 고집, 벌이가 예상보다 크지 않자 쫓겨난다. 그후 그는 안동주의 '영화세상'에서 양귀자 원작 〈나는 소망한다 내게 금지된 것을〉을 기획한 후 유인택의 부름을 받는다. '통장에 백오십만원 있는데, 프로듀서가 필요하다'는 유인택이 만들려는 영화는 장정일 원작 〈너에게 나를 보낸다〉였고 '책이 괜찮은데, 너무 야해서. 너무 야하면 관객들이 쪽팔려하니까, 먹물 감독(장선우)과 먹물 배우(문성근)를 쓰면, 그리고 섹스 코드에 정치 코드를 입히면 평단 반응도 좋을 거고, 관객들도 쪽팔린다 생각하지 않고 많이 들 거고' 운운한 그의 기획안은 영화 〈너에게 나를 보낸다〉를 그해 한국영화 흥행 랭킹에 올렸고, '돈 없으면 니 차 팔아서 쓰'라고 뻗댔던 유인택은 수입 사억 중 오천만원을 떼어 그에게 주었고(당시 프로듀서 수당은 약 이천만원이었다), 모르는 사람들은 '유인택이 연극밖에 모르는데 차승재라는 똘망똘망한 놈이 기획을 잘했더라'는 소문도 심심찮게 냈다(물론 그가 낸 것은 아니다). 그리고, 독립할 기회가 왔다. 영화사업에서 대우전자에 밀린 삼성이 '이미 대성할 싹을 보였던' 심재명(당시 '명필름' 대표)과 '충무로 제작부장 출신' 차승재를 찍었던 것. 싸이더스 전신 우노필름이 그렇게 세워졌는데, 유인택이 준 돈으로 사무실을 차리고 남은 돈으로 시나리오를 청탁, 처음 제작한 영화가 〈돈을 갖고 튀어라〉였다. 유인택, 그리고 당시 최고 배우였으나 흔쾌히 첫 작품에 출연해준 배우 박중훈이 오늘날 싸이더스의 두 기둥뿌리다……

자신의 복잡하고 화려한, 그리고 대체로 성공적인 필모그래피에 대해 차승재는 덤덤하다(그는 자신이 제작한 영화 DVD가 집에 하나도 없고 회사에는 그가 만든 영화 포스터 한 장 없다). 〈돈을 갖고 튀어라〉는 정선경이 나미 노래 〈슬픈 인연〉을 객석 텅 빈 무대 위에서 부르는 대목이 감동적이건만(이 감동은 영화 〈가문의 영광〉과 TV 드라마 〈파리의 연인〉에서 반복된다), 그가 보기에 '전체적으로 그 구조가 되게 산만한 영화'고(이 영화는 흥행이 잘되어가다가 삼성이 오백만 불에 수입한 영화 〈컷스로트 아일랜드〉한테 극장을 내주어 '컷스로트한테 컷 당했다'는 소리를 들었단다), 〈플란다스의 개〉는 한국영화아카데미를 졸업하자마자 차승재가 싸이더스 연출부로 데려와 특별 관리를 하던 봉준호 감독의 데뷔작이지만, 상당히 재미있는 시나리오임에도 불구하고 한국영화 관객 정서에 안 맞는 '먹물 코미디'라 틀림없이 망한다고 했으나 봉준호가 하도 우기므로 '망하나 안 망하나 보자'며 제작, 망한다는 걸 증명해주었고(전국 관객 오만이천 명), 평론가들 평가는 좋았고, 봉준호의 만화적 상상력은 기발하지만 극장 가면 또 깨질 것 같아 몇 차례 말렸고, 봉준호는 디테일이 좋은데(그래서 봉준호 별명이 봉테일이다), 관객은 디테일을 너무 깊이 파고들면 안 좋아하잖니, 좀 굵은 이야깃감을 가져와보라 하니까 봉준호가 가져온 것이 연극 〈날 보러 와요〉 대본이었고, 대본 판권을 지닌 김광림(연극연출가)에게 '흥행이 잘되면 관객 백만 명당 천만원'을 주기로 하고 만든 것이 〈살인의 추억〉이고, 김광림한테 칠천만원 정도가 갔으니 '어쨌든 모두 해피한' 영화였고, 흥행 실패 소문이 왁자했던 〈남극일기〉는 원래 차승재가 기획한 것이 아닌데 송강호와 유지태라는 최고급 배우들을 캐스팅했음에도 불구하고 여러 기획사에서 퇴짜를 맞고 감독 임필성이 봉준호 바로 밑 후배라 봉준호 압력에 시달리다 맡았고, 주제는 상당히 맘에 들었던 영화고, 제작을 맡았단들 출연자 여섯 명에 자연 배경이 아무것도 없고 텐트와 통나무집만 나오는 시나리오는 아무래도 문제가 있어 고쳐보려 했고, 예산도 사십억 정도 잡고, 십오억에 일본 판권을 주었으니, 국내에서 이십오억만 커버하자고 한 건데, 해외 로케를 간 뉴질랜드에 역사상 제일 적은 눈이 내려 숙박비로만 이십억이 더 들게 된 것이고, 신인 감독이라 실수도 있었고, 하지만 임필성 감독을 길게 보고 싶고, 〈살인의 추억〉 못지않은 작품을 만들 친구라 생각하고, 〈천군〉도 우리 회사 기획은 아니고, 뭐 그런 식이다. 하긴, 그런 덤덤한 배짱 없이 어떻게 몇십몇백억짜리 승부를 자본주의와 아름다움의 전쟁에 걸겠는가. 그는 지옥과 천당을 왔다 갔다하므로, 성공과 실패에 대해 담담할밖에 없다. 하지만 그가 개인적으로 말할 때 그처럼, 거의 여성적일 정도로 영화에 순정적인 사람도 없다. 최근 『씨네21』에서 독자들한테 '가장 기억에 남는 영화 베스트 5'를 물었는데 일등 〈봄날은 간다〉, 삼등 〈결혼은 미친 짓이다〉, 그리고 오등 〈처녀들의 저녁식사〉 등 싸이더스 작품이 세 편이나 들었고, 요즘 개봉중인, 흥행이 꽤 괜찮은 〈연애의 목적〉도 앞으로 들게 될 것이라면서, 차승재가 말한다.

개인적으로는 제작한 영화 중 허진호 감독 영화 〈봄날은 간다〉를 제일 좋아한다. 특히 이영애가 연기하는 은수는, '어떻게 사랑이 변하니?'라고 묻는, 유지태가 연기하는 상우보다 훨씬 살아 있고, 은수 역을 보면서 인생과 사랑에 대해 반추하게 된다. 가끔 다시 한번 보고 싶어진다. 이만교 원작의 유하 감독 영화〈결혼은 미친 짓이다〉도 상당히 좋아한다. 기성의 결혼제도에 대해 발칙한, 발칙하다기보다는 오히려 보편적이지만 가슴속에만 있을 뿐 저지르질 못하는 그런 생각들을 영화로 펼쳐놓은 것이다. 사회와 접점이 있는, 인간 삶과 접점이 있는 그런 영화가 기억에 많이 남는다. 이명랑 소설『삼오식당』을 굉장히 좋게 봤고, 그런 분위기로 영화 하나 만들어야겠다는 생각까지 했다.

하지만, 그는 자신의 영화를 다시 본 적이 없다. 먼 훗날 사람들이 들춰볼 자신의 영화가 여전히 은은한 감동을 주기를 바랄 뿐이다.〈결혼은 미친 짓이다〉는 '당대 시인' 유하가 영화감독으로 전업(?)한 후 만든 첫 작품 반응이 신통찮아 하릴없게 되자 친구 차승재가 살림에도 보탤 겸 시나리오 작업을 맡겼다가 작업을 마친 유하가 '나 이제 감독 하기는 틀린 것 같지?'라고 자못 침통한 어조로 묻자 눈 딱 감고 감독까지 맡긴 작품인데, 꽤 잘 만들었고, 이 작품으로 완전 재기한 유하는 곧〈말죽거리 잔혹사〉로 차승재한테 떼돈을 벌어다주게 된다. 내게 형님, 형님, 하지만, 그 말투에 묻어나는 '아름다운 권위'는 아무래도 그가 친구들, 무엇보다 영화하는 후배들에게 베푸는 인덕에서 비롯된 것 같다. 물론이다. 그러므로, 차승재와 나 사이를 무턱대고 끼어들다가 차승재에게 한 소리 들은, 훗날 수작〈범죄의 재구성〉을 연출하게 되는 최동훈 감독에게 이 자리를 빌려, 다시 한번 민망한 사과.

저, 글쓰기의 지옥과, 그 너머 단아의 표정

'쟁이' 고종석

문태준 시「맨발」은 이삼 년 전 말 그대로 '세상을 떠들썩하게' 만든, 언어 흐름과 착상의 흐름이 유구하면서도 기발하여 더욱 신기하고 그 신기함이 곧장 고전적 품격을 얻는 명편이지만, '글쓰는 자세'라는 밋밋한 제목의 산문으로 읽어도 감동이 섬짓하고 엄정하다. 전문이다.

어물전 개조개 한마리가 움막 같은 몸 바깥으로 맨발을 내밀어 보이고 있다

죽은 부처가 슬피 우는 제자를 위해 관 밖으로 잠깐 발을 내밀어 보이듯이 맨발을 내밀어 보이고 있다

펄과 물 속에 오래 담겨 있어 부르튼 맨발

내가 조문하듯 그 맨발을 건드리자 개조개는

최초의 궁리인 듯 가장 오래하는 궁리인 듯 천천히 발을 거두어갔다
저 속도로 시간도 길도 흘러왔을 것이다
누군가를 만나러 가고 또 헤어져서는 저렇게 천천히 돌아왔을 것
이다
늘 맨발이었을 것이다
사랑을 잃고서는 새가 부리를 가슴에 묻고 밤을 견디듯이 맨발을
가슴에 묻고 슬픔을 견디었으리라
아 — 하고 집이 울 때
부르튼 맨발로 양식을 탁발하러 거리로 나왔을 것이다
맨발로 하루 종일 길거리에 나섰다가
가난의 냄새가 벌벌벌벌 풍기는 움막 같은 집으로 돌아오면
아 — 하고 울던 것들이 배를 채워
저렇게 캄캄하게 울음도 멎었으리라

그런데, 한 달에 한 편 쓰는 것도 아끼고 아껴서(우리나라 시인들의 '권장' 생산량이 대충 그렇다) 공들이고 다시 공들이고, 그것을 깎아내고 다시 벼려서 '출산' 하는 시인들이야, 그렇나?, 그렇네, 그렇구나…… 그래야지, 하며 위 시의 감동에 스스로 동참하면 그만이지만, 소설가이자 신문기자이면서, 단지 먹고살기 위해 소위 '잡문' 을 일 주일에 여러 건씩, 한 달에 이삼백 매씩('잡문 이백 매'는, 내 경험으로 볼 때, 신문 소설 연재 이백 매보다 열 배 이상 어렵고, 원고료는 아무리 잘 받

아도 오분의 일 이하다) 꼬박 써내면서도, 바로 위 시의 글쓰기 '자세'를 끝까지 견지하고, 다시 위 시의 글쓰기 '성과' 까지 끝내 담보하는 사람을 본다면 어떤 느낌이 들 것인가? 그자가 사람처럼 보일 것인가? 그거야말로 '글의 지옥' 을 헤매는 '저주받은 자' 아니겠는가? 그런데도 글과 얼굴 표정과 몸의 표정이 끝내 단아하다면, 좋은 글쓰기 능력을 아예 잡아먹는 것으로 호가 난, 특히 우리나라에서는 유별나게 호가 난 '칼럼' 을 쓸 때도 그러하다면? 고종석이 바로 그런 사람이고, 그래서 '고종석' 이란 이름 혹은 명명이 나는 측은하면서(이때 나는 김수영 산문의 그 짜증이 갑자기 엄살처럼 느껴진다. 지가 얼마나 썼다고?) 존경스럽다(이때 나는 내 글이 창피하다. 나는 어쩌자고 이리 마구잡이로 흐트러지는 거야, 도대체?). 우리나라는 명망가는 많아도 '쟁이' 가 없어, 제대로 된 '쟁이' 가, ……술 취한 김민기(작곡가)가 인사불성의 경지로 돌입하기 직전이면 어김없이, 그렁그렁한 목소리로 내뱉는(그래서 이만 술자리를 파해야 하지 않을까, 그런 생각이 들지만, 결코 파하고 '싶지' 않은) 그 소리에 응답할 만한 참으로 희귀한 사례가 바로 그다. '딴따라' 쟁이 아닌 '글' 쟁이를 김민기가 받아줄지 모르겠지만.

그의 얼굴 모양새는 그런 점을 흡사 미술화-반영한다. '훤칠' 과 '대머리' 사이 절묘한 위치를 점한 이마는 그 안에 든 지식이 너무 무르익어 수박 같고(언젠가 술자리서 내 머리가 엉겁결에 그의 머리 대신 취객의 500cc짜리 생맥주잔을 버텨낸 적이 있는데, 재수 없다기보다는 다행이라고 생각했었다. 그의 '수박' 이라면 정말 깨져버렸을 테니까), 그 아래 새

하얀, 정말 지식인처럼 창백한 얼굴에는 고뇌와 비판 사이 개구쟁이 표정이 앙증맞은 채로 이슬아슬하다(왜냐면, 그도 가끔, 술에 취하면, 글 '밖에서' 신경질적이다). 어쨌거나, 비판에 비판을 거듭하다가 비판만을 거듭하고 심지어 비판만이 살 길이 된 언론판에서 기자로 오랫동안 밥을 벌어먹고 살면서, 원래 복수보다는 상처를 키워가면서 감동을 자아낼밖에 없는 문학을 꿈꾸는 고종석의 숱한 글쓰기가 '망하지' 않는(나는, 작가지망생을 키우는 문학학교 운영자로서, 신입생들한테 이런 말을 하곤 했다. 신문을 아주 꼼꼼하게, 1면 정치면부터 사회면, 문화면은 물론 주식시세를 거쳐 TV 프로그램 안내까지 봐라. 사실의 범위를 가늠하고 이야기의 이면을 상상하는 동시에 내용 반복과 딴말과 얕음을 일 년 동안 치열하게 감당하면 둘 중 하나다. 미쳐서 망하거나, 상당한 문학적 적응력이 생기거나……) 든든하고 건장한 까닭 중 첫째는, 매우 치열한 그의 언어학적 사고(그는 성균관대 법학과를 졸업한 후 프랑스 사회과학고등연구원 언어학과 박사과정을 마쳤으며, 그의 책 중 '언어'가 제목에 들어간 산문집이 다섯 권이다), 그리고 순정한 자유민주주의 '정신=방법론'이다. 그는, 자칭 자유민주주의자고 내가 보기에 '아름다워서 무서운' 자유민주주의자지만, 자칭 마르크스주의자인 나보다 더 솜씨 있게 구분하고 결합한다.

앞의 시 낭독을, 성우 혹은 연기자 뺨치게 잘하길래 많이 해본 솜씨 같다고 짐작했더니, '처음'이라고, 그래서, 설마 언론인이 되고 싶어했다가 (할 수 없이) 문학도 겸한 것은 아니겠지, 그 거꾸로겠지, 라고 물었더니, 그것도 아니란다. 문학에 별다른 뜻은 없었고, 대학 다닐 때 성적이 신통찮아 좋은 직장에 못 가고 시험으로 뽑는 곳은 고시나 신문사밖에 없어 신문사를 택했다. 그리고, 신문기사 같은 역사서술언어만으로 세계를 재현하는 것은 뭔가 모자라다는 느낌이 들기 시작했다. 사실 언어 자체가 분절적이므로, 연속적인 세상을 재현하는 데는 본디 불완전한 도구지만, 소설이나 시 언어는 역사서술언어보다 섬세하다. 특히 시는 수천 년 동안 한국의, 그리스의, 영국의 시인들이 벼려낸 언어다. 신문기자를 하면서 그런 생각이 더욱 분명하게 들고, 마치 발이 근지러운데 구두 바깥을 아무리 긁어도 시원하지 않은 것처럼, 그래서, 언어 자체로 양말까지 다 벗을 수는 없겠지만, 구두라도 좀 벗어보자, 그래서 문학에 관심을 갖게 되고, 사실, 양말의 두께가 얇을수록, 좋은 작품이고, 두꺼울수록 좀 덜익은 작품 아닐까…… 날이 무더우니 양말 비유가 나왔겠으나, 이 비유는 워낙 깔끔해서 냄새와 멀다. 그리고 주로 시(읽기)에 집중된 그의 문학비평은 바로 그렇게, 운율 이야기가 좀 지루하다 싶으면 어느새 그의 언어학이 주관성을 벗은 언어 미학의, 그리고 감동의 설득력이 튼튼한 시학의 미문(美文)에 달한다. 객관성이 지루함을 낳고, 미문이 주관성을 너무 쉽게 허락하는 것이 대세인 오늘날 문학비평 풍토에서 그의 글은 단연, 그가 좋아하는 말로 '아웃사이더' 적이고, 참신함이 위협적이며 위협성이 참신하다.

그전에, 자신의 첫 소설 『기자들』에 대해서 그는 이렇게 말한다. 소위 '문청' 시절을 겪지 못했고 신문기자를 하다가 갑자기 소설을 쓰고 싶다는 생각이 들어 정식 등단도 안 한 처지에 민음사 친구(이영준)한테 연줄로 부탁하여 책을 내게 되었는데, 지금 생각해보면 이게 과연 소설인가 싶긴 하다. 이 책을 내기 일 년 전쯤 프랑스 저널리즘 연수를 갔다가 외국기자들과 아홉 달 정도 어울려 같이 취재 다니고, 이런저런 이야기를 나누었던 경험 반에다 거짓말 반을 보태어 썼고, 지금은 절판되었다…… 얼핏 들으면 무슨 재능 없는 작가 자비출판(연줄도 빚이고, 그러므로 돈이다) 작품의 말로를 보는 듯하지만, 이 말에는 '고종석'의 오늘날 위치를 설명해주는 매우 중요한 단서가 들어 있다. 그는 문학에 대한 비이성적인 환상이 없으며, '잡지'보다 더 본격적인 전작 '출판'을 통해 제대로 등단했으므로 소위 '잡지 동인' 그룹의 혈연적 영향력에서 자유롭고, 무엇보다 최인훈 『광장』을 신화화했을 뿐 그 누구도 잇지 않았던, 그러므로 최인훈이 자신의 만년작 『화두』로써 이을밖에 없었던 지식인소설의 맥을 오랜만에 되살리려는 노력의 소산이 바로 『기자들』이라는 것(상업성과 문학성 판단에 두루 능통한 민음사가, 내가 보더라도 상업성과 무관한 책을, 더군다나 데뷔 장편을 제 이름 걸고 출판한 것은, 그만한 문학적 가치 때문 아니겠는가). 그리고, 과연, 그후 삼 년 만에 출판된 소설집 『제망매』가 명작의 반열에 오르고, 2003년 출간된 소설집 『엘리아의 제야』의 세계는 그보다 더 나아가는 바로 그만큼 지식인적이며(그는 여전히 '기사로 기록되는 역사는 그물코가 크다. 나는 그 그물코에 걸리지 않는 자그마한 이야기를 쓰고 싶다'고 발언하지만), 한마디로, 고종석류 지식인소설의 탄생을 알리고 있는바, 그곳에 이르기까지 그가 겪은 글의 지옥은 정말 끔찍하고, 바로 그만큼 그가 달한 '지식인소설'의 경지는 (빡빡하거나 난삽하기는커녕 오히려) 눈물겨우며, '아웃사이더'(라는 말은, 최소한 문학에서는 너무 정치적이다. 모든 문학작품은 그 자체로 주류다)로서 '주류 바깥'을 보는 게 아니라, 주류보다 더 깊게 더 넓게 보기 위하여 아웃사이더 위치를 점하는 것으로 된다. 도대체 그는 어떤 글의 지옥을 어떻게 헤쳐왔길래?

한국으로 돌아온 후 얼마 되지 않아 다시 프랑스 바람이 들었고, 그곳에서 먹고살아야 하므로 이런저런 원고를 써야 했는데, 반 정도는 신문기사, 반 정도는 산문에 가까운 글이었고, 그러다가 IMF 금융위기가 터지면서 환율이 두 배로 올라 할 수 없이 다시 들어왔다. 한국어로 한국어 매체에 투고하면서 이따금 유럽 잡지들에 영어나 불어로 글을 썼는데, 외국어로 글을 쓰는 게 워낙 힘들고 쓸 거리도 적어 수입에 별반 도움이 안 되던 터에 한국어 원고료가 반으로 줄어든 셈이니 도저히 버틸 수가 없었다. 애들이 한창 클 때라 더 있다가는 프랑스와 한국사회 양쪽에 모두 적응 못 하게 될지도 모르겠다는 걱정도 한몫하였다……

그게 1998년이고, 그후 이 년을 더 글쓰기로 개개다가 그는 한국일보 논설위원으로 취직했고, 그것이 나에게는 그해 가장 기분 좋은 뉴스 다섯 개 중 하나였다. 그리고, 그런데, '출근시간이 헐하여' 다닐 만하다던 이 직장에서 그는 틈틈이 논설위원의 역할을 하는 것 외에, '오늘의 역사'를 매일매일 기록하는 '오늘'을 장장 사 년 이상 계속 집필, 나를 아예 질리게 하고 만다. 질렸다는 것은, 양과 길이도 그렇지만, 기껏해야 숫자와 주로 정치적인 인물들의 이름과 사건의 별 의미 없는 나열, 혹은 엉성한 조합에 머물렀던 '오늘의 소사(小史)' 류가 그의 언어학적 문체를 입으며 진정한 역사기록으로, 그리고 '역사와 오늘' 이 절묘하게 뒤섞이는 일상의 아름다운 모뉴먼트로 바뀌어갔던 것이다. 지리한 뉴스의 나열보다 더 중요한, 일상의 '유현=모뉴멘털리' 를 그때 나는 만났고, 그런 만남이야말로 언론의, 특히 방송에 밀린 신문의 주요 사명이라는, 일 것이라는, 이어야 한다는, 생각에 나날이 행복했다. 신문 안 보기 훈련을, 마치 마약중독 치료하듯 한 십 개월 독하게 하여 마침내 성공했으나 '신문 없는 아침' 이 너무 '원시적' 이라는 마누라 하소연에 따라 내가 '구독 서비스' 도 받지 않고 처음부터 돈을 내며 한국일보를 신청한 것이 장명수의 감성 칼럼과 박래부의 문화 칼럼, 그리고 고종석의 시사 칼럼에 덧붙여 당시 성석제(소설가)가 매일 쓰던, 그후 김영하(소설가)를 짧게 거쳐 이순원(역시 소설가)이 지금까지 줄기차게 쓰고 있는 '2.9 매짜리' 문학 칼럼 '길 위의 이야기' 때문이었다. 매일 그 정도 '좋은 글' 을 읽는 것으로도, 언론의 지옥을 문학의 천국으로 매일 바꾸는 일에 해당하지 않을까, 그런 생각에서였다. 하지만 고종석의 '오늘' 은 '언론=문학' 의 천국을 '매일' 보여주었다고 할 만하다. '언론=문학' 이라…… 특히 그가 '오늘' 에서 다룬 '파리코뮌' 대목은 탁월한 문학적 부고인 동시에, 진정한 '자유민주주의적 객관성' 이, 최소한 언론에서는, 허술하거나 나태하기는커녕 극한대로 엄정하며, 그 엄정함으로 자유주의 너머에 달할 수 있다는 것을 보여주는 논설의 전범이다.

2005년 3월 '출근이 더이상 하기 싫어' 한국일보를 떠난 후 그는 같은 신문 객원 논설위원으로 일 주일에 한 번 이십 매짜리 시인론 '시인공화국'을 연재하는 외에, 월급을 벌충하기 위해서라도 이곳저곳에 더 많은 글을 써야 할 팔자가 되었다. 물론 그는, 아주 역동적인, 화급을 요하는 직장생활을 여러 차례 했고, 직장을 얻으려 전전긍긍했던 경험도 있을 것이므로, 나와 같은 원조 실업자, '프로' 실업자, 바쁘다는 생각을 해본 적도 없고, 해볼 필요도 없는, 그래서 진짜 시간이 많고 한가하고 심심한, 상대방이 무심코 '바빠요?' 물어도 무심코 '바쁘다'고 한 적이 없는, 앞으로도 그렇게 살고 싶은, 그런 거의 선천형 실업자가 되기는 힘들 것이다. 그의 글지옥은 나의 글지옥과 다를 것이다. 그러므로 더욱, 나는 그가 앞으로 쓸 글들, 그리고 그 글 사이 관계들이 궁금하고 그 관계를 점치는 일이 더욱 흥미진진하다. 생방송이, '생'과 정반대인 갖은 사전 제약 때문에 더욱 생방송의 가상현실로 변하고, 신문기사가 지루한 반복과 딴소리 때문에 더욱 문학적 상상보다 더 비현실적으로 들리고, 더 본질적으로, 상상의 신화와 불확정성의 양 자장 사이 현실이 위태로워 보이고, 문학예술의 눈이 정치-경제 및 시사의 그것보다 더 총체적으로 되어야 하는 지금, 그는 어느 쪽을 어떻게 파고들며 자신의 '예술-언론' 현실의, 그물코 자체를 심화하려 할까?

편파적이지만, 공정하게 쓴다…… 유시민(국회의원)의 말을 빌려 그는 자신의 칼럼 태도를 그렇게 표현한다. 기계적인 중립은 없다. 대개 어느 한쪽 편을, 소수자 편을 드는데, 그럼에도 불구하고 내 편의 장점과 상대편의 결점을 더 들추지는 않으려고 노력한다. 어떤 사람을 칭찬할 때 감정이 좀 들어갈 수는 있지만, 비판할 때는 아주 차갑게, 광물질 언어로 비판한다…… 하지만, 그것만으로 양비론을 벗어날 수 있을까? 내가 보기에 그는, 그의 칼럼은 인민주의자들의 그것과 달리 '공분'('천인공노할' 이란 형용사가 따라붙는)을 동원하는 법이 좀체 없다. 결국은 너무 자주 남발되어 방향과 의미를 잃는 그 '공분' 에 비겁하게 자신을 떠맡기지 않고, 주장의 민감한, 혹은 지독한 핵심 앞에 거의 반드시 '내 생각에는' 을 붙인다. 상처를 피해 공분을 동원하는 칼럼의 내용과 문체는 흔히 '폭력을 닮는' 치명적인 상처를 입기 마련이지만, 상처에 맨살을 디미는 그의 칼럼은 오히려 그 상처를 벗어나거나, 극복한다. 고종석 칼럼을 사이비 자유민주주의자, 혹은 양비론자들의 그것은 물론 그 숱한 '안티조선' 논자들의 그것과도 뚜렷이 구분해주는 점이다. 그리고, 자유민주주의라……

옛날에 내가 활동하던 단체의 무용분과 연습실이 합정동에 있었는데 어느 날 춤꾼들한테서 이상한 '보고' 가 들어온다. 도저히 사람 얼굴이라고는 할 수 없고 무슨 탈을 쓴 것 같은, 그러나 표정이 험악하지 않고 꽤나 착해 보이는 사람이, 실업자 같지는 않고, 분명 직장인 같은데, 매일 열시가 넘어서야, 하지만 대개는 같은 무렵에, 심한 작취미성 상태로, 세수도 안 했는지 머리칼 흩뜨린 채로 지나간다…… 보고 내용에 구조요청 기미는 전혀 없었지만, 어쨌거나 여자들만 연습하는 곳이라 모처럼 그 시간에 맞추어 연습실로 갔다가 피차 '가관' 인 몰골로 처음 만난 이래, '문화부 기자' 고종석이 스스로, (내가 보기에 완벽한) 자유민주주의자라는 것을, 내가 스스로, (내가 보기에 어설픈) 사회주의자라는 것을 숨긴 적이 없지만, 대단한 토론 혹은 논쟁을 벌인 일도 없다. 그는 나를 안쓰러워했을망정, 그가 가장 좋아하는 단어를 쓰자면 내가 '짠했을' 망정, 나를 불편하게 생각한 적이 없고, 나는 그를 '희한해' 했을망정, 또한 그가 불편했던 적은 없다. 그가 나를, 내가 그를 '술 먹자, 당장 나오라' 고 한 적은, 많지 않지만, 그의 강권을 내가 달가워하지 않은 적이 없고, 나의 강권을 그가 물리친 적도 없다. 딱 두 번 '시간에 쫓기는 일' 때문에 그가 물리쳤으나, 한번은 이메일로 해명편지(?) 보내고 한번은 며칠 후 자기가 자리를 만들었으니 더 고마운 일이다. 그가 말했듯, 그의 '자유민주주의' 는 '개인' 과 '자유' 뿐 아니라 '세계' 를 하나로 아우르려는 의지 혹은 욕망이다. 사회주의를 빙자하는 인민주의자와 만나는 일은, 되돌아보고 싶지 않은 일을 되돌아보아야 하는 일로, 지리멸렬하며 살아온 생애가 갑자기 오늘의 어깨를 지치게 만드는 것과 같다. 자유민주주의자를 빙자하는 극우와 만나는 일은, 되돌아보고 싶지 않은 일이 앞으로도 계속될지 모른다는 예감에 젖는 일로, 발걸음의 남은 힘 전체가 후들거리는 것과 같다. 그러나, 고종석의 순정하고 능란한 자유민주주의 '내용=형식' 은, 자유민주주의자와 더불어 자유민주주의 '너머' 를 지향하는 일이야말로 유일하게 진정한, 그리고 '가능한 진보' 라는 점을 매우 명징하게 깨닫게 해준다. 자유민주주의 '이전' 의 사회주의도, 진보도, 어불성설이라는 것. 어떤 명분이든 자유민주주의 이전으로의 회귀를 허용해서는 안 된다는 것(그가 '우익보다 더 우익적이며 좌익보다 더 좌익적' 이라고 불리는 까닭이다). 그 점만으로도 고종석을 만난 사회주의자는 행운을 만난 것이다.

현재 남한의 언론 풍토는 물론, 문단 풍토로 보더라도, 그의 입지는 매우 좁고 앞으로 한참 동안 그럴 듯싶지만, 이것은 현재의 언론과 문단 풍토가 무척 잘못되었다는, 그리고 앞으로도 한참 동안 그럴 것 같다는 뜻이지, 그가 아웃사이더라는 얘기가 아니다. 고종석의 문학 창작과 비평, 그리고 언론 칼럼을 종합-확대-심화하면, 놀랍게도 거대한 밑바탕이, 느리다기보다는 끈질긴 지구전이 드러난다. 그것은 매우 소중한 우리 문학의 미래의 일부다.

PS. 그리고 고종석 원군은 많았다. 강금실(변호사)과 김진석(철학자), 황인숙(시인) 등 평소 술친구들이 격려차 왔고, 강금실 보러 현기영(소설가)이, 현기영 따라 강형철(시인)과 김정헌(화가)이 왔으며, 후배 기자 최윤필(문학 담당)과, 웬 '흐트러진 미인' (사회부 여기자. '상당한 미인' 으로 호칭을 바꿨으나 본인이 '흐트러진' 을 최고 찬사라고 여기므로 다시 바꾼다)이 선배 모시러 오고, 기타 사업으로 온 KBS TV 프로그램 〈낭독의 발견〉 담당 PD와 작가들, 그리고 '노찾사' 멤버까지 가담을 하니 학림다방 뒤풀이 자리가 삽시간에 빽적지근하고, 사람 수를 줄여 자리를 옮긴 카페 마리안느에서는 노찾사 즉석공연까지 이뤄지니, 무엇보다 주인(소설가이자 가수-작곡가 이제하)이 동업자로 반색하고…… 어이구 정말, 한국일보 기자들 짠하네. 한국일보 어렵다던데, 잘되어야 할 텐데……『국어의 풍경들』(1999)에서 고종석이 '국어사전'을 편찬하고 싶다는 말을 했다던데, 그거나 같이 하자 그래볼까……

폭발하는 심장, 절규하는 사랑의 노래,
그리고, 그러나……

가수 전인권

전인권이 참으로 오랜 세월 공들여 쓴 책 『걱정 말아요 그대』(청년사, 2005) 뒤표지에 나는 이렇게 썼다. "제 목숨을 깎아 여럿의 목숨, 공동의 목숨, 미래의 목숨을 만들어내는 공연예술의 정점을 '전인권 노래'는 보여준다. 그는 폭발적으로 절규하지만, 동시에 그의 노래 한 곡 한 곡이 모두 하나씩의 생애다." 요즘 그가 너무 아프다. 전에는 약속장소로 오던 도중 갑자기 통증이 도져 서울대병원에 들렀고, 그는 두 시간을 늦었다. 그는 제 할일로도, 돈이 시간인 면에서도 바쁘고 나는 정말 가진 게 시간밖에 없는 처지라서 그가 나를 기다리는 경우는 별로 없지만, 그 응급처치 이후로는, 연락 없는 그를 기다리는 게 또한 하나의 생애가 되었지만, 이번에는 미리 연락이 왔다. 비행기를 놓쳐서…… 한 사십 분쯤 늦을 것…… 무대 위에서 그는 사랑조차 심장이 폭발하는 절규로 호소하지만, 미안해할 때 그의 표정은, 목소리만 들어도, 수줍음과 미안함이 서로를 심화하는 '어불성설' 의 경지다. 하여, 여자에 대한 그의 사랑고백은, 이러할 것 같으다('예쁘장이' 시인 채향옥이 읽으니 더욱 그렇다).

어둠 속에서 너는 잠시만 함께 있자 했다
사랑일지도 모른다, 생각했지만
네 몸이 손에 닿는 순간
그것이 두려움 때문이라는 걸 알았다
너는 다 마른 샘 바닥에 누운 물고기처럼
힘겹게 파닥이고 있었다, 나는
얼어 죽지 않기 위해 몸을 비비는 것처럼
너를 적시기 위해 자꾸만 침을 뱉었다
네 비늘이 어둠 속에서 잠시 빛났다
그러나 내 두려움을 네가 알았을 리 없다
조금씩 밝아오는 것이, 빛이 물처럼
흘러들어 어둠을 적셔버리는 것이 두려웠던 나는
자꾸만 침을 뱉었다, 네 시든 비늘 위에.

아주 오랜 뒤에 나는 낡은 밥상 위에 놓인 마른 황어들을 보았다.
황어를 본 것은 처음이었지만 나는 너를 한눈에 알아보았다.

황어는 겨울밤 남대천 상류 얼음 속에서 잡은 것이라 한다.
그러나 지느러미는 꺾이고 빛나던 눈도 비늘도 시들어버렸다.
낡은 밥상 위에서 겨울 햇살을 받고 있는 마른 황어들은 말이 없다.

—나희덕, 「마른 물고기처럼」 전문

어쨌거나, 공중전으로 사십 분 늦는다는데, 그 사십 분이 지상전 사십 분으로 바뀌리란 보장이 없다. 공중 교통에, 천재지변이라면 모를까, 러시아워가 좀체 있을 리 없지만, 지상전은 사십 분 늦게 출발하면 두 시간 늦게 도착할 수도 있고, 어떤 때는 아예 더 늦게 출발해야 뚫린 길로 더 일찍 도착한다는, '제논의 수수께끼'를 능가하는 가상현실을 닮지 않던가. 어쨌거나, 전인권하고 맨정신(을 그나 나나 아주 싫어한다. 아니 맨정신을 싫어하는 게 제정신이라고 그나 나나 생각한다. 그가 악기 중에도 일렉트릭 기타를 제일 좋아하는 것은 미치기 일보 직전, 즉 사이키델릭 때문이고, 그가, 혹시 나를 좋아한다면 그것 또한, 그의 표현대로, 내가 '술을 마시면서 미치기 일보 직전을 항상 즐기는 유일한 사람'이기 때문이다)으로 얘기한 적 없고, 아리까리할수록 더 많은 얘기를 하고 더 죽이 맞았던 것 같으므로 이번 공개 대담 기회는 아예 서른여섯 시간 동안 안 자고, 담배와 커피만 입에 대고, 완전히 풀리는 정신을 굳이 붙잡지 않고 거의 횡설수설을 즐기는 식으로 풀어보려 했는데, 정신이 맞춤하게 비몽과 사몽 사이 혼미상탠데, 그가 오지 않는 사십 분이 갑자기 내게 없었던, 그러나 뒤늦게 가끔씩 발동하는 '문청의 밤' 처럼 생소하고 어설프다. 밤을 새워, 정말 몽롱한 정신으로 쓸 때는 마치 '내가 천재 아닐까?', 걸작을 쓰는 듯 스스로 착각하고, '이거 나오면 니들 다 죽었다' 뭐 그렇게 의기양양하고, 정말 '죽인다' 라는 단어가 자아도취와 공격의지를 동시에, 동전 양면을 넘어 자연스러운 한몸으로 품으며 마구 입에 거품 튀듯 튀지만, 맨정신은커녕 제정신만 돌아와도 그 글의 꼴이 너무도 누추하여 다시 거대한 절망의 동작을 취해버리는, 진짜 문청 시절 이호철(소설가)이 보냈다는 그런 밤. 아무리 위대한 문학도 결국은 '세속성으로써' 위대하다는 것을 지쳐 체념하듯 받아들일 때까지는 도무지 그치지 않는, 그칠 수 없는 그런 밤. 『선데이서울』 '오빠와의 그날밤' 류 기사, 심지어 구인광고까지, 눈에 보이는 '글' 은 모조리 잡식한 후에야 황석영(소설가)이 벗어날 수 있었던. 근데, 전인권의 『걱정 말아요 그대』는 왜 그 흔한 신문 신간안내란에서도 시큰둥한 거지? 이 책은 전인권 특유의 '육성'이 전인권 특유의 '문체' 를 입은, 한마디로 대중예술가가 쓴, 우리나라 최초로 진정한 '예술의 자서전' 제1부인데? 그리고 비록 제1부지만(그것은 그가 만 쉰한 살 나이보다 훨씬 더 젊은 현역가수이기 때문에 그렇다), 전설의 록그룹 '들국화' 탄생 및 활동과 연관한 그의 음악 '행각' 기록은 다른 글로는 도저히 대치할 수 없을 어떤 '경험의 숨결' 을 뿜고 있다. 더 흥미로운 것은, 이야기 군데군데 쉴새없이, 거의 바퀴벌레처럼 끼어드는 그의 예술관, 그리고 '대마초 생각', 그리고 대중예술계의 허위에 대한 진정하고, 날카롭고, 적절하고, 적나라하고, 기발한 '멘트들' 이다. '멘트' 는 종종, 예술적 잠언과 사회 비판이 절묘하게 섞인 상태로 비상하거나 비루하고 아픈 세상 속으로 깊이 깊이 스며든다. 하여, 전인권 노래가 한 편 한 편 '생애' 를 끌어간다면, 이 책은 그 숱한 '전인권 콘서트' 를 보다 깊은 '과거와 현재의 모자이크 공간' 으로 응축한다(하긴 그의 그림 솜씨는 화가 수준이고, 이 분 내로 그려낼 수 있는 외모의 소유자와는 금세 친숙해질 수 있다는 '믿음' 의 소유자다. 십오 년 전 나를 처음 보았을 때 그는 결코 잘생긴 건 아니고, 팔이 길어 어딘가 '고릴라 같은' 나의 외모를 일 분 만에 그릴 수 있을 것 같았고, 그래서 친해졌다고 한다). 그가 아직 도착 전이므로, 그런 생각을 깔고, 그의 책 '머리말' 에서 순서대로 몇 구절 뽑아보자. 말 그대로 사상 초유의 '전인권 화법' 이 우리 폐부를 찌른다.

내 글이 책방에 그 서적들 사이에 있게 된단 말이지. "형님은 부가가치가 좋은 가수" ……그렇다면 쓸 만한 거네. 어느 땐 '안 돼! 아냐. 이건 아냐.' 그리고 노래만 들으며 잊으려고 애쓰다 다시 써야 할 것 같은…… 내가 기타로 도레미를 들려줄 때 이놈(아들 진환-필자) 얼굴 눈 표정이 너무 이쁘다. 학원을 못 믿는 게 아니고 새로운 것만 봤다 하면 지남철처럼 달라붙는 이놈을 못 믿겠다. 또하나 끝냈다. 고맙다 들팬 친구들(A양, B양, C양, DEFG양. ^^ 그리고 놈). 책은 복사가 안 된다. 하긴 그 책 베낄 거면 사고 말지…… 지금 잠시 고통스러운 불황의 세계. 택시 기사는 마치 사차원세계에 온 것 같은 무표정. 그래서 더 열심히 썼다. 이 책으로 우리 장훈이 앨범 좀 더 나가준다면 죽이는 건데…… "아닙니다. 제 뜻은 그런 게 아닙니다." 얼굴 창백했던 그때 그 기사님. 하루에 육만원 벌면 감사한다던…… 딸 셋이 대학생이었죠. 그래도 희망을 갖는 게 맞는 겁니다. 분명히 말씀드립니다. 대마초는 아무나 하는 게 아닙니다. '받는' 사람이 있고 '안 받는' 사람이 있습니다. 중독성 전혀 없습니다. 이 세상 모든 것이 공평하게 장단점이 있듯이 대마초 역시 마찬가집니다(이 세상 모든 것에 장단점이 있다는 건 내가 살아가는 큰 힘이다. 그것은 확실하다). 허용하는 나라는 미쳤습니까. 민기 형님. 형님, 제가 노래에 미치길 바라시는 거 알고 있습니다. 내가 죄송한 게 한두 가지가 아닙니다. 그러나 과감하게 두려움, 두려움 없이…… 나를 만들어준 저 산과 바다. 왠지 유성이 형님 것 같은 우리 자연들, 산과 바다 모든 것에 깊이 감사드립니다. 은주가 있다면 '애쓰셨어요, 전인권 만세!' 문자 하나 왔을 텐데……

『니진스키 영혼의 절규』(바슬라프 니진스키 지음, 이덕희 옮김, 푸른숲, 2002)는 20세기 초 위대한 무용가 니진스키가 심각한 정신질환에 빠져들 무렵 육 주 동안(1919. 1. 9~3. 4) 적은 일기로, 다소 난해하지만, 예술혼을 지닌 자의, 고통이 발하는 빛으로 눈부시다. 전인권의 『걱정 말아요 그대』는 '천박해서 더욱 화려한' 대중문화예술계에서 자신의 자존을 지켜내기 위한 얼핏 '좌충우돌'이, 맨정신보다 더 우월한 '제정신의 지도'를 그려내고, 아름다움의 모뉴멘털리티를 이뤄내는 과정을 한편으로는 지난하게, 종종 유머러스하게, 때로는 통렬하게 보여준다. 근데 왜, 시큰둥? 영화배우 이은주를 둘러싼 네티즌들의 과도한 논쟁 이후 역시 과도한, 집단적이고 의도적인 무관심 '운동'? 이은주라…… 위 머리말의 맨 마지막 '문자 하나 왔을 텐데'는, 단언컨대 맞다. 이은주 묘비명을 써달라는 부탁을 받고 이은주 빈소를 찾았을 때도 이은주의 자살 직전 '문자'가 와 있었으니까. 그날 내가 그에게 내민 묘비명 전문은 이렇다(행을 갈라 추도시로 읽고, 그런 행 배열로 신문 연예면에 실린 것은, 뭐 상관없지만, 내 의도와는 다르다).

빛이 나뉘는 총천연색은 신비롭지만, 죽음이 없으므로 영화는 화려할수록 가벼우니 대낮의 밝은 무게에 가 닿지 못하고 청순이 그늘을, 연기가 의미를 머금지 못하므로 마침내 네가 와서 사랑에 열린 대낮 글썽한 눈웃음으로 영화를 어루만지고, 위로하고, 오래 머물지 않고, 스물다섯 예술 인생의 절정을 응집, 흰빛 검은빛 나비로 죽음과 어우러지다. 2005년 2월 22일. 영화배우 이은주 영면.

슬픔과 술에 지친 채 그 글을 읽던 전인권이 내게 말했다. 어떻게 그리 잘 알아요? 은주만큼 흑백 옷이 어울리는 사람은 없는데…… 인위적이라 천박한 총천연색을 '의미심장'케 하는 것은 흑과 백이다. 전인권이 한국대중가요계의 '흑과 백'이었다면, 이은주는 분명 한국영화계의 '흑과 백'이었고, 그런 점에서 둘은, 단언컨대, 예술적으로, 정신적으로 '통'했다. 전인권과 이은주가 정말 사랑을 했느냐를 내가 딱 부러지게 증언할 수는 없지만, 더 중요한 것은 증거할 필요가 없다는 것이고, 둘은 '사랑 너머' 에서도, '육체 너머' 에서도 '통' 했을 거라는 것이고, '스토커 행각' 은, 전인권의 자존심이 거의 예술에 가깝다는 것을 감안하면 또한 어불성설이지만, 그전에 그럴 필요가 없었다는 것이다.

어쨌거나, 이제, 전인권이 등장한다. 정확히 사십 분 늦게. 너무 떨려 진짜 정신을 못 차리겠네요…… 아마 그럴 것이다. 술과 무관한 취기가 늘 있단들, 오늘은 미안함 때문에 싹 가셨을 것이고, 그런 채로, 공연도 아니고, 팬과의 대화도 아니고, 너무 말짱한 청중 수십 명과 아주 가깝게 대면해야 하므로. 청중 한 분이 '대마초 지금 안 하시죠?'라고 묻자 그는 '안 한다' 했다. 참으로 생뚱맞은, 형사상 질문 아닌가. 당연하지. 전인권의 공식 입장은 '대마초는 좋은 거다. 그러나 나는 안 피운다. 피우면 잡혀가니까' 다…… 그렇게 내가 답변을 교정하자, 전인권이 더 수정한다. 필요할 거라고 했지, 좋은 거라고는 안 했고, 필요한 것을 좋은 걸로 스스로 만들 수 있다는 얘기다…… 하지만, 이미 빚을 갚은(징역을 치른) 대마초 경력에 대해 그는 훨씬 더 과감하고 주장이 뚜렷하다. 악보 보는 법을 공부하지 못해 노래 만들 때 애를 먹다가 어느 날 약물을 사용, 한 달 할 수 있는 작업을 하루 만에 끝냈고, 그후 약물을 많이 사용했다. 〈돌고 돌고 돌고〉 같은 노래가 그렇고, 아니 요번에 만든 〈걱정 말아요 그대〉 말고는 약물 사용 없이 만든 노래가 거의 없다. 약물이 나를 집중케 했고, '걷는 사람, 뛰는 사람, 서로 다르게, 같은 시간 속에' 가 그렇게 나왔다. ……그랬구나. 물론 세계관이 '약물' 을 통해 나오고 집중된 것이겠지만, 튀든, 반항적이든, 다이내믹하든, 비극적 낙관을 담든, 가락도 놀랍고 가사도 놀랍지만, 저 길길이 뛰는 것들이 이루는 절묘한 조화는 바로 '약물의 집중성'에서 나왔겠구나…… 하지만, 물론, 그게 다는 아니다. '중학교 때 케네디가 전 세계의 희망이란 걸 확실하게 느끼고, 케네디 사망 후 비틀스가 다시 세계의 희망이라는 것을 확실히 느꼈던' 그의 음악 출발은, 매우 '음악적으로 멀쩡'하면서, 운이 좋고, 운에 대해 자신만만했다.

열아홉의 나는 '모범적'이고 '공부에 대한 양심'이 있었다. 연습을 많이 했고, 연습이 다 된 곡만 공원에서 불렀다. 통기타 시대라 공원에서 노래를 잘 부르면 여자 꼬시기에 좋은 점도 있었지만, 하여간, 여자와 내 자랑과 노래에 충실했다. 미래에 대한 고민도 했지만, 결론은 '지금 열심히 하자'였고, 대마초를 피우다 거울을 보면 내 모습에 허깨비들이 무지 많이 살고 있는 거라, 무지 못생겨 보였고, 그럴 때마다 가차없이 연습을 했다. 그리고 들국화. 당시 우리는 아주 소수고 거의 신촌에 몰려 있었는데, 책에도 썼지만, '또다른 균형'을 갖고 있었다. (너무 떨리네…… 이해해주시고) 왜 팝송인지, 어떤 것이 좋은 음악인지를 아주 잘 판단하는 영리한 머리를 갖고 있었다. 엄인호는 내가 보기에 리듬기타 하나는 정말 세계적인 수준으로, 이해 못 하는 코드가 없었다. 김현식은, 이를테면 그 이전 세대 최헌이나 이용보다 목소리의 표현력이 강하고 비트가 있었다. 조덕환이 작곡한 〈아침이 밝아올 때까지〉, 최성원이 작곡한 〈매일 그대와〉 등은 듣자마자 대단하고 참 잘 만든 노래라고, 감이 왔다. 우리들은 그런 것을 확실하게 판단하고 확실하게, 피해 의식과 술 힘도 빌려, 밀고 나갔다. 그러다 폭발한 것이 바로 들국화다……

요즘 '예술적으로 뜨'고 있는 소설가 박민규는 등단 소감에 '세계관을 알게 해준 전인권 형님께 감사한다'고 했지만, 그럴 사람이 앞으로도 많겠지만, 전인권의 세계관에 영향을 준 것은, 본인 표현에 의하면, 고속도로 휴게소 남자 화장실에서 소변을 보다 마주친 명언 '인간으로 태어나서 최고의 삶은 진리를 탐구하는 데 있다'지만, 그리고 스스로 '헤밍웨이를 읽으며 진짜 푸른 바다'를 봤다지만, 아무래도, 진짜 영향을 준 것은 존 레넌인 듯하다. 비틀스를 믿지 말고, 히틀러를 믿지 말고, 케네디를 믿지 마, 난 예수를 안 믿어, 내가 예수다, 나는 나를 믿는다, 라고 노래한 레넌이 '위험하'다는 것을 알지만, CCR의 흥겨움에 좀더 빠지고 싶지만, 여긴 외국이 아닌 한국이라 사회적 추방을 견디기는 어렵지만, 정말 진리를 위해 한번 끝까지…… 한때 성당에 다니며 금요일 철야기도를 한 삼 개월 하는 동안 그의 기도 내용은 '하느님 정말 계십니까? 제게 약간 힌트만 주시면 그리로 가겠습니다'였다. 그리고 오늘, 그가 권하는 노래는, 신과 국가와 재산 일체를 부정하는 존 레넌의 아나키스트 찬가 〈이매진〉이다. 특히 아침에 들으면 하루가 정말 즐겁고, 현대자동차 전혀 안 부럽고, 삼성냉장고 전혀 신경 안 쓰게 되고, 세계가 확 열린다…… 그는 '오십대가 되니 정말 나의 세계가 나를 기다리고 있었다'고 했다. 무슨 뜻일까?

오십대 전까지는 '아주 자신 있는 나'와 '전혀 자신 없는 나'가 정말 계속 같이 갔고, 반성도 많이 했다. 정말 내가 음악을 해도 되는 사람인지…… 〈희망가〉 같은 노래를 부를 때 공부와는 상관없이 그냥 기분으로 불렀다(잘 부른 것 같다). 하지만, 한편으로 불안을 감출 수 없었다. 나는 나의 사명감과 기질과 내용과 욕구를 요만큼밖에 표현하지 못하는 걸까…… 하지만 오십대가 되면서, 반성과 공부를 많이 했지만 그것 때문인지 확실치는 않은 채로, 표현할 수 있다는 확신을 가지게 되었다. 내가 어떤 천부적인 음악성을 가지고 있다는 생각 혹은 발견, 그런 게 아니라, 나는 나를 표현할 어떤 자격이 있다, 라는 확신. 창에서 많이 배웠다. 창을 공부하는 자격은 첫째가 사람의 생김생김, 둘째가 그 사람의 품성, 그리고 셋째가 비로소 노래 실력인데, 나는 그게 반가웠다. 창을 배운 덕에 내 노래에는, 아무리 소리를 지를 때도, 조심은 있을망정 오버는 없다. 뱃심이 있어야 성격도 만들어진다……

2004년 '전인권 4집'으로 낸 〈전인권과 안 싸우는 사람들〉을, 그런 의미에서 그는 매우 흡족해했고, 내가 보기에, 흡족해할 만하다. 그런데, 음반명은, '전인권에 맞서 싸우지 않는 사람들'인가 '전인권과 함께 평화 노선을 따르는 사람들'인가? 물론 후자지만, 설명이, 놀랍다. 정치하는 사람들, 우리가 좀 칭찬도 해주고 그래야지. 어릴 때처럼 칭찬 많이 해주면 더 잘하고 싶고 그런 법인데, 한 십 년 동안 너무 야단만 치고 그러니까, 더 후지게 보이고 그런 게 아닐까 싶어서…… 이 음반에서 전인권 표 고성은 '내가 발견한 나의 세계'로, 남들의 옛 히트곡까지 감싸안으며, 한껏 여유롭고 깊어졌다. 그리고, 모처럼 '우리'로 밝아졌다. 그러나, 전인권. 그가 요즘 너무 아프다. 이따금 그의 공연을 보러 가면, 너무 아픈 그의 노래가, 거의 목숨을 담보로 불리는 듯하여, 나는 그만 눈물이 핑 돌 정도다.

PS. 너무 피곤해 보였지만, 그보다 더 너무 오랜만이라 뒤풀이 자리로 끌었는데, 이런저런 왁자지껄을 술 몇 잔으로 견디는 게 안쓰러워 '민기 형'을 부를까 했더니, 직접 통화를 하고, 직접 가서 모셔오는 게 예의 같다며 나간 그가 돌아오지 않아서 다행이다. 김민기와 만났다면, 그는 행복했을 것이다. '민기 형이 열여덟, 열아홉 살 때 만든 노래, 특히 〈친구〉의 저음으로 다스려진 분노 후 '달리는 기차 바퀴가 대답하려나'까지 이어지는 '저음=눈물=아름다움' 대목에, '열아홉 살 모범생'으로 감동한 이래 평생 '민기 형'을 존경해온 전인권이며, '가수 전인권'을 꽤나 아끼고 걱정하는 김민기다. 그가 김민기를 안 만났더라도, 편안했을 것이다. 너무 피곤했으니까. 어느 쪽이든, 정말 그가 돌아오지 않아서 다행이다.

가장 넓고 깊은 세상의 배꼽

문학동네 대표 강태형과 문학동네 편집위원 신수정

80년대 초 갓 상경한 강태형(은 '형'이 아니라, 성이 '강'이고 이름이 '태형'이다)을 처음 만났을 때 그의 프로필은 좀 어수선했다. 갓 데뷔한 시인이자 돼지 값이 폭락하여 호되고 쓴맛을 본 정부 지정 영농후계자인 것까지는 그렇다 치더라도, 세계챔피언 도전 직전에 턱을 다쳐 프로 생활을 접은 전직 권투선수인데다, 다소 민속적인 신기(神氣)의 세계에 달통해 있었던 것(수년 전 내가 기가 세다나 어쨌다나, 하여 그에게 거의 속아서 끌려가 파주출판단지 '문학동네' 사옥터를 '밟아준' 것은 매우 유쾌한 경험이었다). 한마디로, 그는 70년대 '가난의 열광'과 연관된, 그러나 따로끼리는 아무 상관이 없는 요소들을 어설프게 걸친 모습이었다. 하지만 빈틈없이 잘생긴 외모가 날라리 티를 허용하기는커녕 역시 빈틈없는 (촌놈의) 성실성을 집약-발산하는 형국이고, 당시 자유실천

문인협의회(이하 자실)를 쥐락펴락하던 채광석(작고·문학평론가)은 부탁도 안 하던 그를 청탁한 것으로 치고 덜커덕 자실에 취직(이라기에는 '임금' 수준이 형편없었지만)시켜버리는 덕에, 나는 그를 엉겁결에 '직계'로 부리게 되었고, 그건 나같이 피곤한 팔자에 드문 횡재 중 하나였다. 그처럼 궂은일을 날밤 새우며 꾸준히, 그리고 정교하게 해내면서도 얼굴 한번 찡그리지 않은 사람을 나는 그전에도 그후에도 본 일이 없고 다시 그 덕에 나는 술 마시다 깨서 진도 확인하고, 다시 술 마시다 깨서 진도 확인하고, 그러는 식으로 '잠과 술' 밤만 새우면 시인 노릇 활동가 노릇 만사형통이었지만(그래서 내가 '강태' 형과 강 '태형'을 혼동하는 모양이다), 정작 놀라운 일은 그 뒤에 벌어졌다. 어영부영 출판사를 차리고 고전하고, 북한책 내서 징역까지 살고 뭐 그런가보다 했더니 그가 후배들한테 '나 고생할 때 니들 뭐 했냐?' 하는 운동권 촌티는 아예 벗어버리고 창비와 문지(훗날 문사) 이래 가장 강력한, 그리고 전혀 다른 '문학동네'(는 물론 출판사 이름이자 잡지 이름이기도 하다)를 이뤄냈던 것. 그가, 자실 어른들을 홀대했다는 얘기가 아니다. 옛 선배 혹은 어른들, 혹은 동지들에 대한 그의 마음씀씀이는 탄탄하고 자상하다. 어느 날 강태형한테 '그냥 쓰세요'라는 말과 함께, 워드프로세서 한 대를 선물받은 이문구(작고·소설가)가 칠 년 후 소설 원고를 그에게 주며 '자네한테 받은 워드프로세서로 썼으니 자네가 내주게' 했다는(그 원고가 바로 화제의 동인문학상 수상작이자 마지막 소설집 『내 몸은 너무 오래 서 있거나 걸어왔다』다) 얘기는 유명하지만, 그건 숱한 사례 중 하나에 지나지 않는다. 오늘날 문학동네 출신, 혹은 문학동네를 통해 주로 활동하는 작가 수는 한국문학을 대표하는 중견 및 신예의 반을 훌쩍 뛰어넘고, 그 흐름을 주도, 혹은 마련하는 평론가들 또한 그러하며, 그의 돈씀씀이는 풍성하면서도 합리적이라, 그를 잘나가는 출판사 사장치고도 잦은 술자리 물주에서 어언, 특히 '남북작가회담'을 계기로 일약, '작가회의'의 '딴주머니'로 격상시켰을 정도다. '딴주머니'란 어떤 지리하게 오래 걸리는, 그리고 꽤 까다로운 일을 준비할 때 이렇게저렇게 드는 비용을, 아무리 공적이지만, 그때그때 청구하기 귀찮으므로 그냥저냥 개인 돈으로 해결케 하고, 나중에 합산해주어야 하지만, 당사자가 뭐 굳이 따져 달라지도 않는, 그래서 이래저래 일하는 놈 편하고 단체로서도 요긴한, 가난했던 80년대는 물론 살 만해진 90년대 초에도 없다가 90년대 말 살 만해진 것을 뒤늦게 깨달으면서부터 생기기 시작한, 그리고 후배들한테 상당한 권위를 인정받는 단체 재정보조역으로, 이것도 그가 최초일 것 같다. 그의 '문학동네'를 기적이라고 표현하기에는 그가 너무 '노동적'이며, 그가 꾸린 편집위원들은 너무 문학-과학적이다. 어쨌거나, 그의 육성을 들어보고 싶은데, '상당한 권위'가 어른들한테도 통했는지, 그가 아주 중요한 역할(대변인)을 맡고 남북작가회담차 북한에 가 있으니, 그의 육성에 어울리는 시 한 편을 우선 읽을밖에 없다.

봄, 놀라서 뒷걸음질치다
맨발로 푸른 뱀의 머리를 밟다

슬픔

물에 불은 나무토막, 그 위로 또 비가 내린다

자본주의

형형색색의 어둠 혹은

바다 밑으로 뚫린 백만 킬로의 컴컴한 터널

—여길 어떻게 혼자 걸어서 지나가?

문학

길을 잃고 흉가에서 잠들 때

멀리서 백열전구처럼 반짝이는 개구리 울음

시인의 독백

"어둠 속에 이 소리마저 없다면"

부러진 피리로 벽을 탕탕 치면서

혁명

눈 감을 때만 보이는 별들의 회오리

가로등 밑에서는 투명하게 보이는 잎맥의 길

시, 일부러 뜯어본 주소 불명의 아름다운 편지
너는 그곳에 살지 않는다

—진은영, 「일곱 개의 단어로 된 사전」 전문

그리고 강태형을 배경으로, 대타로, 문학동네 편집위원 중 한 명을 부를밖에 없다. 내친김에, 이왕이면, 여자로. 문학동네 편집위원 중 여자는 한 명밖에 없고, 그녀가 바로 신수정이며, 다행히도, 내가 좋아하는 여자 평론가다. 그러려고 보니 특히 신수정은, 딱히 문학동네 십일 년 중 팔 년 동안 편집위원 노릇을 해서가 아니라, 강태형이 배경이 아니라 강태형의 배경 같기도 하다. 이거 잘하면, 모처럼 북한 덕 보게 생겼네…… 신수정은 웃음이 싱그러움을 맘껏 발산하며 '킥킥'과 '쿡쿡', 그리고 '와하하' 사이를 너무도 자연스럽게 넘나드는 통에 미인이라는 사실이 얼핏 은폐되는 동시에 몸 전체로 발산 혹은 육화, 마냥 하늘거릴 듯한 몸짓이 돌연 맞바람에 몸을 흔들어주는 63빌딩을 연상시키는, 결코 쓰러지지 않을 흔들림의 미학을 구현하는 스타일이다. 그것은 그(녀)의 평론도 그렇다(그녀 남편 신정석 또한 평론가인데 외유내강이 너무 무르익어 바야흐로 달마선사화하기 직전의, 모든 것을 빨아들일 수 있다는 전언의 매력을 풍긴다. 그의 평론 또한 그렇다). 같은 문학동네 편집위원인 평론가 류보선이 우직할 정도로 탄탄한 내용을 펼치고, 서영채가 '뼈대로써 윤'을 내고, 황종연이 '윤으로써 뼈대'를 세운다면 신수정은, 『푸줏간에 걸린 고기』라는, 다소 기괴하지만 정확한 평론집 제목이 보여주듯, '핏덩이' 작품 혹은 작가의 생애를 다소의 전망과 기대를 갖고 지켜볼 뿐, 좀체 선고를 내리지 않는다. 어떤 날것인 상태의 작품, 새로 나오는 작가들을 좀더 눈여겨볼 뿐 아니라 그들의 새로운 형식을 기존의 입장이 아닌 그 작가, 그 작품의 입장에서 본다는 것. 이 방법론은 얼핏 겸손한 것 같지만, 천만에, 산파(産婆)의 방법론이 겸손할 리는 없다. 신수정이 강태형의 배경인지 강태형이 신수정의 배경인지 모르는 어느 사이 '문학동네 평론'은 리얼리즘을, 단지 겉돌거나 에두르기는커녕, 관통하고 그 너머를 지시해버린다. 그리고, 단단한 이론의 성채가 아니라 '지시하는 그물망'으로 새로운 시대 새로운 감각의 좋은 형성 방향을 낚아채고, 낚아챔으로써 좋은 형상화를 추동한다. '문학동네'의 힘의 근원이자, 문학활동의 근원이다. '리얼리즘 너머'란 무엇인가?

이승우 소설집 『심인광고』는 끈질기게, 신성을 문학화하는 식으로 현실화하고 현재화하므로, '성(性)=죽음=성(聖)'의 등식이 자못 후기낭만주의적임에도 불구하고 작품현실이 태어나는 정황이 '민족적'이고 '현대적'이다. 조경란 소설집 『국자 이야기』는 정신분열적인 문체가 이야기의 감동을 더욱 복합적으로 만들면서 멀쩡해지는 과정의 정황이 '민족적'이고 '현대적'이다. 강영숙 소설집 『날마다 축제』는 난무하는 문체와 절망적인 현실이 상호쟁투 혹은 상호상승을 더욱 난무하고 절망적인 현실이 절망의 현실로 '악몽 판타지'하는 과정의 정황이 '민족적'이고 '현대적'이다. 정영문은 끊임없이 현실을 의미 없는 문장으로 거의 해체하지만, 그 와중, 이를테면 과수원 일일 노동자의, 스스로 의미를 해체하는 독백이 전태일 일기 내용을 그대로 닮아가는 과정의 정황이 '민족적' 이고 '현대적' 이다. 천운영 소설집 『명랑』은 다소 주변적이고 엽기적인 이야기를 단단한 문체 자체의 힘으로 '문학=일상' 화하는 과정의 정황이 그렇고, 윤성희 소설집 『거기, 당신?』은 '모래 씹는 느낌의 문체' 와 무책임한 천진성만으로 일상을 두 겹 끔찍하게 만드는 과정의 정황이 그렇고, 권지예 소설집 『꽃게 무덤』은 음식이 죽음을 먹이는 과정의 정황이 그렇고, 전성태 소설집 『국경을 넘는 일』은 이미 사라진 과거가 현재를, 현재가 이미 사라진 과거를 숨기는 듯 돋을새김하는 과정과 글쓰기과정이 겹쳐지는 정황이 그렇다. 김영하 소설집 『오빠가 돌아왔다』는 치열하고 일관된 '싸가지 없음' 이 똑같이 치열하고 일관된 미학을 거느리는 과정의 정황이 그렇고, 박민규 소설집 『카스테라』가 김영하보다 온건한 윤리와 김영하보다 화려한 판타지로 '부조화의 조화' 를 이루는 과정의 정황이 그렇다. 그리고 이혜경 소설집 『꽃그늘 아래』의 문장이 얼핏 멀쩡해 보이는 일상을 깊이깊이 파고들다가 어언 논리가 통하지 않는, 예측이 불가능한, 그리고 혹시 원하는 대로 할 수 있는 극미세계 법칙을 닮고 그것이 불가해한 이야기를 낳는 과정의 정황이 또한 그렇다.

신성을 가시화(하는 것은 어쩔 수 없는 일이지만)하면서 종교는 제도화하고, 제도화는 신성의 전망마저 가시화하려 들므로, 위험하다(자칫 '밀교적' 이거나 '광신적' 이다). 철학을 가시화(하는 것 또한 어쩔 수 없는 일이지만)하면서 정치는 제도화하고, 철학의 전망마저 가시화하려 들므로 위험하다('혁명적' 인 동시에 '유토피아적' 이다). 이것은 '나는 마르크스주의자가 아니다' 라고 말한 마르크스에 대한 비판이다. 마르크스는 '전망의 제도화' 로서 '마르크스주의' 를 비판한 것이지만, 더 본질적인 것은 그의 '과학적 학문' 이 철학의 가시화로서 정치화 문제를 이미 품고 있었다는 점이다. 이 점에서 '학자 마르크스' 와 '혁명가' 레닌은 본질적으로 다르지 않다. 문학과 예술은, 다르다. 가시화 그 자체로 시작하며, 완벽한 형상화의 실패가 오히려 추동력이다. 그러므로, 문학은 전망 자체를 가시화하지 않는다. 그럴 겨를이 없거나, 필요가 없다. 문학과 예술작품은 태어나는 순간 세계며 권력이며, '제도화' 를 모르므로, 전망의 가시화를 모른다. 현실에 자극받아 떠오른 영감, 즉 형상화 욕구를 따르는 것만도 벅찰 뿐이다. 창작이 기쁨이고 고통인 까닭이다.

문학평론은 문학의 제도화가 물론 아니지만, 처음부터 문학을 위한 제도이기는 하다. 그렇지만, 문학평론은, 반복하거니와, 걸작을 차곡차곡 쌓아두는 성채라기보다는 끊임없이 좋은 작품의 가능성을 낚아채는 그물에 가깝다(사실 비유도 가시화 욕망의 산물인지 모르지만). 평론이 완성된 작품은 물론 미래의 작품에 대해서도, '창조적' 인 까닭이다. 제도이면서 '창조적' 이므로, 문학평론은 언제나 그릴 수 없는 전망을 그려야 하는 모순을 안고 있다. 이 모순은, '미완적' 인 형상화가 문학 창작을 더욱 '창조적' 으로 만드는 바로 그만큼, 문학평론을 더욱 '창조적'으로 만든다. 민족문학의 위기는 '민족문학론'이라는 '평론=제도'가 성채화했다는 뜻이며, 더 나아가 제도화하고 있다는 뜻이다. 그리고, 평론의 제도화는, '문학권력'을 낳기 때문이 아니라, '그릴 수 없는 전망을 그려야 하는 모순으로 창조적인' '평론=제도'의 권위를 스스로 붕괴시키므로, 위험하다. 작품은 어떤 식으로든 현실을 반영하고 좋은 작품은 충격과 감동의 변증법으로, 혹은 '충격=감동'적으로 현실을 반영하며, 그 방식으로 '현실 너머'까지 현실화한다. 이 모든 것이 작품현실이며, 현실로부터 작품현실이 생겨가는 과정이야말로 민족문학론이, 현실주의문학론이므로 더욱, 마주쳐야 할 현실이다(미학주의자들이 작품현실만을 현실로 보므로, 그것은 더욱 그렇다). 위에 언급한 작가들, 그리고 이미 리얼리즘의 성채에 든 작가들만 보아도 한국 소설문학은 70년대 이래 최대의 르네상스를 이룩하고 있으며, 70년대보다 더욱 찬란한 미래를 예감케 하고 이미 가능케 한다고 나는 생각한다. 이들만 보더라도, '민족적'이 아닌 '현대적'은 얼마든지 있을 수 있는 반면, '현대적'이 아닌 '민족적'은 있을 수 없다고 나는 생각한다.

이 말을 '민족문학 위기론'으로 받아들이는 민족문학론은 제도화한 문학론이다. 이들의 숱한 '현대적=민족적'을 수렴하면서 '민족문학론'은 '문학론'을 향해 끊임없이 미분-적분해가야 한다. 그리고 고전적인 리얼리즘문학 성과와 함께 종합 재구성, 더 거대하고 질 높은, 그러므로 더욱 그릴 수 없는 그림을 그리는, 더욱 거대하고 깊은 모순을 스스로 떠안아야 한다. 그것은 '모든 좋은 문학은 리얼리즘문학이다'

라는 명제가 소용없거나 필요 없어질 때까지 그렇다. 리얼리즘문학론은 대중문학론이었던 적도 없고, 비주류문학론이었던 적도 없다. 그것은, 앞으로도 그렇고, 모든 문학론이 그렇다. '평론가이자 편집자 신수정'의 육성으로 듣는 윤성희 (뒷)이야기는 그래서 재밌다.

요즘 공모작품 혹은 신춘문예 심사를 해보면 거의 삼분의 일이 윤성희 소설 아류작들이다. 윤성희 작품은 기초공사가 잘되어 있고 공법이 탄탄하다. 윤성희는 같은 작품을 다섯 번 쓴다 하는데, 쓸 때마다 깎아낸다니, 백 매짜리 단편이면 오백 매에서 시작한다는 얘기다. 군더더기가 하나도 없다. 지나치게 깎아내서 오히려 문제가 될 정도다. 가장 경제적인, 최소한의 요건만으로 어떻게 서사를 만들어내느냐, 이런 점이 윤성희 소설의 매력이다. 그런데, 아쉽게도, 윤성희는, 역시 역량이 뛰어난 천운영, 천운영도 이름이 알려진 것에 비해 독자가 적은 편인데, 그런 천운영보다 독자가 더 적다. 『레고로 만든 집』은 초판 삼천 부를 다 소화하지 못했다는, 그리고 절판까지 되었다는 소문인데, 최근 나온 『거기, 당신?』은 지금 한 만 부 정도 나갔지만, 참 아쉬운 대목이다. 그보다는 더 나가야 하는데…… 요즘은 1쇄를 한 삼천 부 찍으니까 만 부라면 4쇄까지 찍었다는 얘기고, 그래서 윤성희 본인은 몹시 기뻐하면서 '나를 4쇄작가라 불러달라'고 한다지만, 내가 보기에 만 부라면 아주 좋은 작가한테 너무 박절한 대우라는 생각이 든다……

그리고, 요즘 그야말로 종횡무진 외계인처럼, 혹은 팀 버튼 감독 영화 〈혹성탈출〉의 정반대 방향으로 뜨고 있는 박민규 (뒷)이야기는 더 재밌다. 독자와 작가지망생은 물론, 작가에게도. 신수정의 '박민규 이야기'는, 본인 표현대로, 오늘날 평론 일과 잡지 일 전반을 유쾌하게 건드린다.

박민규 사진을 본 사람은 모두 짐작하겠지만 아주 재밌는 사람이고, 작품도 아주 좋다. 『삼미슈퍼스타즈의 마지막 팬클럽』은 원래 문학동네소설상(은희경이 1회, 전경린이 2회 수상자다)에 응모했던 작품으로 최종심까지 올라갔다. 제목은 좀 달랐다. 문학동네소설상은 예심을 문학동네 편집위원들이 하고 본심을 다른 분들한테 위촉하는 형태로 하는데, 본심 심사위원들이 박민규 소설에 대해 몹시 흥분을 했다. 안 된다. 이런 소설은…… 물론 당시 작품이 훗날 출판된 것에 비해 덜 정제된 면도 있겠지만, 내가 보기에는 장난 같은 부분이 많아 저항감이 컸던 듯하다. 하여간, 그래서, 그해 문학동네소설상은, 편집위원들이 여러 경로로 그 작품을 뽑았으면 하는 바람을 전했지만, 결국 '당선작 없음'으로 끝냈고, 박민규는 너무도 분하여 산으로 들어갔다는 소문까지 났는데, 어쨌든 두문불출 칩거를 하면서, 1부를 좀더 손보고 3부를 새로 집어넣고 제목을 『삼미슈퍼스타즈의 마지막 팬클럽』으로 고쳤다. 그리고, 문학동네 너희들한테는 새 소설을 보여주마, 나한테 『삼미슈퍼스타즈…』만 있는 게 아니라구, 뭐 그런 생각이 들었던지, 문학동네작가상에 또다른 장편소설 『지구영웅전설』을 응모했고, 『삼미슈퍼스타즈…』는 한겨레문학상에 냈다. 『지구영웅전설』은, 다행히도, 심사위원 중 이인성(소설가)이 적극적으로 민 덕에 문학동네가 챙길 수 있었지만, 이미 『삼미슈퍼스타즈…』가 한겨레문학상에 당선된 뒤였으므로, 문학동네는 박민규를 '데뷔' 시키는 행운을 갖지 못한 셈이다. 그리고, 나는, 『지구영웅전설』보다 현실 이야기를 판타지로 만들어낸 『삼미슈퍼스타즈…』 쪽이 훨씬 더 의미 있는 작품이라 생각한다. 단편소설을 청탁하면서, 장편이야 장난 같은 것이 섞여들 틈이 있지만, 과연 박민규가 천운영이나 윤성희처럼 잘 짜인 작품을 쓸 수 있을까, 기대만큼이나 걱정도 많았는데, 처음 받은 작품 「카스테라」는 놀라웠고, 그 뒤 이 년 동안 청탁이 쏟아지면서 발표한 약 열 편을 모아 같은 제목으로 소설집을 펴냈는데, 편집자로서 굉장히 행복한 결과를 맞았다고 생각한다. 그 박민규가, 『창작과비평』에 소설 연재를 시작했는데, 연재를 시작하는 말이 정말 박민규답다. 옛날에 '학생, 학생도 문창과라매, 그런데 왜 학생은 안 사?' 하며 나를 귀찮게 하던 창비 영인본 판매 아저씨가 있었다, 연재 청탁을 받은 느낌이 꼭 그렇다, 뭐 대충 그런 내용의 박민규 '연재 시작말' 은 꼭 한번 읽어볼 필요가 있을 듯하다……

그런데, 이런 어수선한(?) 이야기를 하면서도, 즉 슬슬 흔들고 흔들리면서도, 아니 그럴수록, 평론가 신수정은 '고전적' 을 향한다. 조경란의 최근 소설은 이제껏 가꿔왔던 정교한 형식과 '자기 이야기' 를 어떻게 합치시키느냐 하는 문제를 풀면서 새로운 단계로 접어들고 있다. 봉천동이라는 동네, 삼십대 중반을 지나면서 독신으로 살며 소설을 쓰는 여자의 슬픔이랄까 비애랄까 하는 것이 좀더 개인화하는 바로 그만큼 보편화하고, 울림이 더 커진달까. 작가의 성숙과 작품의 성숙이 나란히

간다 할까. 꽤 의미 있는 작품이었는데, 평단이 너무 조용히 지나간 면이 있고…… 아, 이 여자가 정말. 정말, 강태형이 신수정의 배경이 아니라 신수정이 강태형의 배경, 아니 배후조종자였구나……

미래를 향해 서는 일상의 집

건축가 승효상

할 수만 있다면 어머니, 나를 꽃 피워주세요
당신의 몸 깊은 곳 오래도록 유전해온
검고 끈적한 이 핏방울
이 몸으로 인해 더러운 전쟁이 그치지 않아요
탐욕이 탐욕을 불러요 탐욕하는 자의 눈앞에
무용한 꽃이 되게 해주세요
무력한 꽃이 되게 해주세요
온몸으로 꽃이어서 꽃의 운하여서
힘이 아닌 아름다움을 탐할 수 있었으면
찢겨져 매혈의 치욕을 감당해야 하는
어머니, 당신의 혈관으로 화염이 번져요

차라리 나를 향해 저주의 말을 뱉으세요
포화 속 겁에 질린 어린아이들의 발 앞에
검은 유골단지를 내려놓을게요
목을 쳐주세요 흩뿌리는 꽃잎으로
벌거벗은 아이들의 상한 발을 덮을 수 있도록
꽃잎이 마르기 전 온몸의 기름을 짜
어머니, 낭자한 당신의 치욕을 씻길게요

— 김선우, 「피어라, 석유!」 전문

파주출판단지는 물론 출판단지지만, 세계 유명 건축가들이 출판사 하나씩을 맡아 자신의 건축 기량을 선보이는, 장차 세계적인 건축단지기도 하고, 승효상은 그 세계적인 출판-건축단지 전체를 설계한 건축가다. '계약금 한 푼 없는' 설계 계약이 단지 이전 화제의, '노장' 한둘 말고는 승효상 설계를 따랐다, 따르지 않은 건물들은 마치 심술 맞은 노인네가 등 돌리고 엉덩이를 내민 '삐친' 모습이다, 라는 것이 단지 이후 소문의 요체며, 작년엔가 재작년엔가 그가 동숭동에 지은 녹슨 철 비슷한 것으로 건물 외양 전체를 장식한 '쇳대박물관'은, 내부 진열 방식조차 딱 한 군데 말고는 일체 '승효상 표'인데, 평가 까다롭기로 소문난 성완경(미술평론가)조차 극찬을 아끼지 않았다. 건축의 돈 단위는 영화를 또 한 수준 뛰어넘는 거라서 내 '문학' 수준으로 건축비를 따져본다는 일은 부질없다. 블록버스터 열 편 이상의 예산이 들어가야 번듯한 건축물 하나를 지을 수 있으며, 게다가 이 건축물은 관람객이나 시청률에 연연할 필요가 애당초 없다는 말이면 족하다. '건축물' 과 '집' 의 어감은 크게 다르지만, 사실 요즘도, 건축물은 집이다. 일상의 집. 박물관은 박물 일상의 집이며, 영화관은 영화 일상의 집이고, 집은 인간 일상의 집이다. 관공서는 물론 관공 일상의 집이다. 일상은 의식주. 중국인들이야 '예' 를 중시하므로, '의' 를 맨 앞에 세웠겠지만, '의' 를 넓힌 개념과 '주' 는 무엇이 다를까? 신의 권위를 위해 신전을 짓고 정치의 권위를 위해 왕궁을 지었겠지만, 물론이지만, '의' 와 '주' 를 가르는 것은 무엇일까? 성 아닐까, 남녀의 성이자, 섹스의 성? 예술의 궁극은 성의 극복이라고 나는 생각하며, 건축은, 우리가 건축물을 보면서 한눈에 '여성적이다' 혹은 '남성적이다' 라고 판단 내리는 것이 다른 장르보다 더 어렵다는 바로 그 점 때문에라도, '성의 극복' 에 가장 근접한 '예술' 로 볼 수 있다면, 그것이 엄청난 돈 단위 때문인지, 아니면 건축이 바로 성을 아름답게 하려는 무의식적인 예술 본능에서 시작되었기 때문인지 좀 헷갈리고, 갈수록, 두번째 원인을 첫번째 원인이 보충 혹은 가중해왔다는 생각이, 어렴풋이 쉽지만, 좀더 '원시적으로 말짱' 하게 생각해보면 '첫 인간' 이 동굴로 집을 삼을 때 들였던 경제적 노력이 하루 주워 혹은 하루 사냥해서 하루 먹기(채집 및 수렵)도 고달팠을 당시 상황에 비추어 결코 적은 것이 아니었다는 점 또한 무시될 수 없으므로 결국 두 원인은 합쳐진다. 그리고, 성의 아름다움이 경제의 아름다움을 추동한

만큼, 경제의 아름다움이 성의 아름다움을 또한 추동했을 것이다. 어쨌거나, 건축의 문명으로 흔히 명명되는 미노스(크레타)문명의 대표적인 상징물은 크노소스 미궁이고, 반인반수 미노타우로스의 미궁 신화는 분명 성의 기괴-난해함이 건축으로 극복되는 '신화' 며, 오디세우스를 기다리는 페넬로페의 수의 '짜기-풀기' 는, 미로를 뚫고 들어가 미노타우로스를 죽이고 다시 미로를 빠져나올 수 있었던 테세우스의 실뭉치, 아리아드네가 주었던 그 실뭉치가, 이제는, 성의 기괴-난해함을 '죽음=일상' 의 '가정=사랑' 으로 전화-승화하는 '이야기' 다, 라고 내가 말하자 승효상은, 평소 괄괄하고 자기 의견 분명하고, 이견을 못 숨기는 솔직한 성격 그대로, '그건 첨 듣는 소리', '건축은 미술도 아니고 예술도 아니다, 더 큰 어떤 것이다' 라고 즉각 '쫑코' 를 날렸지만, 다시 어쨌거나, 그가, 그 또한 '건축하기가 글쓰기와 다를 바 없다' '건축가가 원하는 어떤 삶의 모습, 어떤 개념을 상정하고 그것을 건축 어휘로 풀어놓은 것이 건축 설계므로, 어떤 주제를 로직하게, 단어로 풀어내는 문학하고 다를 바가 없다', 심지어 '건축을 잘하면 글을 잘 써야 되는 게 맞고, 글을 잘 쓰는 사람이 건축 기술만 알면 당연히 건축을 잘할 수 있다고 믿는다' 하므로, 문학도 '순수예술' 중 하나로 치고 싶은 나로서는, 사소한(?) 의견 차이를 그냥 놔둔 채, 정말 '이야기' 를, 흥미롭게, 계속 나눌 수 있지 않을까 싶다. 근데, 이거, 유홍준 편 못지않게, 내가 이야기를 듣는 쪽으로만 흐르지 않을까? 하긴, 그게 더 재미있을지도. ……
우선, 맞을 매부터 먼저 맞고 지나가자. 그의 소위 '아킬레스건' 은 '스승 김수근' 이다. 그를 약하게 만드는 건, 이 아니라, 그를 쉽게 흥분시키는 건. 그는 동숭동 '샘터', 비원 옆 '공간', 그리고 옛 안기부 건물을 비롯한 각종 정부청사의 설계자인 김수근의 제자고, 그것을 스스로 이상하게 여긴 적이 한 번도 없고, 그 숱한 '운동판 술자리' 에서조차 그 점을 의아해하는 사람들을, 그의 막역 선배 임옥상까지 포함해서, 그냥 넘어가준 적이 한 번도 없다. 내가 보기에 그것은, 김동리와 이문구의 관계와 비슷하지만, 좀더 열혈적이다.

멀리 갈 것도 없이, 이 건물(문예진흥원, 아니 한국문화예술위원회 아르코미술관)도 김수근 선생이 지은 것이다. 원래 이 자리 세 필지 땅을 갖고 계셨는데 서울대학교 이사 때 주택공사가 일반 분양을 했지만(평당 십삼만원) 잘 안 팔리고, 문예진흥원에서 미술회관을 짓는다는 얘기가 들리자 세 필지를 원가에 넘기는 대신 설계를 맡았다. 원래 주택가로 바뀔 뻔했던 동네가 이 건물로 인해 최초로 문화지역화하는 거다. 지금도 건축이 부동산과 연관된 업종으로 취급받는 마당에 당시로서는 매우 힘들었던 문화지역화였고, 선생은 거기서 더 나아가 예술잡지가 거의 없던 판에 『공간』이라는 종합예술지를 창간했고, 빚 삼십억을 남겼다. 나는 선생 문하에서 십오 년을 지냈기 때문에 건축은 건축대로 어떤 문화적 독자성을 갖고 있다는 것을 일찍부터, 먹고살기 바쁘고 집 짓는다는 것 자체가 매우 호사스런 일로 비칠 때부터 알게 되었고, 내 건축인생에 그것은 무엇보다 중요한 배움이었다. 선생이 일본 유학을 마치고 귀국한 직후 지은 부여박물관이 왜색시비 및 전통논쟁을 일으켰는데 내가 보기에 우리나라 건축계에서 '전통이란 무엇인가' 를 놓고 진행된 가장 중요한 논쟁이었고, 그후 논쟁이 없어져버렸다. 1967년인가 1968년의 일이다. 그후 일본 김승호 선생과 교류하면서 한국적인 미에 대한 안목이 커졌고, 『공간』은 현대적으로 번안한 한국건축의 정수라는 얘기를 세계적으로 듣고 있다. 쉰여섯 살에 돌아가셨는데, 세계 건축가들이 대부분 팔십, 구십을 훌쩍 넘기는 것을 보면 요절도 이런 요절이 없다……

맞네. 딱히, 내가 존경하는 승효상의 스승님이라서가 아니라, 김수근은 건축사의 어두운 얼룩이 아니라, 마치 만화가 고우영처럼, 문화운동사의 숨겨진 비화였고, 세속화운동이었다. 이어지는 승효상의 건축관은, 문학을 순수예술로 편입시키려는 나의 노력과 정반대로, 문학과 더불어 건축을 어떻게든 좀 빼내려고 하는데, 나는 어언 그게 제일 흥미롭고, 그게 승효상 건축사상의 요체를 밝혀줄 것도 같다.

건축은 미술, 예술은 물론 아니고, 파인아트 그거 아니고(회화와 조각, 그리고 건축을 합쳐 미술이라 하지 않나요? 라고 물었더니 그는 '아니다, 안 들어간다' 고, 건축가께서 안 들어간다 하니 안 들어가는 게 맞겠죠, 했더니 그는 '안 들어가고 싶습니다' 다), 종합예술이란 말도 좀 그렇고. ……건축이란 애당초 생긴 어떤 직업 혹은 학문이다. 그리스어에서 파생된 '건축' 을 의미하는 영어 'architecture' 의 어원은 arch('크다')+tect('기술' 혹은 '학문'). 성경의 조물주가 'archtect' 다(하긴 그렇다. 영국 낭만주의 대가 시인 블레이크의 환상적인 일러스트레이션에서는 조물주가 컴퍼스를 들고 세상을 디자인한다. 건축은 정말 세상 '창조=디자인' 이다). '건축' 이란 말은 메이지 시대 일본인들이 만든 것으로 주로 '올리고 세운다' 는, 물리적인 노동을 뜻하는 말이지만, 일본인들도 그 전에는 '조가(造家)', 즉 '집을 만든다' 는, 훨씬 창조적인 노동의 단어를 썼다. 우리 조상들은 더 멋있다. '영조(營造)', 즉 '가꾸어서 만든다'. 뭔가를 경영하는, 경영한다는, 밥과 옷과 집을 '짓는' 분위기가 담겨 있는 것. 예술에 삶의 여유를 과시하는 측면만 있는 것은 아니겠지만, 건축은 예술 이전에 우리의 삶 필요 때문에 지은 것이므로, 종합예술과도 좀 다르다는 거다.

그래서 성의 극복인가, 아닐까? 하지만 승효상의 건축론은, 예술가들의 자존심을 훌쩍 넘어서면서, 인문학으로 나아간다. 건축에서 기술의 역할은 정말 아무것도 아니다. 집을 무너지지 않게 하는, 중력에 저항하는 것 이상도 이하도 아니고, 그런 기술의 80, 90퍼센트는 이미 고딕 시대 기둥과 포트레스로 다 해결이 된 상태다. 예술도 아니고 기술도 아니라면 그렇다면 건축은 뭐냐? 우리 인간이 어떻게 살 것인가를 조직하는 것이므로 오히려 인문학에 속한다. 일층 방과 이층 방과 삼층 방이 다르고, 원형 방과 긴 방의 모임 형태가 다르다……

그러니까 공간의 (예술 혹은 기술이 아니라) 인문학이다. 인문학에 예술이 관계하는 바로 그만큼만 건축에 예술이 연관된다, 뭐 그런 뜻이다. 이건, 예술가의 자존심을 건드리는 게 아니라, 의욕을 부채질하는 것 같은데? ……어쨌거나,

오늘날 건축은 건축대학으로 따로 독립하는 게 대세며 WTO 규정에 의해 2007년부터 우리나라도 외국 영향에 따라 학부를 독립시키지 않으면 안 될 정도다. 조각은 가르치지 않는다. 봉건시대 이후 조각은 건축에서 떨어져나갔다. 제국이 식민지 혹은 점령지를 약탈하여 만든 장군의 회랑, 즉 갤러리에 전시를 하고 갤러리란 말이 생기고 그게 미술관이 되면서 건축이 조각과 분리되는 면도 있지만, 더 중요한 것은 '우리가 어떻게 사는가' 를 배우는 것이 건축이라는 학문의 기본 내용이고 인테리어 또한 건축가가 '지으' 므로 건축가가 조각과 회화에 대한 지식을 가질 필요는 있지만, 건축대학에 회화와 조각 학부를, 따로 둘 필요는 없다. 미술대학과 별개로 건축대학이 있어야 한다……

이렇게 씩씩하게, 혹은 과격하게(?) 그가 '보고 듣는 즐거움' 보다는 '사는 의미의 즐거움' 을 위한 건축 이야기를 하는 배경에는 다름아닌 그 자신의 체험이 있다. 그는 고등학교 때 그림 그리기를 좋아했는데, 옆집 화가 한 명이 노상 술 취해서 방탕하고 이혼당하고 지저분한 꼴로 다니고 그러는 거라, 예상되는 자식의 장래에 질겁한 부모님이 그가 붓만 잡으면 뜯어말렸고, 누님이 낸 중재안으로, '그림도 되고 돈도 되는' 건축과를 들어가게 됐던 것. 그의 그림 실력은 건축과 동료 몇을, 농반진반으로 '학과 포기' 케 했을 정도지만, 정작 건축을 하면서 그는, 그림 잘 그렸다고 칭찬받고 더 잘 그리려 했던 경험이 오히려 방해가 된다는 것, '예쁜 그림' 과 '잘된 설계' 를 착각했다는 것을 깨닫게 된다. 그의 이런 깨달음과 인문학 지향은 과연 문학적으로도 명문인 '승효상 공간론' 을 낳는다.

건축은 채우는 것이 아니라 공간을 비우는 것이다. 이 비움의 공간은 사람들이 채우는 것이다. 마당은 신분을 초월한 공동체 공간이었고, 예전의 길은 아이들의 놀이터이자 마을 사람들의 토론장이었고 아낙네들의 빨래터였다. 우리는 통행의 기능만 하는 요즘의 길에게 귀소본능을 빼앗기고 있다.

그렇다. 길이란 사실 마음 가는 대로 가면서 나는 것인데, 개발 통행로란 길 속으로 길을 제한하므로, 우리가 인간존재로서 자연과 더불어 살아가면서 느끼는 어떤 경험 총체를 제한한다. 승효상이, 모처럼 말이 통해 기분 좋은지, 덧붙인다. 서양인들은 도시를 만들 때 길부터 만드니까 항상 직선으로 만들고 폭이 똑같다. 똑같은 폭은 머무는 공간이 아니라 통행 공간일 뿐이므로, 다시 머묾을 위한 공간, 즉 광장을 만들고, 그렇게 길과 광장이 기능화하고 집을 길에다 직선으로 따따따 붙인다. 우리 방식은 달랐다. 집부터 만들고 다시 그 옆에 집이 붙고 그 사이 중간 영역이 길로 된다. 이 길이 곧장일 리 없고 더군다나 우리는 산지가 많으니까 꾸불꾸불 골목길이 될밖에 없다. 이 꾸불길에는 모험과 두려움, 낭만도 있고, 사실 길이라는 게 도시의 전부고, 광장 그런 것은 필요가 없다. 길이 광장이고 놀이터고 통행로고 마당이고 공회당이다. 그렇게 아름다운 길을 우리가 갖고 있는데, 낭만도 속삭임도 두려움도 근심도 없고, 미래도 없는 서양 길을 우리가 죽죽 긋고 있으니……

이건 회귀론 아닐까? 그러나, 정말 아름다운 것은 공간이다, 라고 그가 한 톤을 높이면서 펴는, 한 단계 높아진 공간론은, 놀라운 공즉시색 색즉시공의 현대건축론이다.

> 우리가 함께 모여 있는 이 공간을 보자. 공간은 보이지 않는다. 천장, 벽, 바닥이 보일 뿐이다. 그러니까 우리는 공간을 느낄 뿐 보는 것이 아니다. 건축을 전달한다는 것은 천장, 벽, 바닥을 전달하는 게 아니라 공간을 전달하는 것이고, 아무 장식이 없어도 공간이 아름답기 때문에 감동받는 경우는 의외로 많다. '건축'을 모르는 사람도 공간의 아름다움에는 감동을 받는다. 그런데 그 사람도 건축을 이야기하라면 다시 벽, 천장, 바닥을 이야기한다. 비유하자면 '분신자살 전태일'을 '아름다운 청년 전태일'로 만드는 책 카피의 공간, 이것을 건축 공간이라 할 수 있겠다.

그 역시, '훌륭한 건축가이므로 당연히 대단한 문화운동가'라는 등식을 여실히 증명하지만, 그 얘기는 '김운경 편'에서 했고, 어쨌거나 승효상의 '도시가 만들어지는 이야기'를 건축사 이야기로 받아들일 수는 있더라도, 오늘날 설계(는 계획이다)에 그대로 반영하기에는 아무래도 무리가 있지 않을까? 그러나, 그의 설계는 '역사 진행' 속을 파고들고 그 진행을 마무리하려는 쪽이다. 이를테면 서울은, 같은 동양의 베이징 혹은 도쿄 등 계획도시와 또 달리, 계획이 된 것이면서도 길을 임금이 다니는 쪽만 대충 냈을 뿐 나머지는 슬쩍 구역만 내놓고 다 민간에게 맡기고, 무학대사가 이미 다 산을 보고 정했으므로 도시 아이덴티티를 위해 따로 인공구조물을 세울 필요가 없다. ……하긴, '한양 터'를 놓고 조선 초 벌어졌던 풍수지리 논쟁은 건물 프로젝트 논쟁이 아니라 인간의 삶터에 대한 동양적, 아니 한국적 세계관을 논한 정치투쟁이었다. 그리고, 자연은 인간의 계급을 허문다. 오늘 우리가 만드는 도시가 그때보다 더욱 계급적이다. 고속도로에서 골목길에 이르는 길의 계급 질서가 완연하다. 땅도 용도별 계급을 두고 있으며, 전체 도시를 도심과 부도심으로 나누는 것 등등, 자본주의 도시며, 정치권력과 자본권력이 야합, 일 주일 만에 계획한 수십만 명 주민이 사는 도시. 이런 도시가 강제하는 규율에 적응하면서 우리 삶도 계급화한다……

승효상은 결코 자연주의 건축가가 아니다. 승효상 숙소이자 건축사무실 '이로재', 그리고 '쇳대박물관'은, 내가 자세히 느껴보았는데, 계단이 몹시 가파르고 걷다보면 아찔할 때가 있다. 그건 왜?

가파른데다 난간이 없어 그럴 텐데, 그 상태가 자아내는 긴장감 때문에 오히려 사고가 전혀 없다. 장충동에 내가 '지은' '장충동 웰콤시티 사옥' 또한 일층에서 이층으로 올라가는 로비 계단에 난간이 없고 맨 처음에는 사람들이 굉장히 걱정했다. 난간 없어 사고 나면 건축가가 엄청난 배상을 해야 하고, 그래서 '난간 없는 계단'은 허가를 늦추는 빌미가 되기도 했지만, 어쨌거나 그 건축물에서도 사고가 전혀 나지 않았다. 뭐, 그렇다고 그것이 나의 건축 전부는 물론 아니다…… 사무실에는 긴장감 있는 삶에 어울리는 '공간'이 필요하고, 더 어울리고, 더 편안하다는 얘기겠다. 그의 건축론이 '역사'를 깔기 시작한다.

예컨대, 어떤 건물 형태를 만들기 위해 이미지를 상상하고 먼저 그걸 갖다놓고 그 안에 공간을 집어넣는 방식은 옛날, 고딕이니 르네상스니 바로크니 그런 양식이 있을 때 방식이고 모더니즘 이후 건축은 인간의 어떤 본성, 근원에 대해 질문하기 때문에 삶 공간에 대한 집착은 당연한 것이다. 그리고 개인이 돈을 내서 짓더라도 그것을 사용할 뿐 건축은 공공적인 것, 즉 시민과 사회의 소유물이다. 나한테 찾아오는 건축주들에게 '이건 당신 집이 아닙니다'라고 하면 화를 내고 돌아가기도 했지만 요즘은 알고 찾아오므로 그런 일이 없어졌다. 그리고 '공공'의 첫번째 가치는 윤리다. 어떤 건축물은 옆집보다 작아야 하고 사람들한테 길을 내줘야 하고 앞뒤 길을 이어줘야 하고 비가 오면 비를 피할 수 있게 해주어야 하고, 좀 검소해야 하고, 한마디로 '빈자의 미학'을 구현해야 한다. 산동네 공간, 외적 공간과 내적 살림 공간을 모두 배워야 한다. 내가 비움 자체를 주장하는 것은 아니다. 공동체 삶의 룰이 그 공간을 조성해 가도록 하자는 거다. 이를테면 장충동 웰콤시티 건축은 박스 네 개로 나누어 설계, 가운데 빈 공간 세 개가 생기게 하고 나는 이것을 '어반 보이드(Urban Void)'라 이름 붙였지만, 이것이 생김으로써 뒷마을에 보이드를 만들어 빛도 주고 바람도 주며 앞도시 풍경도 선사하는 식으로, 뒷마을 사람들이 전보다 더 명징하게 도시 풍경을 액자로 누리게 되므로 매우 좋아했다고 들었다. 나는 내 건축이 그런 관계맺기로 존재하기를 바라지 영원히 남는 기념비적인 건축물이 되기를 결코 바라지 않는다. 그리고 교외 건축물은 가능하면 건축물로 보이지 않게끔 부단히 노력한다. 경사진 논두렁, 밭, 이런 것들은 사람이 만들었지만 시간이 지나면서 자연처럼 보인다. 그렇게 건축 또한 시간과 더불어 자연화, 자연 속으로 풍화하기를 나는 바란다. 요즘 내가 베이징에서 하는 건축 일이 많은데, 흡사 우리나라 70년대를 연상시키는 베이징 건축 재개발의 광기, 이를테면 우리나라 인사동이나 북촌 한옥마을, 그리고 뒷골목들을 깨끗이 갈아엎는 분위기 속에서도 그런 작업을 좀 해보자는 게 내 생각이다…… 그의 이야기는 끝도 없이 이어진다. 정말, 건축은 (문학) 이야기라는 듯이. 건축과 이야기 사이 술이 이어지면 승효상처럼 자기 고집이 세고 열혈인 사람이 드문데도, 그게 너무도 당연해 보이고 자연스럽고 예술적이라, 나는 아주 부드러운 모종의 '여성' 으로 아주 자연스럽게, 그리고 아주 예술적으로 둘러싸여가는 느낌을 갖는다. 과연 그는 '아키+텍트' 다.

인간의 법은 끝내 아름답다.
혹은 불안 없는, 멀쩡한 희망

변호사 강금실

우선 앉거라. 지붕 무너질 걱정 아니 해도 된다…… 요새야 지붕보다 더한 것도 백주 대낮에 와르르 무너지는 판이므로 위력을 다소 잃었지만, 이런 말만큼 구세대 전매특허로서 신세대 지향적이고, 동시에 신세대에게 나날이 새로운 깨우침을 주는 말도 없다. 대형 건물이 무너지고 화려한 권위가 정말 화려하게 무너지는 세태가 오히려 '지붕'의 권위를 더 높여줄지도 모르는 일이다. 사실 그렇다. 역사는 유구하고 문화는 더 유구하며 아무리 혈기방장한 신세대란들, 현실의 구십구 퍼센트는 멀쩡하고, 그러므로 나머지 일 퍼센트의 개혁 혹은 변혁이 가능한 것이다. 그것은, 정치혁명은 물론, 더 근본적인 문화혁명에서도 그렇고, 심지어 멸망도 그렇다. '로마는 하루아침에 망하지 않았다'는 말이, 더 정확하지 않을까? 신라 망하는 데 백 년이 넘게 걸렸다. 역사를 읽으며 제일 먼저 배워야 할 것은 지리한 일상과 변화의 관계다. 무너질 일 없는, 말 그대로 엄청난 멀쩡함 때문에 세계는 변혁이 가능하고 필요한 것이다. 신세대는 자칫 그것을 까먹기 십상이며, 섣부른 변혁운동가는 흔히 나머지 일 퍼센트를 십 퍼센트 이상으로, 심지어 오십 퍼센트 이상으로 착각한다. 내가 보기에, 십 퍼센트 '이상'은 낭만주의를 넘어서는 수치고, 오십 퍼센트 '이상'은 과대망상을 넘어서는 수치다. '지붕'의 정반대 경우는, 이를테면 '온 국민 절약운동'의 수치가 그렇다. 국민 전원이 전기를 하루 오 분 동안만 절약한다면 절약될 전기량은 물론 엄청나지만, 대한민국 인구수가 그 정도로 많다는 뜻에 지나지 않는다. 그 많은 인원이 어떻게 매일 한 명도 빠지지 않고 오 분 동안 절약한단 말인가, 말이 그렇다는 얘기지…… 이때 수치는 구십구 퍼센트를 가상현실화한다.

법 또한 그렇다. 조선시대 궁중 드라마에서 충신도 간신도 두루 읊는 대사가 '폐하, 법통을 지키고 법치를 하소서'인 것에서 보듯, 법은 그 시대 말짱함의 수준을 반영하며, 오늘날 대한민국 법에 악법의 요소가 아무리 많단들 깨알 같고 숱한 법전 조항들 중 일 퍼센트 미만이며, 대한민국 법은 엄연히 민주주의 및 이성과 더불어 발전해온 구십구 퍼센트 멀쩡한 법이고, 끝내 아름다움에 달할 수 있는 법이다. 국가보안법이 대한민국 법전의 십 퍼센트 혹은 오십 퍼센트 이상을 차지한다고 믿는 사람은, 온갖 열정에도 불구하고, 국가보안법 폐지운동에서 손을 떼는 것이 국가보안법 폐지운동의 앞날을 위해 바람직하다. 국가보안법은 법전과 나라 자체를 망신시키는 일 퍼센트 미만의 오물에 불과하므로, 바로 그런 이유로 하루빨리 지워버려야 할 요소라고 생각하는 사람이 많을수록, 국가보안법은 빨리 폐지된다. 그리고, 일 퍼센트 악법 요소에 맞선 인간의 투쟁이 단지 그것을 삭제할 뿐 아니라 나머지 구십구 퍼센트 멀쩡함의 질을 드높일수록, 인간의 법은 아름다움에 가까워진다. 이시영의 시 「이름」의 제목을 '법' 으로 고치고 읽어보자. 법은 사회관계의 명명 아니겠는가. 전문이다.

밤이 깊어갈수록
우리는 누군가를 불러야 한다
우리가 그 이름을 부르지 않았을 때
잠시라도 잊었을 때
채찍 아래서 우리를 부르는 뜨거운 소리를 듣는다

이 밤이 깊어갈수록
우리는 누구에게로 가야 한다
우리가 가기를 멈췄을 때
혹은 가기를 포기했을 때
칼자욱을 딛고서 오는 그이의
아픈 발소리를 듣는다

우리는 누구인가를 불러야 한다.
우리는 누구에게로 가야 한다
대낫의 숨통을 조이는 것이
형제의 찬 손일지라도
언젠가는 피가 돌아
고향의 논둑을 더듬는 다순 낫이 될지라도
오늘 조인 목을 뽑아
우리는 그에게로 가야만 한다
그의 이름을 불러야 한다
부르다가 쓰러져 그의 돌이 되기 위해
가다가 멈춰 서서 그의 장승이 되기 위해

잘 알려져 있다시피 강금실은 변호사고, 법무부 장관으로 발탁되어 엄청난 화제를 뿌리며 인기를 누렸고 서울시장 선거 패배 이후에도 인기는 여전히 계속되고 있다. 지금도 미인이지만, 내가 그녀를 처음 본 80년대 초에는 너무 눈부셔서 옆자리에 앉아 얼굴을 보태기가 민망할 정도였다. 선거 얘기는 하고 싶지 않지만(그래서 나는 이 글을 계획보다 장장 사개월 늦게 쓰고 있다), 이순자와 닮았다니, 선거는 니 편 내 편, 니 탓 내 탓 할 것 없이 미쳐 돌아가고, 그래야 피차 직성이 풀리는 판이라는 말이 정말 실감난다. 인기란 대체로 '대중적 인기'의 준말이고, 그래서 불안정하게 부침을 거듭하는 것이지만, 강금실 '인기'의 원인은 다르다. 그가 장관직을 퇴임한 직후 기자가 한 말씀 요청하길래, 퇴직도 했으니 별 누를 끼칠 것은 없겠다 생각하면서 나는 '유관순 이래 강금실만큼 전 국민의 관심을 끌었던 여성은 없다' 고 정말 '한 말씀' 했고, 훗날 강금실한테 '내 얘기라 쑥스럽기는 하지만, 역시 문학인은 발상이 다르더라' 는 칭찬(?)도 들었지만, 내가 그 말을 왜 '던졌는' 지, 무슨 뜻으로 그랬는지는 그후 한참 동안의 곰곰 생각을 요했다. 유관순은, 남성 전태일과 마찬가지로, 자신의 죽음을 통해 참혹을 빛으로 전화한 여성이다. 참혹은 지도사상의 부재고, 죽음은 역전시키며, 빛은 역전된, 그러나 보다 질 높은 사랑이다. 하지만, 세태는 보다 영리하다. 죽지 않았다면, 유관순은 영원한 누나 혹은 누이 대접을 받지 못했을 것이다. '죽었다는 사실'이 주는 안심을 산 영웅이 줄 수는 없는 일이다. 강금실의 인기는, 내가 보기에, 단지 참신하다는 것이 아니라(참신은 형식이지 내용이 아니다), 어느 날 갑자기 멀쩡한 사람이 정가로 불려와 멀쩡함(은 내용이지 형식이 아니다) 그 자체로 빛을 발한다는 것, 그래서 그 주변의, 혹은 이제까지 정치의 정치적 유난스러움을, 유종호가 김수영을 평하면서 쓴 표현을 빌리자면, 일거에 '추문화' 하고, 멀쩡한 대중, 혹은 대중 깊숙한 곳에 몸 숨기고 숨죽인 멀쩡함과 일순 의사소통하는, '환희=감동' 을 준다는 것과 더 연관이 있다. 그리고 점차, 저런 멀쩡함이라면 개혁이니 혁신이니 이제껏 뭔가 수상하고 불안해 보였던 것이 실제로 가능하겠구나 하는 안심과 연관이 있다. 참신함의 의미가 달라진다. 노무현은 물론이거니와 김영삼도 김대중도, 아무리 개혁적이고 경륜이 풍부하단들, 그리고 거꾸로, 당선 후 아무리 소위 개혁파들한테서 '배신자' 소리를 듣고 실제로 보수화했단들, 강금실만큼의 '대중적 안심'을 누리지 못했다. 젊은 '개혁정치가'들은 말할 것도 없다.

강금실은 결코 젊다고 할 수 없지만, 강금실로 하여 젊음의 의미가 달라진다. 우리나라에 여성 문제 있고, 남성 문제 있고, 별의별 문제가 다 있겠으나, 일순, 대한민국은 참 늙은 나라로구나 하는 생각이, 왈칵 드는 거다. 강금실은 포지티브화한 유관순이다. 긍정적이고, 밝고 맑고 명랑한 신세대의 미래가 필요하고, 가능하고, 그것이 당연하다는 생각, 왜 그런 생각을 못 해보았을까 하는 생각이 들게 만드는, 아름다움의 무게, 아름다움의 의미 같은 것. 다시, 선거 얘기는 하고 싶지 않지만, 이 점이 강금실의 이미지고, 색깔이고, 공약보다 근본적인, 그리고 개개 정책보다 중요한 전망의 예감이고 내용이다. 이미지에서 공약 혹은 정책으로 나아가는 것이 아니라, 이미지의 구체화가 정책이고, 공약은 이미지를 바탕으로 신뢰를 확보한다. 그러나, 내가 보기에, 보수-진보 따질 것 없이, 언론은 그녀의 멀쩡함을 이해 못 하고, 더욱 어처구니없는 쪽으로 흘렀다. 보라색이 귀족색이라고? 서민은 보라색을 싫어한다고? 색에 무슨 귀천이 있는가? 색깔론 대신 색 계급론이 들어서는가? 진시황제의 진나라 국색(國色)은 검정이었는데, 그걸 흑색선전이라 할 것인가. 거꾸로, 보라색 범벅으로 요란굉장을 떨다가 언론이 시비를 걸자 일약 '서민풍 작업복' 착용 방침을 흘린 열린우리당의 선거운동 방식은 완연 80년대 운동권적이다. 강금실의 '고전무용' 학습 경력을 꼭 짓점댄스로 대중화한 것 또한 그렇다. 그런데, 대중화 맞나? 선거 전이나 선거 후나 국민 대다수는, 도무지 운동권 하는 꼴이 보기 싫은 거다. 우선 운동권 출신인 내가 싫다, 나의 꼴이. 억울하지만, 정치와 무관한 운동권들이 모두 억울하겠지만. 중요하고 시급한 것은, 왜냐면 선거운동 기간은 짧고 승패는 장담할 수 없는 것이므로, 선거운동의 '구태=살벌' 방식을 일거에 씻어낼 '부드러움=이미지'가 긴요하고 시급했다는 점이다. 그녀는 그 '낡디낡은' '혁명'이란 말조차, 부드럽게, 다채롭게, 당연하게, 설득력 있게 들리게 만들 매력을 지녔고, 이 매력이야말로 언론이라는 미로를 '꿰뚫을' 수 있는 아름다운 파괴력이었다. 강금실의 참신이 오세훈의 참신을 불렀고, 강금실의 색이, 후보 경선 때부터, 여야 없이 선거를 다채롭게 했다. 특히나 '젊다는 것들' 이 좌지우지하므로 더욱 깜깜절벽인 오늘날 정치-선거판 '에서', 아니 '한테', 강금실은 할 만큼 했고, 신나게 했고, 견딜 만큼 견뎠고 신나게 견뎌주었으나, 정치판은 '구태=살벌'의 틀 속으로 '초짜'를 끈질기게 '가이드'해 들어갔다. '신입 신고식' 의 사전적 풀이의 전범을 보여준 것이다.

하지만, 흥분하면 나만 손해므로(정치인들이야 흥분이 밥벌이지만 나는 글쟁이 아닌가), 역시 그녀와는 법과 문학 '사이' 를 논하는 게 자연스럽다. '법' 은 (멀쩡함이 아니라) 말짱함에 가깝고, 문학은 멀쩡함보다는 '헛소리' 에 가깝지만, 법 '행위' 와 문학 '행위' 모두 나름대로, 별도의, '멀쩡함', 즉 현실보다 우월한 진실을 지향하는 까닭이다. 강금실은 맨정신일 때 너무 말짱해서 아프고(그건, 내가 미친 세상과의 싸움을 자처

하더니 승리는 고사하고, 나도 함께 미쳐버렸구나 하고 깨닫는 순간이다. '너는 제정신이 아니라니깐, 너는 좀 이상하다니깐, 그걸 왜 모르니?' 하는 그녀의 말투는 부드럽지만, 그래서 더 아프다), 취했을 때 '율동이 과도' 하고(이런 '두 얼굴' 성격에 그녀는 '게다가 제가 좀 게으르죠' 하고 덧붙인다), 나는 맨정신일 때가 별로 없지만, 일없는 사람들끼리치고는 다소 정기적인 술자리에서 그녀와 내가 가끔씩 박장대소 순간을 함께하는 것을 보면, 그녀나 나나 '멀쩡함'을 위해 노력하는 것은 분명하다. 아니, 그녀와 술자리를 갖게 된 계기도, 그녀의 변호사 개업 초기 엉뚱한 부탁 때문이었다. 내 법률 지식으로 변론을 때울 수는 있겠으나, 제대로 변론하자면 아무래도 인간을 알아야겠다. 문인들 술자리가 있으면 자주 불러주시라…… 그녀는 그런 부탁 했다는 사실을 기억 못 하지만, '제가 잘 까먹어요'라는 말을 덧붙인다. 몇 차례 술자리 이후 그녀가 '가능하면 좀 센 자리', 즉 험악한 말들이 오가고 주사가 낭자한 술자리를 '부탁'했는데, 그건 더더욱 기억 못 할 것이다. 아무래도 율동이 과해서 그랬을 거다. 「이름」의 저자 이시영은 70년대 저항시인 중 유독 서정성을 고수한, 즉 '울혈과 풍자', 혹은 '풍자와 자살'에 빠지지 않은 경우다. 내가 읽기에 '이름' 그 자체가 법이다. 누가 부르기 전에 와야 하는, 그래서 아름다울 수 있는, 그것으로 약자가 강자와 맞설 수 있는, 인간의 세상이 끝내 아름답다는 증거인 법. 그때 법은 문학의 골간이자 전망이다.

맨정신과 맨정신 너머를 왔다갔다하는 자신의 버릇에 대해 그녀는 이렇게 얘기했다. 언젠가(장관직 그만두고 일 년쯤 지나서) 집에 들어가서 잠잘 때까지 텔레비전만 일이 주일 동안 마냥, 주로 살인 혹은 연쇄살인범을 다룬 수사물을 보면서, 말짱함과, 말짱함을 놓아버릴 수 있는, 상념이 강요하는 긴장을 놓아버릴 수 있는, 그래서 더 나은 곳으로 가는 지점이 섞여 있는 게 인생이라 얘기할 수도 있고, 거꾸로, 어떤 성격 하나를 규정하기 어려운 게 인간 아닌가, 이를테면 한 열 명이 모였다고 할 때 그중에 한 명도 많다 하겠지만, 우리가 이해하기 어려운, 보통, 악이라고 규정짓는, 반성의 기제가 전혀 없는 범죄인이 있겠고, 아주 뛰어난 한두 사람이 있겠고, 그냥저냥 사는 사람도 있고, 나도 그렇고, 어느 인간 속에나 그런 면들이 섞여 있어서, 내가, 내 자신의 성격이 다른 사람들과 관계 속에 혹은 일반적으로 어떤 것인가를 자꾸 들여다볼 필요가 있지 않나. 얘기가 좀, 헛소리로 흐르나요, 초점이 안 맞는 얘기를 하는 게 아닌가? ……천만에, 그녀의 총체를 향한 생체실험(?)은 문학과 변호사 경험을 아우른다. 버지니아 울프의 『자기만의 방』을 읽고, 백 년 전 작품인데도, 깊은 감명을 받았다. 문장 하나하나의 섬세한 감촉과 품위, 깊은 성찰이 어우러져, 인간다움의 품위 혹은 품격 자체에 대해 다시 생각케 된다. 변호사 하면서, 이거 참 이기기 어렵겠다 싶지만, 그래서 더 관심을 기울이고, 안간힘 겸 최선을 다하니까 의외로 좋은 결과가 나오는 소송들이 있고, 당연히 이길 줄 알았던 사건이 정반대 판결을 받는 경우가 있는데, 그 순간 충격을 받고 판사, 검사, 변호사가 서로 '판단 잘못'을 상대방에게 떠넘기기도 하지만, 지나고 보니, 재판이란 같은 사건을 두고 법을 어떻게 해석할 것이냐가 서로 다를 수 있다는 점이다. 내가 A를 진실이라고 믿었단들, 그것은 내가 나의 의뢰인 시각에서 본 각도에 불과할 수도 있다는 것을 인정해야 할 때도 분명 있는 것이다. 이건 틀림없는 사실인데, 판사가 분명 잘못한 거라고, 일방적으로 매도하기가 힘들 뿐 아니라, 한참 시간이 지나보니까 판사가 정확하게 본 게 아닌가 하는 경우가 많았다. 법하고 문학이 어떻게 보면 같은 아름다움의 지점에 가 닿을 수 있다는 말의 배경도, 법 또한 진실을 추구해나가는 직업이고, 사실이 뭐냐, 현실에서 발생한 사실이 뭐냐, 진실이 뭐냐를 넘어 사실이란 뭐냐, 현실이란 뭐냐, 진실이란 뭐냐, 어디까지가 사실이고 진실이냐, 사실하고 진실은 같은 것이냐, 이런 복잡하고 헷갈리는 문제를 떠안기는 마찬가지라는 거다. 소설은, 실제 사실을 배경으로 할 수 있으나 픽션이고, 가공의 스토리인데, 그 속에 훨씬 더 많은, 훨씬 더 근본적인 진실을 담고 있다는 거. 더 우리가 보고 듣고 믿는 사실은 사실, 사실이 아닐지도 모른다는 거……

이쯤 되면 강금실은 탁월한 법관인 '동시에' 버지니아 울프의, 현실과 가상현실의 '멀쩡한' 관계와 아주 잘 어울린다. 난 사실, 요즈음 울프하고 조이스의 관계가 더 흥미롭다. 둘 다 현대소설의 영역을 개척했건만, 울프는 여자고 조이스는 남자므로, 울프가 받는 대접은 조이스에 비해 형편없다. 그런데, 그걸 미리 알고, 교정하겠다는 듯, 울프는 조이스와 생몰연대가 같다. 생몰연대처럼 운명적인 것이 어디 있으며, 생몰연대처럼 '사실=진실'에 가까운 것이 어디 있겠는가. 프랑스문학사에서 발자크도 위대하고 플로베르도 위대하고 보들레르도 위대하지만, 생몰연대(의 운명)를 비교해보면, 플로베르는 누추하고 불쌍하다. 이거 강금실 핑계로 뭔, 헛소리, 강금실한테 뭔 지청구 들으려고? 과연, 강금실은 완연 멀쩡해진다. 그것과 관련해서 내가 자주 인용하는 작품이 일본소설 「라쇼몽」이다. 구로사와 아키라가 영화로 만들면서 더 유명해졌다. 숲속 살인사건을 목격한 세 사람의 말이 모두 다르다. 법무부 있을 때 그 영화 비디오를 많이 복사해서 검사들한테 주기도 했다…… 요즘 연애 안 하시나?, 물었더니 '도청도 심하고 해서' 안 한단다. 그리고 강금실의 '문학과 법의 관계' 이야기가 청산유수처럼 흐르는데, 소재적이 아니라, 본질적이다. 아니, 내가 아는 한, 가장 본질적이고, 미학적이다.

그냥 얼핏, 카프카 『심판』 생각이 난다. 카프카 자신이 법원 근무 경력이 있다고 들었다. 『심판』은 법조인 혹은 법률가 자체를 다룬 건 아니지만 법률 시스템에 대한 문제의식 자체를 소설의 플롯으로 만든 그의 역량은 놀랍다. 굉장히 냉정하고 모든 것을 가볍게 다루는 듯하지만, 이 가벼움이야말로 절망의 열린 깊이다. 울프는, 진짜 아름답고 섬세한 문장을 많이 읽고 싶다는 생각이 들게 만들었다. 이를테면, 남자대학 잔디밭에 앉은 주인공이 생각이 떠오르는 과정을 호숫가 낚시과정으로 묘사를 하는데, 그게 무르익어 바야흐로 수면 위 떠오름이 이루어지려는 찰나, 수위 아저씨가 와서 '너는 왜 여기 앉아 있니?' 하는 바람에 떠오름이 확 깨지고 무산된다. '좀 나가라. 너 좀 나가. 너 왜 풀밭에 앉아 있어?'라며 여성을 억압했던 상황이 그야말로 섬세의 극치로 드러나는 거다. 『자기만의 방』은 페미니즘의 역사적인 기점이 됐던 작품이라고 들었는데, 울프는 여성 문제에 진지하게 접근하면서도, 거리를 잃지 않고, 즉 사물의 본질과 실체를 놓치지 않고, 문학적으로 접근한다. 그리고, 그래서 문학적 효과는 물론 '운동적' 효과도 더 크다. 이를테면, 샬럿 브론테의 『제인 에어』는 여성을 비하하는 사회 환경에 대한 울분과 주관적 감정이 폭발적으로 섞여 있지만, 에밀리 브론테의 『폭풍의 언덕』, 그리고 셰익스피어 대표작들은 이미 그 경지를 넘어서 있다는 거다. 울프 작품을 읽으면, 그 작품이 씌어지고 오랜 세월이 지났는데, 우리가 더 나아진 것이 무엇인가 하는 생각이 든다……

그건 '고전' 이야기인데, 울프 작품이 고전이란 말인데, 문학의 고전은 당시 정황을 정확히 포착하면서도, 아니 바로 그렇기 때문에, 미래를 향해 창을 열어놓는다, 혹은 창이 열린다. 역사적이므로 확실히 옛날이야기라는 생각이 들지만, 동시에, 옛날과 지금의 거리를, 규격화하지 않고, 열림으로 열며, 그렇기 때문에 그 거리를 미래지향적으로 사색케 한다. 『햄릿』과 『리어왕』이 여전히 감동적인 것은 현대의 미친 짓이 거의 다 나온다는 소재적인 의미를 넘어 감당할 수 없는 세상의 변화에 순응하지 않고 광기로 자신을 열어젖힌다는, 주제적인 의미 때문이다. 원론적인 논의와 달리, 햄릿은 돈키호테보다 본질적으로 용감하므로 현대적이고 돈키호테는 도피적이므로, 비겁하므로 현대적이다. 고전에는 '열린 창'이 있고, 그러므로, 세상이 변하는 만큼, 언제 읽어도 재미있고, 문제적이다. 의미가 참신해지고, 아름다워진다. 참신한 의미라. 참신함의 의미, 혹은 '의미=참신함'. 그렇다. 내가 강금실한테서 본 것은 진정한 의미의 고전성이었구나. 중국인들은 대개 중화정신이 체질화했고, 대대로 변방의 '쬐끄만' 나라 한국을 무시해왔지만, 그들이 오늘날 잘사는(?) 남한을 부러워하면서도 여전히 경멸하는 이유 중 하나는, 우리가 도무지 '인물' 키울 줄을 모른다는 점이라고 한다. 특히, 언론과 정치판이 그렇다는 거다. 좀 될성부르면 여론조사하고 인기투표하고, 알권리를 빙자, 도무지 성가시게 하고, '아니면 말고' 를 남발하고 모처럼 나서면 검증 받으라 윽박지르며 이러저리 찔러대고, 인터넷 네티즌들 헛소리 펴와서 같이 시시덕거리고, 마타도어까지 섞여들고, 이래서야 우리가 인물을, 더군다나 강금실이라는 '고전' 을 어떻게 문화(상품이 아니라) 걸작으로 키우겠는가(강금실이 덧붙인다. '키워서 잡아먹겠는가'). 정말, 선거판과 정치판 대단하구나. 선거 얘기 정말 하고 싶지 않지만.

PS. 청중의, '다시 태어난다면 무엇을 하시겠느냐?' 는 질문에 강금실은 '태어나고 싶지 않다' 고 했다. 니르바나하고 싶다는 얘기. 미국 방문 때 김치 등 한국 반찬을 전혀 찾지 않았지만, 음식 적응력이 좋고, 개와 뱀고기 빼고 다 먹지만, 김치를 안 좋아하는 것은 아니고, 정말 좋아하는 것은 명란젓, 두부, 계란 등이란다. '애를 낳을 생각이 없냐' 는 질문도 나왔는데, 설명을 듣자 하니, 애 문제에 관한 한 그녀는 너무 학술적이고, 그래서 낳을 것 같지 않다는 결론을 미리 낼 수 있었다. 결혼 안 하냐는 질문은, 내가 대신 답하겠다. 내가 술값을 낸 적이 전혀 없는 것 같고, 앞으로도 그럴 것 같아서('형, 돈은 있는 사람이 그냥 내는 거야. 그게 자연스러운 거야.' 그녀는 주로 그렇게 말했었다) 모처럼 그녀를 집으로 초청한 적이 있는데, 나보다 더 강금실한테 호감을 갖고 있는 아내가 '어서 오세요' 인사를 하자 그녀가 처음 한 말은, '아니, 왜 이혼 안 하세요?'였다.

문학하는 철학과 철학하는 문학 사이

철학자 김진석

우리가 물이 되어 만난다면
가문 어느 집에선들 좋아하지 않으랴.
우리가 키 큰 나무와 함께 서서
우르르 우르르 비 오는 소리로 흐른다면.

흐르고 흘러서 저물녘엔
저 혼자 깊어지는 강물에 누워
죽은 나무 뿌리를 적시기도 한다면.
아아, 아직 처녀인
부끄러운 바다에 닿는다면.

그러나 지금 우리는
불로 만나려 한다.
벌써 숯이 된 뼈 하나가
세상에 불타는 것들을 쓰다듬고 있나니

만리 밖에서 기다리는 그대여
저 불 지난 뒤에
흐르는 물로 만나자.
푸시시 푸시시 불 꺼지는 소리로 말하면서
올 때는 인적 그친
넓고 깨끗한 하늘로 오라.

—강은교, 「우리가 물이 되어」 전문

강연 기획으로서는 마지막 편인데, 김진석을 부른 것은, 고우영 『삼국지』에서 장비가 방통에게 한 표현을 빌리자면, 그가 '호되게 유식'하기 때문이다. 내가 보기에 그는 혼란'을' 이 아니라 혼란 '속으로' 정리해들어가는 데 대가급 실력을 지녔다. 우리나라 철학교수 참 많지만, 내가 아는 한 철학자는 나의 친구 이병창(동아대 교수)과 이영철(부산대 교수), 그리고 나의 후배 김진석(인하대 교수)뿐이다. 물론 김형석 혹은 김태길이 있지만, 문학하는 사람들한테 두 분은 철학자라기보다는 교수를 겸한 인생론 수필가다. 김진석은 철학과 문학평론을 겸하고, 문학평론이 예술평론이며 철학이고, 이성과 이성 바깥을 어지간히 끈질기게 파고들지만, 들뢰즈와 달리, 기계적 유물론으로 후퇴하면서 문학-예술 상상력을 결합하는 게 아니라, 몸으로 기고 또 기어들어가는 방식을 취한다. 얼핏 매우 어려운 시리즈 저서명 '초월과 포월' 이 바로 그렇고, 혀가 짧은데다 더듬는 듯한, 그렇지만, 말을 할수록, 논리를 전개할수록 근엄이 유쾌로 허물어지고, 주장이 이미 상대방을 친절하게 감싸는 그의 언술 및 철학, 그리고 안경에 묻은 웃음 표정의 광경이 그렇고, 그가 철학자를 '더러운 직업' 이라고 정의할 때도 그렇다. 하니, 김진석 말부터 들어보고, 그후에도 주로 들어보자.

나이가 들어가면서 책은 여전히 많이 읽지만 지식은 자꾸 비우고 사는 편이다. 이러다 치매에 걸리지 않을까 싶을 정도로. 지식을 비우고 고집스럽게 내 얘기만 하려고 한다. 철학은 참 더럽고 치사한 짓인 것 같다. 철학이 근본이고 원칙이니까 뭔가 중요한 역할을 해야 하지 않느냐는 기대가 분명 있고, 그런 기대감이 좋은 점도 있지만, 어떻게 보면 시대착오적인 구시대 발상인 면 또한 있다. 오늘날 철학자들이 진리의 입법자 역할을 할 수 있는 것도 아닌데, 사실 아무도 그걸 기대하지 않는데, 우리 모두, 시민 모두 각자 철학자일 뿐인데, 따로 철학과 교수, 철학자 노릇을 직업으로 갖는다는 거. 세상은 더러운데 철학자들은 매일 자기 근본의 깨끗함, 근본이 깨끗하고 본질적인 것을 말하며 스스로 어떤 깨끗한 길을 가는 시늉을 한다는 것 자체가 더러운 짓 같다. 그런다고 해서 세상의 더러움이 깨끗해질 리 없음이다. 그래서 더 더럽고 이상한 면을 받아들이자, 텍스트, 글쓰는 걸 좀 더럽게 만들어야겠다, 그런 생각이 오히려, 차라리, 들 때가 많다. 의도적으로 자꾸 하기도 하고……

으음. 역시 혼란을 아예 풀어놓는군. 그래서 불렀지만, 벌써 머리가 아프네. 난, 두통과는 상관 아니 인연이 없는 사람인데. 어쨌거나, 우리나라의 철학 '교수풍토'를 따지기 전에, 소크라테스 이래 철학(의 문제)은 변한 것이 없다지만, 그건 좋게 말하면, 철학이 이천 년 넘게 자기 문제를 찾으며 왔다는 얘기도 되지만, 대체로 니체 이후 철학이 그전과 달라진다고, 변혁된다고 하는데, 사실 김진석도 니체에서 시작, 문학예술을 포괄하면서, (초월이 아닌) '포월(匍越)'로, (소외가 아닌) '소내(疏內)'로 나아간다.

독일에 갔다가 희랍 문헌학, 인도 산스크리트어도 하고, 어쨌든 고전을 파고들려 했지만, 내가 언제 죽을지도 모르는데 너무 유구한 거 한다, 좀 재미있고 좀 자유분방한 것 없겠나, 그런 생각이 퍼뜩 들면서 니체를, 처음에는 서구적인 맥락에서 했고, 한국에 돌아온 90년대 초 포스트모더니즘 열풍이 불었다. 그런데, 철학이란, 일상언어에 새로운 의미와 맥락을 주면서 그것을 개념의 위치로까지 끌어올려야 하는 것 아닌가. 사상이란 내용으로서 생각뿐 아니라, 그걸 담는 구체적 언어, 국어로서 새로운 표현이 있어야 하는 것 아닌가. 그런 생각과, 초월과 소외라는, 흔히 쓰는, 철학적 개념으로 생각되지 않을 정도로 흔히 쓰는 단어가, 너무 잘못된 것 같다는 생각이 한꺼번에 들었다. '포월'과 '소내' 는 그런 심정의 반발적 소산이라고 할 수 있는데, 막막하기도 하지만, 한국 자생의 철학 언어 혹은 개념이 필요하다는 것은 여전히 중요하다. 모종의 비유로서. 우리는 흔히 집을 그릴 때 지붕부터 그리는데, 목수가 보면 사실 기절초풍할 일이다. 철학은, 말 자체가, 주춧돌-개념 위에서만 가능하다. '포월' 이 어렵게 들리지만, 사실 '초월' 이 더 엄청나고 거창하게 어렵다. 껑충 뛰어 어디로 넘어간다는 것, 얼마나 어려운가. 이 어려운 말을 쉽다고 생각하는 것은 정말 얼마나 난감한가. 반면, 내가 쓰는 '포' 자는 '길 포(匍)' 자고, '포월' 은 기어서 넘어간다는 뜻이다. 철학에 고공비행 많고 추상개념들 많지만, 구체적인 현실과 연결되지 않으면 아무것도 남는 게 없다는, 비유 혹은 은유랄까. 포월의 '포' 는 1차적으로 '길 포' 이고, 곧장은 아니고, 한참을 기다보면 '껴안을 포(抱)' , 혹은 '감쌀 포' 에 이를 것 같지만, 아직은 그냥 '길 포' 다. 몸이 움직이는 가장 낮은 지점, 낮은 바닥부터 시작한 비유 혹은 은유. 소외란 말 또한 너무 진부해졌다. '소외된 현대인의 내면을 심도 있게 설명한 작품' 이란 평은 이미 난무한 상태고, 소외라는 말의 설명력 자체가 소진되지 않았나 싶다. 보다 근본적으로, 소외는 중심을 전제한다는 점이다. 헤겔, 마르크스의 소외가 모두 그러한데, '소내' 는 중심을 전제하지 않으며, 계속 안에 있는 것을 전제한다. 안에 있는데도 낯설다는 느낌. 서양 교회와 성당이 크다지만, 요즘 대중 쇼핑몰은 내부가 굉장히 크고, 바깥은 없다. 그러므로 바깥으로, 바깥에서 소외되는 게 아니라, 안으로 낯설어진다, 즉 '소내된다' 는 개념이 가능한 것이다. 덧붙여, 소외란 말이 풍기는 뭔가 징징대고 투정하는, 부정적인 뉘앙스가 나는 싫다. 고독하고 막막하지만 당당히 제 몫을 갖고, 지고, 이고 가는 것이 더 중요한 것이다……

포월은, 설명을 듣다보니, 혹시 섹스를, 섹스에서 오르가슴까지를 설명하는 것 아닌가, 그런 착각이 들었다며 '좀 천박하지?' 하고 물으니 김진석은 '천박한 게 아니라 사실적인' 거란다. 어쨌거나, 중요한 건 역시 몸이군. 몸이라. 그런데, 개념이란 게, 세상이라는 내용에 대한 법칙이고, 내용의 형식화다. 개념화한다는 것은 창조가 아니라 명명이다. 어떤 학과 자체의 내용이 아니라, 과목 구분이다. 이것은 수학에서 발명은 없다, 오로지 법칙의 발견만 있을 뿐이다, 라는 말과 같다. 니체의 반란은, 내용보다 표현이 더 강조되고 중요시되는 흐름에 대한 육체의 반란 아니었을까? 새로운 내용을 찾기 위한, 아니 형식의 전복을 위한 '육체=미궁'의 탐험이랄까, 왜냐면 육체야말로 난해하다. 빅뱅보다 난해하고 원자를 쪼개고 또 쪼개다보면 아무것도 없고 속도 혹은 에너지만 있는 것보다, 문명이 공(空)을 향해 치닫는 것보다 더 난해하다. 사회주의혁명의 실패, 혹은 이성의 배신 이후 몸이 중요하고 니체 철학이 중요하다. 철학이 여러 학문의 평준어 혹은 보통어에서 여러 예술장르의 열린 종합어, 각 장르의 장점만을 종합하면서 자기 수준을 열며 높이는 동시에 각 장르 수준의 고급화를 열며 자극하는 평론어, 특히 문학평론어를 닮아가는 것도 그 때문이다. 김진석의 교과과정 또한 그것을 지향한다.

옛날에는, 아니 몇 년 전까지만 해도 철학과 교과목이 철학사, 인식론, 존재론 이런 것들로 많이 짜여 있었는데, 직업으로 철학하거나 철학할 사람들을 위한, 철학교수 양성 및 유지용 커리큘럼이었다. 철학사도 고대철학사, 중세철학사, 근세철학사, 동양 노자사상, 유가철학 뭐 그런 식이었는데, 최근 고전적인 커리큘럼 대신 학제적이랄까 문화적으로 영역 사이 경계와 겹침을 심화-확산해가는 상상력을 강조하는 경향이 두드러지고 있다. 나는 초기에 철학사를 주로 가르치다가, 그때그때 재미있다고 생각되는 걸 가르치는 쪽으로 강의 방식을 바꿔왔다. 몇 년 전부터 문학과정도 가르치는데, 얼핏 철학 싫어하면 문학 좋아할 것 같고, 문학 싫어하면 철학 좋아할 것 같은데, 그거야말로 정말 고전적인 얘기고, 철학이 인기 없어지니까 문학도 동시에 그렇게 되어버린, 문학 또한 딱딱하게 느껴지는 그런 형국이 된 듯하다. 내 강의가 충분치 못해 그런 면도 있겠지만, 더 근본적으로, 인문학의 시대가 많이 가버렸다. 내가 학생 때는 휴머니스틱하고 인문적인 문과대학을 보다 선호한 반면, 요즘 학생들은 국문과보다 국어학과보다 아예 국어교육과를 더 선호한다. 물론 취직 때문에 그렇다……

하지만, 내가, 문학하는 철학자이자 철학하는 문학자 김진석에게 정말 묻고 싶은 것은, '예술=의사소통'의 매개로서 언어의 운명이다. 일전에, 제법 그럴듯한, 해외에도 널리 알려진 영화사의 회사소개 자료를 얼핏 읽다가, 내 어쭙잖은 실력에도 국어와 영어 모두 문법 틀리고 표현 서툰 데가 너무 많아 직접 고쳐준 적이 있다. 그런데, '기본은 알아야지 말야' 뭐 그런, 꽤나 흡족한 티를 내다가 갑자기 그 흡족함이 애매모호해지고, 불안해졌다. 혹시 영화의 문법과 글쓰기 문법은 각각 서로 같은 점보다 서로 다른 점이 더 중요한 것 아닐까? 글쓰기 문법에 너무 정통하면 영화문법은 오히려 방해받는 것 아닐까, 영화쟁이는 영화문법으로 세상을 전유하게끔 권장해야 하고, 아니 영화문법으로 전유한 결과가 바로 영화예술이고, 그런 것 아닐까, 하는 생각이, 께름칙한 거다. 옛날에는 글은 기본이고, 글 기본이 안 되고서야 무슨 시나리오를 쓰고 자시고 한단 말인가, 하는 생각이 팽배했고 당연시되었지만, 정말 그럴까? 연극은 어떤가, 다른 장르는, 아니, 우선, 문학부터, 문학의 문법은 일상의 문법과 같은가? 작곡가는 소리로 세상을 인식하는 자고, 우리가 귀명창이라면, 위대한 작곡가가 인식하는 세상은 가장 완벽한 세상이다. 그것은 미술도 그렇고, 모든 예술 장르가 그렇고, 모든 '직업인'이 그렇다. 어떤 소설가가 얼핏 정치에 무관심하고 굉장히 무식한 것 같아도, 그의 소설이 위대하다는 것은, 우리가 소설쓰기 문법을 이해할 수 있다면, 어느 정치가보다 더 정치를 잘 안다는 뜻이다. 장르 특성과 위상에 대한 배려 없이 그냥 '100분 토론'에 앉혀놓는다면 화가처럼 눈먼 놈 없고, 글쟁이처럼 말주변 없는 놈 없고, '소리쟁이'처럼 귀 먼 놈 없겠지만, 문학과 음악, 그리고 미술이라는 예술 장르의 세계 속에서는 정치가처럼 천박한 놈 없고(언어를 '대중화'한다는 명분에 사로잡혀 있으므로), 시사평론가처럼 멋대가리 없는 놈 없고(하나 마나 한 소리 계속 해대므로), 사회자처럼 하릴없는 놈 없다(양비론을 벗지 못하므로). '문학하는 철학' 혹은 '철학하는 문학'이 규명, 혹은 실천해야 할 것은 예술을 매개로 한 '초' 언어의 구상이다. 김진석은 말한다.

문자뿐 아니라 회화까지도 어떤 세계관을 대변하는 '매체로서의 역할'을 많이 잃어버렸다. 사실, 문자나 회화, 그리고 연극조차 상징의 방식이다. '세상' 이란 말을 우리가 거침없이 많이 쓰지만, 세상이 무엇인지는 잘 모르고, '세상' 이란 말이 세상을 상징할 뿐이다. 엄마한테 '너 과일가게 가서 과일 좀 사와라' 해서 과일가게로 간 어린이가 사과나 배, 바나나 등을 담아주는 과일가게 아저씨한테, '사과 말고 과일 주세요' 혹은 '배 말고 과일 주세요' 그렇게 말한다면 그 어린이가 바로 철학자다. 그런데, 내가 보기에, 그런 비슷한, 상징적인, 그러니까 이해 방식이 우리 몸과 거리가 있는 말을 개념뿐 아니라 회화로도 쓰고, 연극으로도 쓴다. 과거에는 몸과 말의 거리를 고급문화가 모두 커버해주었다. 정신의 힘에 대한 희망으로 구원이 가능하다고 믿었달까. 그런데 어느 순간, 이 격차가 없어지면서, 혹은 격차를 메울 문화적 힘이 없어지면서, 사람들이 그런 상징성에 대해 어느 순간 매력을 잃고, 이를테면 말을 잘하는 사람이라든지, 어쨌거나 어떤 상징적 표현물로 이야기하는 것에 대해 별 기대를 품지 않고, 그것의 현실 해결 능력을 믿지 않게 되었다. 영화가 대중적이고 현실적인 '언어'로 되는 것은, 물론 때린단들 진짜 때리는 게 아니고, 총을 쏜단들 진짜 총이 아니지만, 표현물 자체는 허구적이지만, 기호 및 기호가 대변하는 의미 사이 간격이 없고, 그냥 우리들이 직접 이해할 수 있는 쉬운 장르이기 때문이다. 각 영역에 고유한 표현 방식을 따지기 이전에, 상징적 표현과 직접적 표현의 차이가 더 포괄적으로 있고, 상징적인 표현은 사람들이 '아, 멋있다' 뭐 그렇게 생각하다가도 돌아서는 순간 맥이 빠지는 느낌을 갖는다는 것. 혼자서 막 고민하면서 무슨 글을 죽어라 쓰다가도 쓰고 나면 아무것도 아닌 듯 허망한 느낌에 빠지는 경험을 하게 되는 경우도 마찬가지다. 매체의 차원을 메워줄 그 무엇인가가 없고 또 우리가 속아넘어가는 것을 원치도 않는 것 같다. 말발 좋은 사람들이 나와 토론을 하는 TV 프로그램을 이발소 주인이 보면서 '아이고 저이들은 말로 벌어먹고 사네' 한다면, 인식의 간격은 얼마나 큰 것인가. 옛날에는 말에 어떤 의미가 있다 여기고, 그 의미를 계몽받기 원하고, 그럼으로써 뭔가 자양분을 얻는다 생각했는데 말이다. 과거 매체와 요새 매체 사이 간극은 분명 크다……

확실히, 내가 '문학하는 철학' 이야기를 할라치면, 그는 '철학하는 이야기'로 받고, 거꾸로 할라치면 그는 다시 거꾸로 받고, 나는 늘 한쪽으로 과하고 그는 늘 중용 속에 아주 팽팽하게 있으니, 역시 철학과 문학 '사이' 고수는 고수다. 말은 의식과 더불어, 글은 문명과 더불어 생겨났고, 둘 다 몇천 년 동안 지배적인 매체였다. 예술의 경우 글의 장르가, 사실 지배적인 성과를 낸 것도 아니건만, 다른 장르를 과도하게 지배해왔다. 니체는, 그걸 역전시키려 하지만, 그에게도 글은 지배적인 매체였으므로, 불행하다. 몸의 미로 속을 파고든다는 것은, 글 '이전' 속으로 들어가 글 '이후'를 끄집어낸다는 뜻이다. 음악과 회화, 연극 모두 이미 세상에 있는 것, 그러므로 인간 이전의, 소리, 모양과 색과 질감, 그리고 육체가 매체지만, 글은 사람이 만든 매체다. 니체 철학은 말 너머를 말로 파고들기 때문에 문학-예술과 만나지만, 문학-예술만큼 행복한 것은 아니고, 문학-예술 자체에 비해 하릴없을 수 있다. 몸 자체에 비해서도. 이를테면 전지현을 성공한 영화배우라고 할 수는 없지만, 가장 성공한 광고모델(여기서 '성공'이란 대중적 성공이 아니라, 예술적 성공을 말한다) 중 하나라고 할 수는 있는데, 그 이유는, 그녀가 영화 연기를 못하거나, 광고 연기를 잘해서가 물론 아니고, 얼굴만 보자면 젖살이 덜 빠진 듯 빼어난 미모랄 것도 없고, 섹시할 것도 없지만, '몸=언어'를 강력하게 구사하기 때문이다. 그녀는 몸으로 말한다는 세대를 대표하며, 무슨 말을 하든 어떤 동작을 하든 육체 전체, 육체의 무게 자체가 얹혀서 전달된다. 아니, 그녀는 말하지 않고, '몸한다'. 이것은 '한몸 한다'보다 근본적으로 더 발전한 것이고, 보는 이한테 그녀가 주는 쾌감은 '육체=언어'적이고, 그래서 단순한 섹시함보다 훨씬 더 미래지향적이다. 조금 더 쉽게, 우리 아이들이 글이라고는 한 줄도 안 읽는데, 내가 여러 번을 보아도 줄거리 이해가 쉽지 않은 영화 〈매트릭스〉를 어린 나이에도 척척 보길래, 내가 둔하거나 아이 놈들이 빠르거나 둘 중 하나라고 생각했지만, 돌이켜 생각해보니 그게 아니다. 걔들은 줄거리가 아니라 그림으로, 혹은 줄거리가 크게 생략되어도 가능한, 줄거리와 근본적으로 다른 어떤 총체로 영화를 샤샤샤샥 전유해버린 거다. 글의 역사와 운명에 대한 김진석의 설명은 보다 친절하다.

요새 이미지가 하도 범람하니까 글이 사라지는 걸 굉장히 애석해하는 경향이 있지만, 사실 글을 해독하는 계몽적이고 인문적인 능력이란 게, 어떻게 보면 기득권의 도구인 면도 없지 않았다. 책을 읽을 수 있는 사람과 그렇지 못한 사람, 이를테면 한자, 희랍어, 라틴어를 읽고 쓸 수 있는 사람과 그렇지 못한 사람이 대개 각각 지배층과 피지배층에 속했고, 중세 라틴어 성경을 민족언어로 번역하는 과정은 근대화과정의 근본적인 일부였다. 문자와 문자 아닌 것의 관계, 그러니까 문자가 꼭 좋은 것이냐 하는 물음과 논쟁은 이미 기원전 천 년 무렵 벌어졌다. 문자가 오히려 나쁘다는 생각이 문자 발생 시기 이미 세를 이루었고, 문화 격변기마다 유행을 이루었다. 내가 보기에, 전반적으로, 문자언어는 결국 민족언어고, 민족언어는 결국 폐쇄적이므로, 대중은 갈수록 그것보다 더 큰 걸 지향하므로, 문자매체가 힘을 잃어가는 것이 당연하고, 일반적인 이미지가 더 민주적일 것 또한 당연하다. 물론 '일반적 이미지'가 갖는 위험도, 해악도 있겠다. 그것은 더 대규모적으로 조작되기 쉽고, 사이비로 남용될 수 있다. 하지만 그 위험은 딱히 오늘의 일만은 아니고, 문자의 쇠퇴 또한, 지금처럼 대규모에다 빠른 속도는 아니었지만, 신석기 이전부터, 문화 격변기마다 있었으며, 17, 18세기 이미 정보가 넘치고 혼란이 심하여 '고전' 혹은 '클래식'을 정리할 필요가 있을 정도였다. '고전'이라는 개념이 그때 이미 위기를 겪었으며, 오늘날 위기는 그 대규모화일 뿐이라는 얘기다. 물론 거칠게 상대화할 일은 아니고, 문제는 매우 복잡다양하지만……

그의 저서 중에 『폭력과 싸우고 근본주의와도 싸우기』라는 게 있다.

더러 이 책의 발상이 한나 아렌트에서 나온 게 아닌가 하는 사람을 여럿 보았는데, 얼핏 그럴 수도 있겠으나, 내가 보기에 '문학하는 철학' 혹은 '철학하는 문학' 외에, 혹은 그 속에서, 이 제목만큼 김진석다운 게 또 있을까 싶다. 나도 아렌트 책을 한 권 번역한 적이 있지만(번역자 이름은 아마 다른 사람으로 나갔을 것이다. 그럴 때다) 그녀는 절대 이런 식으로 제목 붙이지 못한다. 그러기에는 너무 엄정하고 학구적이다. 이 제목, 싸움을 잘하는 동시에 싸움과 철학의 관계를 생각하는 '우리나라' 철학자만이 붙일 수 있는 제목이다. 어쨌거나, 그의 '철학적 폭력론'은, '문학적 철학론'의 연장이고, '몸적' 이면서 독보적이다.

아렌트는 '모든 사람이 대화를 통해 자발적으로 공동체적으로, 정치적으로 일으켜세우는 이상적인 틀' 로서의 권력과, '도구적이고 수단적인' 폭력을 구분하지만, 난 그 경계가 명확하지 않다고 본다. 굉장히 고상한 폭력도 분명 있으며, 우리가 문화적이라고 보는 것 중에 오히려 폭력적인 것이 많기도 하다. 도구적이지 않고 수단적이지 않은 폭력 영역이 점점 더 커진다는 점이다. 아니, 내 관심사는, 우리가 각 개인으로서, 얼마나 많은 폭력을 용인하고 있는지, 혹은 스스로 저지르고 있는지에 대한 반성적 성찰이다. 내 안의 폭력이 좋은 결과를 가져올 수도 있겠지만, 어쨌거나 폭력은 폭력이고, 그런 점이 우리 내부에 엄존한다는 것. 아렌트는 고대 그리스인들이 광장 대화를 통해 대표를 뽑는 아주 이상적인 공화정을 누렸다고 하지만, 내가 보기엔 그렇지 않다. 다수결이 아니라 제비뽑기로 지도자를 정했으며, 이것은 정치지도자 선출과정에 대해 그들이 매우 회의적이었다는 뜻으로 내게 들린다. 말하기 좋아하는 자, 목소리 큰 자들을 두루 똑같이 고른 목소리로 아우르고 조절하여 대표자를 뽑았을 것 같지가 않은 것이다……

야만은 의식 이전과, 폭력은 의식 이후와 더 연관이 깊다. 물론 폭력은 야만적이고 야만은 폭력적이며, 야만과 폭력은 서로를 부르지만, 야만은 문화 이전의, 폭력은 문명 이후의, 뉘앙스가 진하다. 야만을 벗게 해준 것은 '문화=문명' 이지만, 폭력은 오로지 문명 이후 문화로써만 극복될 수 있다. (특히 고등교육부터의) 문사철(문학, 역사, 철학의 삼위일체)은, 김진석에 의하면, '죽었다' 하면 편켔지만, 그러기가 힘들고, '죽어라' 하면 속시원하겠지만, 그러기도 힘들고, '죽기 직전' 이다. '국가에서 빨리 손을 써라' 하기에는 너무 오두방정 같고, '에이 잘됐다, 죽어라' 하기에는 너무 무책임한, 정말 지지부진과 지리멸렬이 너무 난감한 문제고, '철학의 이름으로 하더라도, 사회과학 및 자연과학 문제와 통합하여 사고 훈련하는 것이 더 큰 문제'고, '문제를 해결하는 게 아니라 오히려 더 속속들이 더 많이 만들어주는 것이 지식인의 사명'이다. 내가 보기에는 문사철 자체가 원래 글 혹은 이성의 독재를 그나마 벗기 위해 만든 틀이다. 역사는 논리를 능가하는 '현실=실체'며, 아름다움을 능가하는, 가장 훌륭한 문학(예술)작품 그 자체다. '정치적'은 '역사적'과 '문화예술적' 사이에 있으며, '역사적'은 언제나 '논리적'보다 논리적이며, '문화예술적'은 언제나 '논리적'보다 더 역사적이고, 이 모든 것은 과학적이다.

"이보슈, 부시!"

조지 부시의 독백을 따라가다

경호는 완벽하고 테러 위협도 별로 없을 테지만 미국 대통령 부시는 대한민국을 방문하면서 기분이 영 찜찜한 게 아니었다. 몇 번을 되새겨 봐도 자기 말이 맞았다. 9·11테러를 당한 이래 대통령 경호는 '열화와 같은 국민의 성원'을 받으며 날로 강화되어왔다. 그전에도 세계 최고 수준이었는데 어떻게 더 강화하지? 그게 실로 난해한 실존의 문제요 진보의 사명 아니었던가. 내가 봐도 미국인들은 참 순박한 백성이란 말야. 개인의 권리니 프라이버시 침해니 할 때는 자기만 아는 이기주의자 같다가도 국제적으로 슬픈 일에 눈물 잘 흘리고, 감동 잘하고, 모금 잘하더만, 휴머니즘이더만 웬걸, 세계무역센터 빌딩 무너지니까 장난 아니데. 삽시간에 성조기 파도가 물결치는 거 봐. 보라구. 언론도 이구동성이야. 미국 시민 한 명 목숨 값이 아프가니스탄 사람 천 명이든 만 명이

든 도대체 끝 간 데가 없잖아. 한국에 테러 위협이 희박한 것도 그랬다. 분단-분쟁지구라지만 남한이 어디 팔레스타인인가. 팔레스타인이 물불 안 가리는, 에이즈도 불사하는 창녀라면 남한은 정절을 지키는 첩이지. 뭐, 애첩까지는 아니지만, 안심하고 쉴 수 있는 소파(SOFA)는 되지. 그래, 소파협정. 어쨌든 한국인들은 미국을 은인이라며 미국인 목숨 값을 자국민보다 수십 배는 쳐주고, 여야가 당쟁으로 날밤을 지새워도 '친미' 투쟁으로 날을 새우지 '반미' 투쟁으로 날을 새우는 법은 없으니까. 아니, '친미/반미' 로 여야가 나뉘는 법도 없으니까. 그런데 왜, 찜찜하지?

우선, 테러가 아니라 '안전' 이 문제였다. 어느 날 갑자기 시내 한복판에서 도시가스가 폭발하고, 백화점이 무너져내리고, 아니 짓기도 전에 크레인에서 철근 덩어리가 도심 한복판에 떨어져 아비규환이 되고(도심 한복판 위에 철근 덩어리가 왜, 있었지?), 하여간 할리우드 영화가 폭력적이니 뭐니 하지만 일상 자체가 할리우드 영화 같은 나라, 명절마다 대형사고가 터지는 나라. 아니 사고의 빈도나 규모 혹은 전근대성이 문제가 아니었다. 더 이해할 수 없는 것은 불감증이었다. 어떻게 그런 걸 일상적으로 아니 일상으로 견디지? 걱정은 점점 구체적으로 되어갔다. 대형트럭이 고속도로에 흘린 자갈들이 다시 대형 트럭 바퀴에 밟혀 튕겨나온 것에 이마가 깨지면, 어떻게 하지? 테러보다 더 쪽팔리는 일 아닌가! 그건 살생을 금하는 네팔에서 광견병 걸린 개한테 물리는 것보다 더 쪽팔리고(왜냐면 한국의 대형 트럭은 네팔의 광견과 달리, 종교-정치적인 명분과 무관하다) 동시에 가능성이 더 높다. 달걀을 맞으면 목숨은 건지겠지만. 아무리 생각해도 끔찍하다. 차라리 테러로 비장한 최후를 맞는 게 낫지. 어, 그렇게 되나? 내가 왜 이리 소심해졌지? 아프가니스탄 때문인가? 그것도 관련이 있겠지. 세계 대장 노릇 한번 하려다가 이건 좆도 없는 놈이 완전 배째라고 나오니까, 난감하데. 그것보다, 테러 때 혼비백산한 게 아직 영향이 있을 거야. 테러 배후란 게 좀 찜찜하기도 하고. 극비문서를 통해 알게 된 미국 정치사의 이면은, 어렴풋이 짐작한 것과는 차원이 달랐다. 과거의 소련을 위시한 구(舊)공산권 세력뿐 아니라 소위 우방 강대국에 대한 교묘한 공작들, 그리고 제3세계에 대한 다소 노골적이고 무자비한 간섭 및 침략은 이해할 만했다. 아니, 과거의 일이지만 당연히 앞으로의 일일 것이기도 하기에, 스스로 주인공이 된 착각의 쾌감마저 왔다. 하지만 국내 문제는? 어, 으슬으슬 춥군. 생각도 하기 싫었다. 주인공은 주인공이되 언제든지 비수를 맞을 수 있는 주인공이었다. 대통령의 임기는 물론, 평생보다도 더 오랫동안, 대통령보다 더 막강한 권력을 행사해온 막부들의 존재를 그는 뚜렷하게 알게 되었다.

아니 비수 정도가 아니다. 가장 큰 문제는 유대인 재력가들과 군산복합체. FBI(미국연방수사국), CIA(미국중앙정보국), NSC(국가안전보장회의)의 '대형(大兄, big brother)' 들을 둘러싼 신화는 사실 그것들을 가리는 연막 혹은 성동격서(聲東擊西) 작전에 지나지 않았다. 요는, 그들은 분명 대통령도 모르는 일을 정부기관의 이름으로 추진하며 거꾸로 대통령을 그 일에 맞추어간다는 거였다. 그는 분명히 그들의 도움을 받아 당선됐다. 클린턴 집권 시절 반독점금지법 위반 재판 건에서 궁지에 몰렸던 빌 게이츠의 마이크로소프트사를 기사회생시켜준 것에서 보듯 대통령은 그 도움에 적극적으로 보답하기도 했다. 아니, 그들의 이해를 돕는 게 그의 정치적 이해와 어울리는 것이기도 했다. 하지만 그들의 후원은 언제나 가공할 폭탄의 등짐이 될 수 있었다. 옛날보다 더욱 심하게, 그리고 그건 '재래식' 무기가 아니다! 아버지 부시 때는 등짐이되, 최소한 등에 '붙은' 짐은 아니었다. 공산주의라는 적이, 정치의 공간을 어느 정도 가능케 했다. 무차별 약육강식의 경제는, 제3세계에서 말고는 보이지 않았고 미소 혹은 G7, 심지어 약소국과의 안보-경제협력 동맹 회담조차, '정치의' 정상회담 테이블은 점잖고 우아했다. 그것이 거꾸로 국내 문제에서 '정치'의, 그 수장인 대통령의 입지를, 그렇게 '안전'을 보장해주었다. 클린턴은 딴따라 기질이 있었으니 다소 여유도 있었겠고, 여자 재미도 톡톡히 봤으니 헬렐레도 했겠지만, 어쨌거나 점잖은 세일즈맨이었다.

그러나 9·11테러 이후는, 다르다! 수천 년 이어온 가난의 아프가니스탄 요새 동굴과 21세기의 최첨단 무기가 격돌하고, 천 년 전 서방문명 대 이슬람문명의 종교전쟁이 재현되는, 역사-진보 자체가 무색해지는 와중에 그는 대통령인 채로 경제(침략)의 인격 그 자체가 되어버렸다. 정치도 경제도 보이지 않는다. 오로지 경제가 된 정치, 정치가 된 경제만 보인다. 그렇게 추악한 경제인들, 음모가들은 여전히 얼굴이 없고 그의 얼굴만 있는데, 어느 날 정치의 입지가 없어져버렸다. 등에 붙은 등짐이 이제 더이상 뗄 수 없게 되고 갈수록 몸의 일부로 되어갔다. 아차, 이렇게 되나? 9·11 동시다발 테러 당시 혼비백산 안가(安家)를 수소문하면서 그는, 그렇게 경악했는지 모른다. 그리고 스스로 등짐이 되는 게, 가공할 폭탄이 되는 게, 아주 편하고, 해보니 낯익기도 했다. 편한 것은 그가 복잡한 것을 싫어하는 성격이기 때문이었다. 그리고 낯익은 것은, 현실이 할리우드 영화를 오히려 흉내내는 판에, 할리우드 문화가 현실을 지도하는 판에, 애당초 가상현실에 익숙한 미국 대통령이 그렇게 될 것은 당연했다.

하지만, 바로 그렇게, 스스로 가공할 폭탄이 되기 직전, 그는, 그도, 테러리스트를 원격조종하는 '국내의', 모종의 거대한 음모를 감지한 것인지 모른다. 물론 테러는 아랍 테러리스트들이 자기의 의지와 모사로, 위대한 종교적 사명감 혹은 필사적인 자구책으로, 심지어 순전히 복수심으로 결행한 것이겠다. 하지만 역사적으로 오랜 기간에 걸쳐 그들을 그렇게 하게 만든 자본-제국주의의 흡인력과, 계획이 사전에 알려졌음에도 불구하고 부러 방관했다면, 그것 또한 음모 아니겠는가. 오히려 한 수 더 높은. 6·25전쟁도 그렇지. 김일성이 남침한 게 '사실' 이고 그러는 바람에 장마철에 군장차림에다 우비까지 쓰고 대포 메고 탱크 끌고 이전투구의 산악전을 치르느라 지지부진한 전쟁에 미군이 고생한 것도 사실이지만, 그때도 남침을 유발하는 공백의 흡인력이 있었고, 남침을 사전에 알고서도 부러 방관했다면 그것을 자본주의의 필연적인 음모라고 불러도 무방하리라. 어쨌거나, 얘기가 복잡해지니 역시 내 성격에 안 맞는군. 그런데, 6·25라. 이 나라 정말 갑갑하고 답답하네. 이렇게 일부러 찾아봐도 화끈한 데 하나도 없는 나라는 지구상에 남한뿐일 거야. 물론 김대중 대통령 민주화운동 업적도 기려야겠지만…… 아프가니스탄은 화끈했다. 북한도 화끈할 것 같았다. 그런데 남한은 뭐 하나 들쑤시면 와글와글 끓기는 하는데, 잠깐뿐이고 그런 일이 잦다보니 끓는 것이 일상보다 더 지겨워진 듯했다. 여야가 매일 치고받는데 치고받는 게 지겹고, 매일 충격 특종이 신문 1면에 뜨는데 충격과 특종이 지겹고, 매일 부정부패가 폭로되는데 부정부패보다 폭로가 더 지겹고, 러시아워가 지겨워 아예 새벽 여섯시에 출발한 출근길이 더 지겹고, 교통체증에 싸가지 없는 법규 위반에 울끈불끈 치솟는 살의(殺意)가 지겹고, '민주화운동'이란 말이 지겹고 '기념식'이란 말이 지겹고, 누군 그게 역동성이 있어 좋다고 했지만, 역동성이 습관적이고 도대체 참신하지 않다면, 혁명은 지치고 지친 후에 '그래. 너 다 가져가라' 그런 식으로 결과될 수밖에 없다는, 그런 예감과 전망이 지겹고, 그런 지겨움의 경지를 부시가 알고 있을 리는 물론 없었다. 무엇보다 그가 원하는 건 혁명이 아니라 전쟁인 까닭이다. 하지만, 그래 이 나라는 '혁명'이란 말이 제일 빈발하면서 제일 상투적인 나라군. 미국은 독립전쟁 때 말고는 '혁명'이란 말을 쓴 적이 없다. 소련도, 망했지만, 1905년과 1917년 두 번밖에 안 썼다. 그런데, 남한은, 4·19에 5·16에, 아니 이건 쿠데타고, 3월, 4월, 5월, 6월, 8월, 제대로 되는 일도 없이 희생자만 늘고 무슨, 달마다 혁명이 있는지. 무슨 단체들이 또 그렇게 많은지. 하긴 그것도 약소

민족의 개발도상 현상이지만. 그래도 아프리카나 아일랜드 봐, 얼마나 화끈해. 와장창 붙어야지…… 부시는 갑자기 무하마드 알리 이야기를 소재로 한 영화 〈알리〉가 보고 싶어졌다. 알리가 누군가. 60, 70년대를 풍미했던 전설적인 복서다. 부시는 결코 흑인을 좋아하지 않지만, 다채로운 총천연색 TV 시대를 잠시, 분명한 날것 승부와 환호와 갈채의 흑백 TV 단순성으로 뒤바꾸어놓은 복서들의 '검은 권투'가 그립다. 더 나아가, 자신의 조국 미국이, 그 혁명적 단순성 혹은 혁명성의 단순함이, 자랑스러워지면서 부시는 자신이 혹시 혁명가의 후예가 아닐까 하는, 착각을 마음 놓고 즐긴다.

그래 그래서, 소심한 게 아니라, 찜찜한 걸 거야. 그래서 대 테러전쟁을 이차 세계대전쯤으로, 배포를 키워본 건데, 웬 말들이 많아, 씨팔. 나처럼 솔직한 놈 있으면 나와보라 그래, 씨팔. 폭탄처럼 솔직한 게 어디 있나. 9·11 이후로 점잖은 정치는 끝났다니까. 좆나게 때리면 신나게 맞는다, 라는 대한민국 육군 신병수칙 1조를 그가 자세히 알 리는 없다. 왜 때리는 놈(고참)이 '좆나'고 맞는 놈(신참)이 '신나'는지. 그게 무슨 신앙의 경지가 아니라 하도 때리다보면 때리는 일이 중노동이고 하도 맞다보면 맞는 일이 속 시원한, 맞는 자의, 맞기만 하는 자의, 거창하게 말하면 같은 약소민족이라도 내전의 아프리카나 결사항전의 아일랜드와 전혀 다른, 수난의 대한민국 백성의 사실주의적 경지라는 점을 그가 느낄 리는 더더군다나 없다. 하지만 부시의 '나와보라 그래, 씨팔'의, 흡사 억울한 말투는, 언뜻 그 대목을 떠올리는 듯하다 어리둥절하다.

허나, 하긴, 폭탄이 된 자에게 '주체/객체', '시간/공간' 개념이 있겠는가. 그래. 소심한 게 아니라.

제일 갑갑한 것은 도라산이라는 역이었다. 물론 명분과 실리 모두 좋았다. 북한에 대화를 제의하고 식량 지원을 약속하면서 오히려 겁을 줄 수 있고(식량은 폭탄보다 더 효과적인 무기다), 남한에 햇볕정책을 지원하겠다고 약속하면서 무기를 팔아먹을 수 있고, 게다가 지구상 마지막 남은 분단-냉전 지구 최단(最端) 철도역에서 베를린 장벽을 상기시키며 세계평화를 천명하면, 아프가니스탄전쟁으로 노벨평화상 받기는 쑥스럽게 됐지만, 세계평화사에 적어도 사진 한 장은 남지 않겠는가. 듣자니 한국어는 존댓말과 반말이 엄격히 구분된다던데, 그것도 다행이야. 내가 함부로 말을 해도 의당 존댓말로 고쳐쓸 것이고, 예의를 갖추는 척하면 감동할 것이고 문제가 된 '악의 축'이란 말을 피해가면 크게 감읍할 것 아닌가. 외교적 언사는 체질에 안 맞지만, 그리고 모든 것이 9·11테러와 아프가니스탄전쟁처럼 자명한 때에 낙후한 것이지만, 한국인들은 워낙 명분과 언사 따지기 좋아하니 외교적 수사의 수고의 값어치가, 무척 높지 않겠는가. 재래식 무기도 그래. 사실, 재래식 무기면 뭐가 문제냐. 여차하면 깔아뭉개면 되는 건데. 혹시, 핵이라도 보유하고 있을까봐, 그게 문제지. 그런데, 내가 '재래식 무기 후방 배치' 운운하니 그게 전제조건이냐 아니냐 말이 많더군. 그게 무슨 전제조건이나 되겠나. 말이 많은 게 문제지. 그래. 그것도 없던 일로 해주지 뭐. 그런데, 이, 무겁게 짓누르는 갑갑함은, 뭐지?

그는 어느새, 도라산역을 향하고 있었다. 그런데, 한국에 도착해서 치른 모든 일정이 그렇게 예정대로, 무사히, 순식간에, 지나간 듯한 반면, 그리고 실제로 예정됐던 확대회담도 없애고 '둘이서 화끈하게' 치른 반면, 딱 한 정거장만 가면 된다는 도라산역 가는 길은, 마치 지금 한국에 마악 도착한 것처럼, 그리고 모든 일이 순조롭지 않고 지루할 것 같은 예감처럼, 길고 멀었다. 야전군 사령관 폼 잡느라 일부러 택한 지프차는 괜히 더 덜컹대는데도, 갈 길은 유유히, 아니 고난의 역사처럼 지지부진하게 흐르는 임진강보다 더 아득해 보였다. 부시는 은근히 화가 났다. 그래, 니들이 이 한 정거장 가는 데 장장 오십 년 걸렸다 이거지. 그게 미국 탓이다, 내 탓이다 이거지. 쓰발. 그게 왜 우리 탓이냐. 니들 민족 못난 생각은 안 하고. 불구대천의 원수로 지내라고, 우리가 언제 그랬냐.

하지만 오십 년과 '단 한 정거장'의 장구한 시간과 짧은 공간의, 이중의 착시공(錯時空)은 '배포 큰' 부시를, 점점 더 옥죄었다. 이런 옹졸한, 오십 년 동안 한 정거장밖에 못 간 놈들. 오십 년 동안 대치하면서 한쪽은 수령님밖에 모르고, 굶주린 것도 모르고, 한쪽은 돈밖에 모르게 된 놈들. 4·19? 그게 별거냐, 어쨌든 실패했잖아? 그걸 몇십 년 동안 훈장처럼 자랑하다 스스로 낡아버린 놈들. 5·16? 그게 잘못됐냐? 지금도 너희들 국민 대다수가 박정희를 최고로 존경하잖아? 썩어빠진 놈들. 박근혜가 해보겠다고, 김대중이 박정희기념관 지어준다잖아, 분노에 길길이 날뛰다가도 며칠 안 되면 다 까먹는 새대가리들. 삼팔선이 막혔다고 사고의 시야조차 한반도 남쪽에 가두었다가 좀 먹고살게 되었다고 동남아 등지 다니면서 지저분한 매춘-회춘 관광이나 해대면서 우리가 니들한테 한 것 뺨치게 가난한 나라 사람들 업신여기는 놈들. 천민자본주의로 정통자본주의 망신 주는 놈들. 일본 식민지 살았다고 미워할 줄만 알지, 배울 생각은 전혀 안 하는 외골수들. 배우지 않고서야 어떻게 이기겠냐. 또 잡아먹히게 돼 있는 걸. 역사의 바보 천치들. 5월항쟁이 대수냐. 그때 살인마들 정권 잡고 대통령 대대로 해처먹고 지금도 떵떵거리며 살고 있는데 해마다 기념식이 대수냐? 민중을 상놈이라며 끼워주지 않던, 아버님 제사상 모셔야 한다고 출정 대열에서 빠져나간 양반들의, 의병운동이 대수냐? 3·1운동이 대수냐? 점잖은 어른들은 독립성명서 읽고 일경한테 와서 잡아가라 전화로 자수하고 오죽 사람이 없었으면 어린 처녀가 나섰겠냐? 부시는 방언을 하듯 중얼대다가, 급기야 바락바락 소리를 질렀다.

그런데, 내가 이런 사실을 어떻게 다 알지? 아니다. 그렇게 물어볼 겨를도 없었다. 내가, 이런 생각을, 왜, 아니 누가, 하고 있는 거지? 그는 그렇게 경악할 뿐이었다. 그럼, 누구지? 그의 독백을 따라다닌 내가, 비로소 궁금하다. 삼팔선은 분단을 고착시켰지만 휴전선은 휴전을 고착시켰다. 휴전이라는 어정쩡한 평화. 그런데 평화가 고착되지 않고 어정쩡함이 고착되었다. 그리고 어정쩡함은, 생각보다 뿌리가 깊다. 우리가 자랑할 것은 실상 사형보다 더 괴로운 지지부진함을 견뎌냈다는 것뿐이다. 죽은 자들의 죽음으로 우리는 삶의 어정쩡함을 견뎠다. 다시,

우리가 자랑할 것은 실상 폭탄보다 폭발적인 상황을, 끊임없이 삶의 형벌로 완화시켜왔다는 것뿐이다. 그러나 '뿐' 이라니, 그것은 정말 얼마나 위대한 '뿐' 인가! 한마디로, 한국현대사는, 김구에서 전태일에 이르기까지, 3월에서 미래의 8월 광복에 이르기까지, 카프카와 조이스 이래 가장 난해한 현대문학이다. 미국은, 부시는, 부조리한 존재의 블랙코미디를 야기하는 '잔학의 신' 인가? 아니다. 과학기술문명은 발전했으되, 사상은 복잡해졌으되, 물질은 풍요로워졌으되, 평화에 대한 인류의 염원은 높아졌으되, 부시는 정치의 경제화로서 너무도 자명한 폭탄이다. 자폭과 파괴 사이 폭탄. 한반도는, 특히 휴전선 남방 도라산역, 오십 년 동안 갈 수 있었던 '단 한 정거장' 은, 그 폭탄을, 자폭 혹은 파괴 본능을 치유할 수 있는 거의 유일한, 모종의, (전쟁 운운이 아니라!) 평화의 블랙홀이다(특히 9·11테러 이후 전쟁을 상시 내포한 부시 자본주의의 입장에서 평화는, 설령 도달하고 싶어도 도달할 수 없는, 블랙홀이다). 우린, 정부는, 언론은 그, 직분에 전력을 다했는가?

감읍했을 뿐, 전력을 다하지 않았다. 짐짓 안심하는 체하면서 사태 모면을 희망했을 뿐, 전력을 다하지 않았다. 폭탄의 외교 언사를 서둘러 타전했을 뿐, 심지어 전 세계 언론의 취재경쟁에 자부심을 느꼈을 뿐(나라의 치부가 전 세계로 타전되는데, 그것 자체야 어쩔 수 없는 일이라 하더라도, 그 취재경쟁 사태를 '전 세계적인 자랑거리' 로 돌변시켜 호들갑-보도를 하는 나라는 우리나라밖에 없을 것이다. 난 가끔 우리나라 언론들이 그런 자부심을 만끽하기 위해 나라에 대형 사고가 나기를 바라는 게 아닐까 의심할 때가 있다) 전력을 다하지 않았다. 그런 사태에 도움을 받았을까? 부시는 평화의 블랙홀을 오십 년 만에 벗어나 무사히 도라산역에 도착했다. 연설은 예정대로 진행되고, 반응도 성공적이었지만, 충격이 컸던지, 아니면 충격 때문에 오기가 났던지, 본색을 잠깐 비쳤다. 도끼만행사건을 일으킨 걸 보니 '악(惡)'이 맞구만…… 미국으로 돌아갈 때가 됐다는 뜻이기도 했다.

그날 밤인가. 부시는 대한민국 TV를 켰다. 대한민국 언론이 오늘 일을 어떻게 보도하는가는 중요하지도 궁금하지도 않았다. 모든 것이 미국(혹은 일본)을 닮았지만 또 모든 것이 미국(혹은 일본)만 못할 것이 뻔한 한국의 TV 화면에 비친 자신의 얼굴을 들여다보는 일이 심심함을 달래는 데 안성맞춤일 뿐. 그런데, 역시 화면이 후진가? 자기 얼굴이 이상했다. 그건 찝찝한 게 아니라 분명 소심한 얼굴이었다. 아니, 미국과 유럽에서는 물론 어느 약소국-분쟁지에서도 자신의 얼굴이 존 웨인(그는 존 웨인 숭배자다)을 닮았었는데, 이번에는 전혀 달랐다. 같은 서부영화 등장인물이기는 하되, 근사한 존 웨인이 아니라, 소심할수록 비열한 삼류 총잡이 얼굴이었던 것이다. 어? 이놈들이. 뒤통수를 쳐? 하지만, 아무리 살펴보아도 기자나 피디, 혹은 정치인 탓은 아니었다. 왜곡이 전혀 없었으니까. 그건, 부시 안에 들어간 오십 년—도라산역 한국 백성들의 마음이 화면에 비친 부시를 보는 모습이었다. 부시가 다시 발끈하는데, 내용이 험악하다. 미친놈들, 배알 빠진 새끼들. 뭐, '악의 축이' 문제야? 좆까고 있네. 그 정돌 줄 아냐. 물론 무기도 팔아야지. 하지만 그 정도일 줄 아냐. 내가 나를 내 맘대로 할 수 있는 줄 아니? 폭탄이 폭탄 맘대로 하는 것 봤어? 미친놈들, 괜히 심기 건드리지 마. 그러자 그 백성들 중 하나가, 기다렸다는 듯 말했다. 이보슈, 부시! 응? 부시는 난데, '이보슈'는, 뭐지? 쪽팔리기는 하지만 궁금증을 누를 수가 없어 비서와 통역들에게 물어봐도, 한국인 통역들은 귀가했고, 미국인 통역들은 '이보슈'를 통역할 실력이 안 된다. 백성은 숫자가 늘어 '이보슈, 부시!'를 돌아가며 읊어대고 부시는 아무래도 '보슈'가 '부시'와 인척관계 같다. 혹시 비리에 연루된 거 아냐? 어이, 보슈가 누구야? 그제야 문화담당 수석비서관 얼굴이 환해진다. 아, 보슈? 히에로니무스 보슈, 그 유명한 화가잖아요. 뭐더라, 그래 〈지상의 환락의 정원〉 그린. 어 그랬나? 그랬군. 지상의 환락의, 뭐? 정원? 제목 괜찮네. 부시는 괜히 물어봤다고 생각했지만, 자기 생각의 진짜 뜻은 알지 못했다.

팔 년 만의 서울 1999년 봄을 맞으며
탈(脫)정치의 시대, 무엇으로 메울 것인가

시인 황지우

황지우와 김정환의 '시인 대담'이 먼저 기획되고, 그것을 실행하는 와중에 계획이 연재물로 증폭되었다. 그렇게 황지우는 '김정환 문명 대담' 시리즈의 첫 대담 상대가 되었다. 그게 우연인 것 같지는 않다.

그가 팔 년 만에 낸 시집『어느 날 나는 흐린 酒店에 앉아 있을 거다』로 독자들의 폭발적인 호응을 받고 있어서만은 물론 아니다. 그는 자신의 팔 년 동안 삶의 궤적을 그 특유의, 그리고 더욱 심화된 시 미학으로 형상화하고 난 후의 '흡족한 탈진' 상태에 빠져 있었지만 21세기 문명을 조망하고 준비하는 데 누구 못지않게 날카로운 관심을 갖고 있었고, 대담을 시리즈화하는 일을 직접 독려하고 나섰다. 나는 앞으로 '21세기 문명'이라는 화두를 놓고 폭넓고 다양하게, 시사성과 고전성을 결합하면서 이야기를 듣고 묻고 토론할 것이다. 그것이야말로 21세기를 맞는 가장 바람직한, 그리고 행복한 방법 중 하나라고 나는 믿는다. 황지우와의 대담은 정담 형식으로 치러졌고, 오랜 친구 사이므로 경어를 쓰지 않았다.

김정환 한 오 년 만에 만나는 것 같군. 여러 번 얼핏 스치기는 했는데 일부러 오랜 시간 준비해서 만난 건 1980년 데뷔 이후 처음 같고.

황지우 그렇게 됐나?

김정환 요즘 황지우 시집 반응, 폭발적이라 그러대?

황지우 뭐, 폭발적까지야……

김정환 어쨌거나 오랜만에 시집내고, 여러 감회가 있을 텐데?

황지우 그냥 멍해. 시인들이 이렇게 많고 시집이 지금도 팔리고 있다는 건 전 세계적으로 우리 남한밖에 없는 현상인 것 같아. 우리가 알게 모르게 서구 근대문학의 틀 속에서 시 수업을 하고, 그게 아직도 시쓰기에 역장(力場)으로서 존재할 텐데, 정작 서구문학에서는 시의 효용이랄까 그런 것이 사라진 지 오래거든…… 1992년 일본에 가보니 소설은 문화 자본의 형태로 살아남아 있으되 시집은 거의 출간도 안 되고, 상업 출판의 유통망으로 시집이 전달된다는 것은 기대할 수도 없는 현실이 돼버렸고, 영미문학권도 몇몇 강단의 교수 시인들 작품이 소량 출판돼 도서관 쪽에서 소화되고 있는 걸로 알고 있고…… 어쨌거나, 그러한데 우리나라에선 왜 시가 아직 살아 있을까, 시의 효용, 시의 생명…… 그런 것들에 대한 생각을 하게 돼.

김정환 시가 그 자체로 생명을 갖고 대중과 직접 접촉한다는 것, 그게 지금 과연 가능한 걸까. TV니 영화니 이런 대중매체들이 대중을 사로잡는 상태에서 시는 시 특유의 영역, 시대감각의 최첨단이랄까, 그런 것을 개척해가야 하는 거고 그렇게 되면 대중과의 직접 통로는 좁아질 수밖에 없다고 봐야겠지. 물론 미국, 영국, 일본에서도 시집이 많이 안 팔려. 이를테면 아일랜드 출신 시인 셰이머스 히니, 그는 노벨상 수상으로 우리에게 유명해졌지만, 정말 대단히 난해한 시인인데, 그의 이력에는 꼭 이런 말이 붙어. 그의 시집은 십만 부쯤 팔린다. 놀라운 일이다…… 이런 식으로 말야.

황지우 예이츠 풍이 좀 느껴지던데……

김정환 그렇지. 아일랜드 민족주의도 그렇고 그것을 뛰어넘어 보편적인 세계감각에 이르는 것도 예이츠를 연상시키지. 그런데 예이츠 시도 참 어렵잖아? 우리나라에서 이름이 유명할 뿐이지 어렵고 첨단적인 예이츠 시의 핵심을 간파하는 독자가 몇이나 되겠어?

언젠가 한 선배 시인에게 물어본 적이 있어. 시집이 꾸준히 팔려 매권 십만 부는 넘어서고 또 강연을 성의 있게 다니는 등 한마디로 독자대중과 접촉이 제일 많은 분인데, 선배의 시 독자 가운데 시를 제대로 이해하는 사람이 한 만 명 됩디까? 나는 짓궂게 툭 까아서 그렇게 물었어. 그랬더니 그분 말씀이, 만 명 같은 소리 하고 있네, 우리나라의 진정한 시 독자는 천 명도 안 된다…… 그러는 거라.

황지우 그래서 뭐랬어?

김정환 아, 저분도 외로움을 타는구나. 자신의 시가 제대로 이해받지 못한다는……

영미 시인들은 자기 시집을 한 오백 부, 자비로 내서 평론가들에게 돌리고 평론가들은 그중 좋은 시를 뽑아 교과서에 싣게 해. 학생들은 그렇게, 시를 좋아하든 말든 감각과 시대정신의 최첨단을 배우는 거고. 교육과 비평의 권위가 확고하니까 정부나 문화재단의 지원체계도 선명하지. 그런데도 본격적인 시인 지망생은 많지 않아. 아니 돈 줘가면서 시 좀 쓰라 해도, 다른 편한 일 많은데 뭐 하러 그 골치 아픈 시를 쓰냐며 도리질 치는 경우가 허다하지. 그러니까 정말 시에다 평생 몸 바칠 사람만 시인으로 활동하고…… 우리나라는 우선 시인이 너무 많아. 그리고 얼핏 시인이 대접을 잘 받으니까 그런 것 같지만, 너무 많으니까 제일 대접 못 받는 게 시인이지. 황지우가 말한 '시의 고유영역을 지키기 위한 귀족주의 선언' 이란 게 그런 문제 아닌가? 그런 점에서 작금의 '황지우 현상' 은 귀추가 주목되지. 황지우 시는 결코 쉽거나 대중적인 시가 아닌데 말야.

황지우 지금 우리가 분기점에 있다는 생각을 갖게 되는데…… 80년대에 너나 나나 개입돼 있던 시적 공간을 시의 시대 운운했었지만 90년대 와서 급격히 시를 읽는 시장이 대중주의에 점령됐다고 할까. 물론 대중문화의 건강한 힘도 작용하고 있었겠지만 현저히 대중주의에 의해서 위협받던 90년대의 시들, 그런 것들이 결국 정신과 감각의 퇴화를 가져온다는 점, 이런 현재의 현상적인 추세와 한편으로 방금 지적한, 시가 교육제도에 흡수됨으로써 정신과 감각의 첨단을 경험케 해주는—내가 귀족주의나 엘리트주의를 옹호해야 한다고 했을 때 그 영역이라고 할 수 있을 텐데—이 두 물길이 혼류하고 있는 상황에 이번 시집이 떨어져 있지 않은가, 그런 면도 있겠지.

김정환 자신도 귀추가 주목된다?

황지우 귀추……? (웃음) 귀추에 대해서 내가 알게 뭐야…… (웃음)

김정환 이번 시집에서 뒷부분에 있는 시들은 내가 전에 본 거고, 맨 앞에 실려 있는 건 언제 쓴 거지?

황지우 1992년도에 발표했던 거지. 시차를 감안해서 단어 몇 개는 시집 준비하면서 수정했지만. 앞에 실린 작품들 얘긴데, 나한테는 어디서 썼느냐가 중요하더라고. 주로 귀향 후 무등산 명옥헌 시절에 쓴 것들이지.

김정환 난 앞부분 시가 참 좋더군. 절망의 풍경이라고 했을 때 이미지가 화려할 수는 있어도 깊이를 가질 수 있을까, 그런 생각이 들곤 했었거든.

황지우 절망도 깊이가 있는 거니까……

김정환 물론. 그런데 절망의 깊이는 사실 희망의 깊이라…… 내 얘기는 화려한 이미지를 위해 희망의 영혼을 버리는, 파우스트가 견디기 힘든 유혹이랄까 그런 건데. 이번 시집은 그 점에서 뚜렷한 변화랄까 발전이랄까, 아니면 새로운 영역의 개척이랄까 그런 부분이 느껴져. 풍경의 깊이라는 게 이 정도로 가능하다는 게 나로서는 놀라워. 소재적으로 다섯 번 절망을 얘기한다 하더라도 삶의 풍경을 보는 시선의 미학적 깊이가 소재적 절망을 미학적 감동으로, 새롭고 더 복잡한 희망으로 전화시키는 경지…… 어떻게 이 경지가 가능했을까. 그런 감탄이 오더라구. 뒷부분 시들은 역시 황지우답게 재밌고……

황지우 역시 공간이 문제인데. 앞부분은 명옥헌 살 때 풍경이 들어갔다면 뒤에는 서울에 올라와가지고…… 도시적 공간이 갖는 복잡성. 네 말대로 희망. 아니, 희망이 아니지 뭐, 희망 없음.

김정환 소재적으로야 얼마든지 그럴 수 있다고…… 신호 끊겼음, 교신 불능, 많잖아.

황지우 나는 이번 대담 준비하느라 네 시집을 추독, 얼추 이해했는데 너하고 출발하는 지점이 다르지만 서로 교차했달까, 휘어서 나가는 걸 발견할 수 있었거든. 1996년 『순금의 기억』보다 『희망의 나이』, 그게 92년도에 출간된 것이던데, 그때는 서로 떨어져 살고 교신 두절상태였는데 희한하게 그게 접점을 만들어주는구나, 그걸 확인했어. 그리고 『희망의 나이』에 그려진 시절이 훨씬 녹녹하게, 살에 찰싹 달라붙는 감동을 주고……

이를테면 「첫눈」의 "눈 내리고, 내릴수록 지상에서 가장 두텁게/발시린 사람들이 귀가한다", 이런 대목이 시집 전체를 관통하고 있는 너의 고민이고 너의 강박관념이기도 하지만 '좌파의 부재' 가 계속 반복적으로 나타나더라고. 그 작품을 쓴 때는 1990년, 혹은 1989년쯤이겠고…… 그래도 네가 나보다 더 낙관주의자야. 「작열灼熱」 같은 건 아주 좋더군. "더 깊은 곳을 파기 위하여 누군가 / 필생으로 남아 있어야 한다 세상보다 높은 / 체온으로 채우고 지금보다 더 날개가 추운 / 두 손을 비벼야 한다"…… 이것인 것 같아. "날개가 추운 두 손을 비벼야 한다."

김정환 나는 그런 생각을 할 때가 있어. 내가 여태 낙관적인 척해야 된다는 게 아직도 열혈(熱血) 청년 티를 못 벗은 거 아닌가, 아니 상당히 비겁한 짓 아닌가. 난 사실 비관투성이인데. 그리고 사실 비관이 없이 어떻게 진정한 낙관이 있겠나.

황지우 그거 중요한 고백이네…… (웃음) 그건 그렇고 「등」도 좋더라. "등은 야속하지 않다 사람들이 / 통로일 뿐이다 갈수록 / 그것이 줄지 않는다 끝까지 / 나는 행복하다"…… 어떻게 이런 말을 할 수가 있나. "끝까지 나는 행복하다 사람들 마음에 등이 있다"……

김정환 오늘 대담은 확실히 내가 챙기는 게 더 많겠군. (웃음) 대시인 황지우가 내 시를 다 읽어주고……

황지우 나는 고향이라는 게 있잖아. 깨지면 도망갈 수 있는 피난처가 있는데 넌 깨지면 돌아갈 데가 어딨어. 김정환은 아마 그래서 사람들이 등 돌리는 걸 훨씬 더 많이 봤을 거야. 등을 통로로 보고. 사람이 내게서 등을 돌릴 때 그걸 어떻게 견뎌? 그런데 거기서 끝까지 '나는 행복하다' 라고 말할 수 있는 건, 광신자거나 거리의 성자거나 둘 중 하나겠지.

김정환 성자가 광신자 아닌가? 요즘 내 화두는 그런 것과 좀 달라. '파경'과 '광경', 그 두 마딘데……

황지우 파경? 거울이 깨지는 거?

김정환 그래. '파경'은 기존의 총체적인 사고랄까 세계관이랄까 이런 게 깨졌다는 뜻이고, '광경'은 아직 새로운 것이 나올 수 없을 때 그때그때의 움직임들, 그걸 성급하게 체계화하지 않고 광경화하는 것. 풍경하고 광경하고는 다르잖아. 이를테면 황지우 첫 시집에 나오는 전자오락 게임이라든가 무슨 회사 누구 씨하고 이렇게 나가는 시들, 얼핏 읽으면 재밌는 만화 같지만 그건 풍경이 아니고 광경이거든. 이번 시집은 풍경이고.

그런데 이번 시집에서 풍경이 어떤 이미지의 역동 대신(이건 광경에 속한 것이니까) 자체 심화 및 다양한 시공의 겹침과 대비를 통해 그 자체로 광경의 역동을 만들더라는 거지. 아까 네가, 92년도에 얼핏 달라 보여도 서로 겹쳐 있었다고 지적했지만 난 황지우와 내가 다르다는 생각을 별로 안 했어. 저 친구는 고민이 좀 화려한 편이고 나는 좀 긴박한 편이다…… 그런 정도였지.

황지우 그건 이를테면, 우정 어린 비판인 셈이군. 내가 보기엔 그래. 김정환은 시인이면서 파르티잔이었고, 거기에 비하면 나는 대학교 시간강사 하면서 얼쩡거리는, 좋게 말하면 인디펜던트(자유인, 독립인)였다. 파르티잔과 인디펜던트의 차이가 아니었겠나 싶은데, 그런 점에서 네가 정말 세상의 한가운데를, 김수영의 격언-유언처럼, 온몸으로 관통해왔고, 그 경험이 굉장히 중요하다고 생각해. 그 경험을 이 시간에 한번 털어놓아보지그래.

김정환 글쎄. 운동이라는 게 집단성을 요구할 수밖에 없고 공통의 문제와 이해를 추구할 수밖에 없는 건데, 그게 이를테면 평균화한 문체를 요구하게까지 된단 말야. 문체는 사고를 규정짓는 것인데…… 그게 문학적인 혹은 미학적인 문제를 발생시키고 그럴 때면 시인 황지우나 이성복 혹은 소설가 이인성 생각이 나고 그들은, 아니 그들 또한 같은 고민을 하고 있는 건 아닐까, 그런 생각이 들더군……

황지우 난 네게 대한 부채감을 지울 수가 없었는데……

김정환 부채감이라…… 하는 일 없이 남한테 부채감이나 주고 그랬으니 내가 죄가 많은 거지. (웃음) 어쨌거나 언젠가 좌파 문학평론가들을 만난 김에 한번 단도직입적으로 물어본 적이 있어. 당신들은 누구 시를 좋아하는가…… 시간은 좀 오래 걸렸지만 대답은 예상대로 나왔어. 김수영, 이성복, 황지우 뭐 그런 식으로. 그런데 왜 제대로 된 김수영론 이성복론 등이 나오지 않느냐…… 내가 또 그렇게 물었지. 현재 쟁점사항이 아니다…… 대답은 그랬는데 그때 난 그런 생각이 들었어. 아무리 민족문학론이다 민중문학론이다 거대담론이다, 근사한 얘기를 해도 정작 자신이 누굴 좋아하고 왜 좋아하고 왜 독자들도 좋아해야 마땅한지를 설명하는, 그런 애정의 당파성이 담기지 않은 평론이 과연 논리적인 호소력을 가질 수 있을까……

황지우 그건 80년대의 문학논의가 그 무렵 화산처럼 분출했던 사회구성체-변혁론과 만나면서, 그 당시의 어떤 현실적 절박성 때문에 문학을 보는 관점도 그 논리에 수평적으로 조응한 데서 오는 불모성이랄까, 어떤 편벽된 사고 습관 때문 아니었겠는가 싶은데. 그런 사고의 벽 속에서 정작 당신은 어떠했고 어떻게 변화해갔는가 하는 게 내 관심사항이야.

김정환 뭘 이룩했다기보다는 헤맸지 뭐. 헤맴이 더 진지한 것으로 되기를 바랄 뿐……

황지우 문학인으로서 다른 것과 바꿀 수 없는, 생명력 있는 상상력의 가치나 노동자문화운동의 조직가로 또 파르티잔 비평가들 속에서 당신이 그 가치를 찾거나 지키려 했다면, 문학과 정치의 어떤 차별성, 문학의 고유한 가치를 인정하려 애썼다면, 이를테면 김정환은 트로츠키주의자로 가는 건가? 시집 『순금의 기억』을 보면서 그런 느낌을 강하게 받았는데, 부르주아 문학유산을 철폐하고 전혀 새로운 노동자문화를 주장하는 프롤렛쿨트(Proletkult, 무산자문화) 논의 속에서 트로츠키가 좀더 정치(情緻)하고 현실적이고 복잡한 안을 갖고 있었던 것 같은데.

김정환 나는 굳이 말하자면 레닌주의자였지. 부르주아 문화의 진보적인 부분을 계승-극복하고 그 위에 노동자의 경험을 중첩시킬 때 노동자문화가 생겨난다…… 레닌이 그랬거든. 그런데 우리나라의 경우 집단 공연 위주로 갈수록 프롤렛쿨트 경향이 심해진다, 난 현장에서는 그렇게 느꼈어. 그런 경향을 막기 위해서 집단 공연의 규모에 자족할 것이 아니라 개개 예술가들의 전문기량이 높아져야 한다, 예술적 기량과 사상적 깊이가 서로 갈등하면서도 상호 상승작용하는 그 길을, 운동현실에서 찾아야 한다, 그런 판단에 동조했고.

우리는 모더니스트

황지우 그게 김정환이 시인으로서는 많이 손해를 본 부분이라고 할 수 있는데……

김정환 손해보는 건 문제가 안 돼. 무엇보다, 문화운동권 꼴이 이런데 우리가 과연 운동(씩이나)하고 있다고 주장해도 되는 것인가, 그런 자괴감이 왔다는 거지.

황지우 김정환은 근원적으로 모더니스트예요. 『희망의 나이』에도 그게 역력히 살아 있더라. 데뷔 전에 김정환이 타자로 친 시들은 뜨끈뜨끈한 힘찬 애매모호함, 힘과 모호성의 미학이라고 하는 모더니티, 하나의 살이 돼가지고 체온을 느끼게 하는 시들이었는데……

김정환 물론. 당신이나 나나 모더니스트지. 70년대에 대학교 다니면서 문학의 열병을 앓았던 사람 중에 모더니스트 아닌 사람은 드물잖아.

황지우 그런데 나는 그게, 김수영이 박인환을 힐난할 때, "정신은 없고 코스튬만 있다"고 했을 때의 코스튬(겉멋)으로서의 모더니티, 즉 현대성이 아니라 현실이었다고 생각해. 그리고 앞으로도 새 밀레니엄의 새로운 사회적 조건들이 우리 삶을 어떻게 결정할지에 대해서도 시적 예민함으로 더듬어가야 되겠지만 이른바 최종심급에서의 우리 삶을 규정하고 있는 조건은 모던한 거다, 그런 믿음이 나는 아직도 회수가 안 돼요. 전환이 안 돼. 이거 인정하고 들어가야 하지 않겠는가……

김정환 내가 모더니스트란 사실보다 더 희한한 것은 소위 '민족' '민중' 자 붙은 단체에서 활동할수록 모더니스트 경향이 더 심해지더라는 거야. 문학하는 처지에서 볼 때 정치행위가 매우 복잡할 수는 있어도 정치논리는 결국 너무 단순해지거든. 운동단체에서는 그 경향이 더 심화되기 마련이고. 내가 문학을 할 생각이 없었다면 또 달랐겠지. 하지만 내가 징역을 산 것도 운동단체에 들어간 것도 내가 운동권이라서가 아니라 문인이었기 때문에, 문인으로서 들어간 거야. 학교 다닐 때 운동권이라면야 황지우가 정통 운동권이지. 또 그때 황지우, 이성복, 이인성이는 대학문단에서도 잘 알려진 사람이었고, 술주정뱅이였던 나는 술김에 "(할복자결한 서울농대생 김상진) 추도시 한 편 쓰고 데뷔나 해봐?" 그랬어. 그렇게 징역 살고 군대 갔다 오고 사회에 발 딛고 『창작과비평』으로 데뷔하니까 갑자기 유망주 시인에 운동권 출신이 돼 있더라구…… 그리고 80년 5월 광주 소문이 흉흉하던 어느 날, 결혼한 지 얼마 안 됐을 때 네가 전화했지. "나, 지운데, 좀 보자"…… 이름은 많이 들었지만 실물은 처음이라 깜짝 놀랐다. 당신 틀 좋잖아. 그리고 낯선 사람과 처음 말할 때 반말이 가끔 섞이고…… 일학년 때 그런 너를 처음 보고 난 내내 네가 교수인 줄 알았거든. "니가 그, 지우냐?" 그땐 좀 황당하고 불쾌했어. 그런데 후에 보니까 그때 중대결심하고 찾아온 거였더군.

황지우 거긴 픽션이 좀 있는 것 같은데. 학교 다닐 때 꽤 만났잖아, 우리.

김정환 그럼 내가 내내 얼어 있었던 모양이지? (웃음) 어쨌거나 나중에 들으니 그 살벌하던 시절에 네가 지하도에서 광주학살 진상 규명하라, 뭐 그런 삐라 뿌리다가 잡혀서 치도곤을 당했다는 거야. 그제야 난, 아 그때 그 일로 왔었구나…… 그런 너를 푸대접한 게 내내 마음에 걸리고 미안터라.

황지우 무슨 소리야. 그때 네가 서부이촌동 시민아파트에서 신접살림을 꾸렸을 때라 우리는(나 말고도 두 명이 더 갔는데) 시커먼 표정으로 앉았고 네 아내는 직감으로 모든 걸 알았고, 우린 차마 말도 못 꺼내고 그냥 나왔던 거지.

김정환 그래서 봐준 거야?

황지우 봐준 게 아니라 자네 아내 표정이 너무도 간절해서 말도 못 꺼냈다니까.

김정환 그런데 내가 당신을 한참 씹고 다닌 적이 있어요.

황지우 으응, 언제?

김정환 87년 대선 땐가. 네가 어떤 사람을 정말 열광적으로 지지하면서 판 가릴 것 없이 여기저기 휘젓고 다니고 그랬는데, 난 그건 문제가 아니라고 봤어. 열정이 과한 게 뭐가 문젠가. 그런데 그 사람이 떨어지고 곧바로 중앙일간지 문화면에 당신 기사가 대문짝만하게 났더란 말야. '황지우 시인의 귀거래사'…… 큰 제목은 그랬고 부제는 '역시 정치와 문학은 별개', 뭐 그 비슷했어. 자식, 갈 거면 그냥 가지, 정치와 문학의 접점을 고민하는 사람들 엿먹일 건 뭐냐. 괘씸하다…… 뭐 그런 생각이었지.

황지우 어? 나는 그냥 귀향했는데……

김정환 어쨌거나 그때 이해찬(정치인)은 달라 보였어. 나와는 생각이 달랐지만 끝까지 버티다가 국회의원에 당선되더라고. 그래서 축하전화도 하고 그랬는데…… 그럴수록 황지우 걔는 뭐냐, 뭐 그렇게 한 일 년을 씹고 다녔지.

황지우 그렇게 틈 없이 씹었는데 왜 내 귀에는 안 들어왔지? (웃음)

김정환 (웃음) 사람들이 얘기를 안 해줬나보지. 그러고 다니는데 누가 그러는 거라. "야, 너 황지우 얼마나 고생하는 줄 아냐……?" 그래서 내가, 야 걔야 인기 제일 좋은 시인인데 고생은 무슨 고생? 하고 퉁명스럽게 받았더니 그러더라고. "걔 지금, 시간강사, 보따리 장사 하느라고 고생 직싸게 한다. 생활도 말이 아니고……" 그 말을 들으니 정말 내가 나쁜 놈이란 생각이 확 들더라. 내가 무슨 짓인가, 그렇게 괜히 눈물도 핑 돌고. 그래서 너 만나자고 해서 한 삼십 분을 '미안하다, 미안하다' 그랬는데…… 그럼 넌 그때 뭐가 미안하다는 건지도 몰랐겠구먼?

환멸과 패배

황지우 뭐, 말마따나 격동과 열정의 80년대였는데 친구로서 서로 미안했던 게 한두 가지였겠나. 그래 친구, 대학교 친구라…… 72학번은 정말 서로 친한 것 같아. 난 광주일고 출신인데, 72년 대학 입학하자마자 고등학교 선배들이 뿜어대는 학생운동 열기에 빨려들면서 자연스럽게 '한국사회연구회'에 들어갔지. 이른바 이념서클인데 하계 수련대회도 하고, 그때 읽었던 책은 마르쿠제의 『이성과 혁명』 정도였지. 1973년 10월 2일 최초의 반유신 시위대 앞에서 플래카드 들고 사진에 많이 찍혀서 잘리면서 나는 군대 갔고, 군대 갔을 때 민청학련사건이 일어나고 그때 72학번들이 제일 많이 들어갔지. 그때는 시대가 우리를 건드렸어.

김정환 시대가 우리를 건드렸다…… 이해찬도 그런 말 하던데. 그 말 멋있군.

황지우 그만뒀으면 술이나 먹고 깽판이나 치고 그랬을 텐데. 그때는 데모도 일종의 축제였지, 취기의 연장에서.

김정환 그 말도 멋있고…… 『시와경제』 때 얘기 좀 해봐.

황지우 당신하고 나는 1980년에 뒤늦게 시단에 나왔는데 그 당시 두 잡지, 『창작과비평』과 『문학과지성』이 폐간됐고, 그 폐허 위에서의, 말하자면 자구책이었지. 제호를 이것저것 고민하다가 네가 불쑥 '시와경제' 어때? 그래서 오케이. 그때 감이 좋았다고. 일종의 토대-상부구조 이런 함축도 숨어 있었고……

김정환 그때 박노해도 발굴했지. 박노해 발굴에는 당신도 동참했고…… 그건 역사적인 사건이었지만 『시와경제』의 전체적인 분위기가 네겐 좀 불편했을 텐데……

황지우 당시 나는 내적으로 갈등이 좀 있었어. 역사적 현실, 시대에 대한 고뇌는 함께하면서도 문학 방법론이랄까 체질이랄까, 나중에 민중문학, 민족문학의 형태로 발전될 문학적인 조망 속에는 들어갈 수 없는 시들을 썼고 발표했잖아. 『창비』『문지』가 강제로 폐간됐을 때 어떤 의미에서는 문학진영으로 십 년 이상을 유지했던 두 잡지, 그리고 그들이 표방하는 문학 이념이나 방법론이 이제 노화단계에 오지 않았나 하는…… 문학의 사회성에 대한 창비의 지나친 강조가 뭐랄까, '창비투'라고 하는 상투형이 나올 만큼 일종의 경직성을 보이기 시작했고, 문지는 문학의 자율성을 강조한 나머지 지적 폐쇄성이 드러나기 시작했을 때였기 때문에, 개인 안에서 내가 추구하고 싶은 문학의 꼴, 말하자면 양자의 변증법적인 통일이라고 할까, 그런 지점에서 정신은 리얼리즘, 형식은 모더니즘, 저널하게 표현하면 그렇게 될 것 같아. 그 간극에서 나 자신이 괴로운 것도 있고 그걸 적극 옹호해야 할 필요도 느꼈고, 그 혼재는 지금도 그대로 연장돼 있는 것 같아. 어떤 의미에서는 90년대에 더 복잡해졌다고 할 수도 있겠고……

김정환 복잡한 게 좋은 거야. 난해한 게 문제가 아니라 투명하지 못한 게 문제인 거지.

황지우 그럴까. 김정환하고 나 사이에서 근대성과 그 전후 문학의 위상, 우리 삶과 지금 우리 문학의 위상을 어떻게 조망하고 형상화해내야 하는가 하는 문제, 말하자면 그 혼돈 속에서 혼돈을 아우르는 창조적 섬광이 일어날 수도 있다고 생각했어. 87년 대선 국면에서조차…… 김정환은 온몸으로 (문화운동의 형태이기는 하지만) 운동의 전선으로 뛰어든 반면에 나는 시인이나 문학의 외투를 입고 80년대의 격류에 동참했다고 할 수 있는데, 87년 대선에서는 DJ(김대중)에 대한 비판적 지지 입장에 섰더랬지.

김정환 역시 나보다 더 정통파네. (웃음)

황지우 그런 국면에서 어떤 또하나의 고민이 있냐면 나는 전라도 놈이잖아. 전라도 지역이 갖고 있는 양쪽의 의미, 빛과 그림자가 있는데, 역사 속에서 이 지역이 갖고 있는 최소한의 진보성이 지역감정의 그림자에 가려져버린단 말이야…… 어쨌거나 이중의 피해의식이 있어요. 사실은 진보적인데 이걸 지역적인 것으로 관찰당한다는. 87년 대선 때 나는 시민들이 구로구청 부정 투표함을 장악한 곳에 갔었어. 장기표 선배가 그러데. 선거를 통해 독재 권력으로부터 권력을 바로 가져올 수는 없다, 부정선거에 대한 투쟁을 통해서 가져오는 거다…… 난 그 말에 공감했어. 그러면서 총선을 보이콧해야 한다는 생각을 했던 거야. 그런데, 아니데. 순수 운동권 출신이라 생각했던 사람들 상당수, 심지어 아무 하는 일도 없이 의자만 지키고 앉아 있던 자들까지 평민련에 참가해서 총선에 나오더라고. 난 환멸을 느꼈지.

김정환 그래. 환멸에 비하면 패배는 아무것도 아니지. 역시 시인답군.

황지우 사당동 내 집에 아침이 오는 게 싫더라고. 해가 밝은 게 견딜 수 없고 그대로 서울에 더 있으면 내가 폭발, 공중분해돼버릴 것 같은 위기를 느꼈어. 아, 이러다가는 내가 죽지…… 그런 신호가 내 안에서 강하게 왔어. 그래서 무등산으로 들어가버린 거야.

김정환 그때 보니까 전라도건 경상도건 DJ를 지지했던 문인들은 다 그랬던 것 같아. 비판적 지지란 게 문인들한테는 말이 안 돼. 대선 끝나고 이틀 동안인가 한 떼의 문인들이 행방불명된 적이 있어. 그 사람들도 다 황지우와 똑같은 경험을 한 거지. 어떻게 여전히 날이 밝는지, 어떻게 여전히 해가 뜨고 저리 밝은지, 그걸 도무지 이해 못 하겠더라는 거야. 그러니 이박 삼일 동안 누구는 술만 퍼먹고 누구는 마냥 울고 그랬던 거지.

그런데 참 대단들 하다, 난 그렇게 또 감탄했어. 그 사람들에 비하면 나는 오히려 너무 시니컬한 건지도 모르겠다…… 시니컬이라. 맞아. 어떤 철학자가 황지우 시를 보고 황지우를 마르크스주의자라고 하는 말을 듣고 놀란 적이 있어. 철학자가 시를 더 잘 보는 수도 있구나……, 그랬거든. 황지우 시의 시니시즘조차 마르크스주의적 현실주의의 결과라는 거지.

황지우 그런 얘긴 처음 들었네.

김정환 아냐. 내가 보기에는 황지우가, 황지우의 시 미학이 매우 좌파적이거든. 포즈와 엄살이 심하고 종종 절망이다, 파멸이다 이런 용어를 화려하게 구사하지만 미학적으로 보자면 그것조차 마르크스적-현실주의적인 지성을 갖고 있기 때문에 파생되는 문제로 보이고. 나는 힘들면 그냥 으싸, 힘내자, 그렇게 말해버리는데 그걸 낭만적이라고 할 수는 있어도 현실주의라고 할 수는 없겠지. 어쨌든 난 『시와경제』야말로 황지우의 시를 필요로 한다고 봤는데, 당신은 자꾸 불편한 쪽으로 흘러가는 것 같았고……

너는 가고, 나는 본다

황지우 『시와경제』도 역시 사람이 만드는 거니까. 그 불편함을 인텔리전스로 해결했다고는 볼 수 없지. 가령 전라도 촌놈이 갖는 인간에 대한 친화력, 이런 걸 통해서, 숨길 수 없는 갈등, 간극에서 오는 갈등을 견뎌냈던 것 같아. 그 고민은 계속 나에게, 내 시에 하중을 줘서 오히려 관념성이나 그것이 가져올 경직으로 떨어지지 않게 한 것이 아니었나…… 나는 견디기를 잘했다고 생각해. 너는 수틀리면 막 나가버리지만 채광석(작고·문학평론가)은 끈질긴 이빨이잖아. 나는 광석이 형이 나를 씹을 때의 그 강도를 느끼지. 죽어버리라고 씹는 게 아니라 살 만큼 씹는 것. 이빨은 몰라도 치약쯤에서 어떤 애정을 본능적으로 직감했어. 그러니까, 그랬으니까 내가 광석이 형과 끝까지, 그 형 죽을 때까지 술을 마셨던 것 아닐까. 그 천하의, 게거품 뿜는 독전관(督戰官)과 나 사이에 어떤 인간적인 끈이 있었던 거지. 반면 나는 사실, 80년대에 등장한 주도 비평, 파르티잔 비평가들과 접촉하는 경우는 거의 없었거든. 그 사람들은 잘 모르겠어. 그나마 채광석과는 문학을 공유하면서 서로 내밀하게 마음이 통하고 있었단 말이지. 그건 아마 당신이 뜬금없이 그 괴팍한 이인성, 난해한 이성복하고 끈이 있는 것처럼, 일종의 미덕이라고 생각해.

김정환 요새 다른 사람들 시집 잘 안 보지?

황지우 응 거의 안 봐. 못 보지.

김정환 나도 부지런하게 본다고는 할 수 없어. 그런데 고형렬의 시집은 꼭 챙겨서 한번 봐라. 우리 동년배인데 그 친구 시는 황지우 시처럼 시공을 무시하고 겹이 많아. 얼핏 보면 상당히 전통적인 기법을 구사하지만 자세히 들여다보면 시간과 풍경과 광경의 겹이 총체적으로 어우러지거든. 그런데 그 친구의 시를 보면 늘 (화자든 이미지든 전체적인 분위기든) 어디론가 가고 있어요. 황지우 시는 다르지. 황지우의 시는 가고 있지 않고, 늘 보고 있지. 물론 황지우 시가 정태적이라는 얘기도 아니고 어디로 가는가가 중요하다는 얘기도 아냐. 그러나 가는 것과 보는 것은 다르거든. 황지우와 고형렬 시의 나머지 부분은 만나서 짝짜꿍이 맞을 정도로 발상의 오묘함을 공유하는데 한 사람은 가고 다른 한 사람은 본다. 이게 요즘 들어 내게는 흥미진진한 대목이야.

황지우 재밌는 발상인데……

김정환 이인성이 당신 시집 뒤에 써놓은 거지. 보고 있는데도 가고 있으니까 그게 시의 묘미지. 이미지들이 전체적으로 가고 있으니까 보고 있든 가고 있든 상관없는데, 어쨌거나 늘 보고 있다고 하거든. 그 점에 대해 본인이 갑갑해지는 적은 없나?

황지우 일단 지식인 잔재가 아닐까…… 끝까지 못 버릴 거야, 아마. 언젠가 김민기 선배가 내 시에 대해서 오디오적이지 않고 비디오적이라고 하던데, 그 말하고 지금 당신 지적하고……

김정환 비디오적인 거야. 황지우가 미술가이기도 하니까 그런 것일 테고. 그것보다는 조금 더 시의 자체 역동성으로 보았을 때……

황지우 감각적인 의미가 아니라?

김정환 그래. 시의 그전과 그후로 볼 때…… 다음 시집에서도 계속 본다면, 다음 시집은 어느 하세월일까, 뭐 그런……

황지우 열심히 써야겠지. 잘될까 몰라도. (웃음) 그건 그렇고, 근대성 문제를 좀 얘기해보고 싶은데. 네가 쓴 역사책 일곱 권 중 다는 못 보고 『근대로 가는 길—조선 후기』 편은 일독했는데, 재밌더군. 하지만 통사가 아니라 문화사를 썼더라면 더……

동도서기(東道西器)와 정신분열증

김정환 아, 그것은 문화사 그런 게 아니고 대체로는 정치사인데, 정치를 시 쓰는 사람의 입장에서 예술가적 전망을 가지고 이해하고 설화, 민화와 역사적 자료를 똑같은 입장에서 취급하면서 그 시대를 이해해 보는 관점에서 역사를 정리해본 거지. 20세기를 어떻게 정리하고 21세기를 어떻게 맞을까라는 문제의식으로. 결론은 그래. 19세기적인, 마르크스주의로 대변되는, 정치를 인간 삶의 질을 높이는 최적의 수단으로 봤던 시대가 점차 끝나간다, 그리고 예술적 상상력이 아마도 그것을 점차 대치해줘야 할 것이다……

황지우 그런 애기를 하는 사람들이 서구에는 많지.

김정환 하긴, 별로 새로운 애기는 아냐. 아무튼 그 명제를 구체적으로 연습했달까. 사 년 전쯤에 아까 말한 '파경'과 '광경'이란 화두로 소설을 쓰려니까 곧 내 역량 가지고는 안 된다는 생각이 들더라구. 그래서 소설을 잠시 접어두고 통사를 쓰기 시작했어. 다 쓰고 나서 다시 소설에 달겨들었는데 또 안 돼. 미치겠더군. 그래서 이번엔 거꾸로 해봤어. 예술 장르론을 각각 공부해보자는 거지. 춤, 음악, 연극 등등. 신기한 건 모든 고전은 그 장르의 탄생과정을 스스로 예술화하고 있다는 것, 거기서 소설에 대한 소설, 연극에 대한 연극은 멀지 않다는 것. 그런 생각이 들면서 이제는 써도 되겠다 싶었어. 한 천백 매쯤 연재했는데 다시 막혔어. 언제 풀릴지 모르지……

황지우 당신의 생산성, 왕성한 에너지는 거의 공포감을 줘. (웃음)

김정환 그런데 뭐, 내가 봐도 뭘 쓴 건지 도무지 알쏭달쏭한 거야. 동시에 그런 생각이 들었어. 나를 한번 완전히 놔보자. 난 이때까지 나를 완전하게 놔본 적이 없거든. 단체 대장 노릇에 어른들 술상무 노릇 하다 보니까 나를 놔본 적이 없었지. 그래서 내가 이 글 쓰다가 완전 또라이 되더라도 요번만큼은 날 놔다오…… 그렇게 나 혼자 요구했어. (웃음)

황지우 이제 새 밀레니엄의 문지방 앞에 오종종하게 밀려서 서 있는 형국인데, 이 세기의 전환이 단순히 숫자적인 전환만은 아닐 텐데 말야…… 나는 문득 그런 걸 느꼈어. 20세기 우리의 역사 또한 근대성이라고 하는 폭력에 의해서 가로질러진 역사였다. 그런 점에서 19세기 서

세동점(西勢東漸)하던 시기에 나왔던 우리 내부의 여러 담론들, 말하자면 실학에서부터 동학에 이르는 담론들을 지금 이 시점에서 다시 점검할 필요가 있지 않은가. 20세기의 우리 삶이 궁극적으로는 근대 조건에 의해 규정됐다고 할지라도 우리 역사 자체가 파행적이었기 때문에 전근대적인 여건과 90년 초에 요란해진 포스트모더니즘의 조건들이 서로 착종(錯綜)되어, 실제로 이런 삶을 제정신을 가지고는 살 수 없다, 거의 정신분열증적인 상황에 우리가 이걸 경험하고 있는 것이 아닌가……

19세기 여러 담론들, 실학, 특히 북학파들이 근대가 우리에게 충격으로 파장칠 때 오랜 유교주의의 세계관 안에서 그걸 어떻게 받아들이고 그 대안을 어떻게 찾으려고 했던가 하는 그 궤적을, 이 세기가 빠져나가는 썰물에 있어서도 우리가 창조적으로 재검토해볼 필요가 있지 않은가. 말하자면 이때의 담론들을 — 요즘 유행하는 용어로 한다면 — 해체해서 다시 한번 볼 필요가 있지 않은가.

그런데 실상 지금 20세기의 끝 무렵에서 우리가 부정할 수 없는 것은 우리의 삶이 아직도 동도서기(東道西器)론에 의해서 규정되고 있다는 사실이란 말이지. 여전히 온돌방에 앉아야 몸이 풀리는 멘털리티와 함께 아파트 문을 나서면 차 몰고 직장까지 왔다갔다하는, 동도서기라는 게 논리적으로 모순이지만 이미 생활 속에 이 모순이 백여 년이나 유지됐단 말이지. 이게 나는 굉장히 갈등스러웠어. 더구나 나는 고향이 있잖아. 고향에 가면 16세기 정원이 그대로 있어요. 16세기 송강 정철(鄭澈) 가사문학이 횡행했던, 사대부의 정치적 청산주의 결과인 유산들이 현재형으로 존재하고 있고, 거기에 몸을 싣고 그 안에서 호흡하며 산단 말이지. 과거 다른 정치적인 이유도 있었지만 내가 고향으로 되돌아갔던 게 프리 모던(모던 이전)으로 회귀한 거냐, 아니면 모더니티의 강력한 모터가 돌아가고 있는 서울이라는 곳으로부터 탈출하는, 탈(脫)도시가 갖는 후기 근대적인 대안을 찾을 수 있는 길이냐, 그걸 그때 고민했었던 거지.

그런데 나는 여전히 그게 회귀든 대안이라 할 탈출이든 그 자리에서 더이상 살 수가 없어. 그 자리에서는 적어도 나의 세끼 밥을 해결할 수 없으니까. 세끼 밥과 함께 우리 삶을 가장 압박하는 것 가운데 하나가 교육인데 애들 교육 때문에, 도망쳐나왔던 서울로 다시 기어들어왔단 말이지. 한마디로 삼겹살이야. 근대적인 것, 전근대적인 것, 후기 근대적인 것, 이렇게 착종돼 있는 혼돈이 우리 삶의 결정적인 부분인데 이것을 어떻게 해야 하는지 그야말로 다시 한번 바라봐야 할 것 같아. 이것이 모순인지 아니면 통합 가능한 새로운 모델이 될 수 있는 건지. 이것이 향후 새 밀레니엄에는 어떻게 될 것인지.

이제는 정치의 시대가 거(去)하는 탈정치의 시대이고 그 공백을 예술적 상상력이 대체할 것이다, 어떤 형태로든 이 세기에 대한 미적 전유가 요구되면서 이른바 삶의 질에 대한 요구와 함께 세계의 미적 전유(美的 專有)는 보편적이 될 것으로 보이고…… 그것과 관련해서 21세기 남한의 삶은 시민사회를 모델로 해서 가리라고 보는데, 이렇게 전망되는 다음 세기에 대해서 지금 현재 착종되어 있는 세 조건들을 어떻게 풀어서 다시 하나의 모델로 통합할 수 있을 것인지, 그게 불가능한 것인지, 그런 것에 대해서 논의를 해봤으면 좋겠어.

김정환 나는 이번에 황지우 시집을 보면서 지금 얘기한 그런 부분들이 미적으로 전유되고 형상화된 결과가 바로 이 시집 아니겠는가 생각했지. 이번 시집에서 특히 좋았던 부분이 바로 그런 대목의 미학적 형상화라고 말야.

정신분열이라는 것은 시인들에게 다 있는 증세야. 시인치고 그런 기질 없는 사람 드물 텐데 문제는 그 정신분열을 영롱하게 형상화하면서 아름다움의 새로운 질서를 만들어내는 일이지. 그래서 훌륭한 시인은 정신과 의사보다 낫다고 하지 않나…… 시인은 누구나 절망을, 고통을, 갈가리 찢기는 의식분열을 느끼지. 요는 그것을 어떻게 창조의 우주로 만드느냐, 우주의 창조가 아니라 말야. 모더니스트라고 하는 것도 난 그래, 그냥 '난 서울사람이다' 그렇게 표현하면 어떨까 그런 생각이 드네.

황지우 (웃음) 명쾌하네. 명쾌해.

시골-아스팔트-서울

김정환 우리나라의 경우 서울은 선진문명과 민족적 굴욕의 전시장이지. 아름다움의 비극이랄까. 그게 콤플렉스인지 몰라. 한일병합 초기 서울사람들, 아니 서울에 사는 시인들이 당시 동양 최고급 시설을 자랑했던 조선호텔을 보고 무엇을 느꼈을까. 침략의 상징이 아름다움으로서 찬탄을 불러일으킨다…… 미학적 콤플렉스는 그때부터 생기는 거라고.

동도서기론은 서울사람들의 운명이야. 정신분열증이라고 했지만 그건 황지우 특유의 엄살이고 중요한 것은 이번 시집에서 그 정신분열증이 놀랍도록 명징한 체계를 갖는다는 것. 내가 '파경' 이라는 말을 썼지만 거울이 깨졌을 때 깨졌다는 사실만 본다면 그건 정치적인 입장이겠지. 그러나 그 깨진 거울에 얼굴을 비춰 볼 때 그것들은 하나하나 다 조각났지만 조각마다 영롱하고 조각마다 통로가 되는 것이지. 그 거울을 새로 만들거나 혹은 여전히 온전하다고 보는 건 시인이 아냐. 감수성이란 것은 깨지게 돼 있어.

서울 출신인 나나 시골 출신인 당신이나 한군데서만 사는 것이 아니고 늘 양쪽으로 사는 거거든. 그래서 나는 그런 콤플렉스를 갖고 있는 시인들을 좋아하지. 시골 살면서 시골 예찬하는 내용이 좋은 시 되기 힘들고, 서울사람이 서울 예찬할 때 좋은 시 되기 힘들지. 감수성 속에 벌써 파경이 있달까. 그 파경, 시-예술적 정신분열적 본능, 그것을 비록 난해하지만 명징한 미적(정치적이 아니라) 체계로 형상화해낼 때 비로소 그걸 미적 전유라고 할 수 있는 거지. 이번 황지우 시집의 최고 진경이 바로 그 대목이라고 봐. 옛날에 당신이 나를 보고 이런 말을 한 적 있지. 너는 아스팔트에서 태어나 시골로 가고 있는 중이고, 나는 시골에서 태어나 아스팔트를 통해 서울로 올라가는 중이다. 너랑 나랑은 그 차이다…… 기억나나?

황지우 응.

김정환 그런데 그때 시인 이시영 생각이 문득 나더라. 내가 참 좋아했던 시인이거든. 그 시인이 시골의 감수성을 가지고 김현이라는 서울 평론가를 만나고 서울이라는 것에 환멸과 동경을 동시에 느꼈을 때, 그것을 느끼는 자기 자신을 시적으로 바라봤을 때, 자기 감수성이 통일되지 않은 것을 괴롭게 바라보고, 그것을 논리적으로 귀결짓는 것이 아니라 시적인 어떤 것, 시적인 구조물로 전화시켜냈을 때, 그때 시들이 참 좋았다는 생각이 들어.

황지우 김정환식 동도서기론이구먼. (웃음)

김정환 그렇지. 또 그런 생각도 들어. 진리는 발굴되는 것이 아니라 현실에서 생성되는 것이다. 또 풍자정신으로 성경을 쓸 수는 없다. 성경은 상처받은 마음으로 쓰는 것이다……

황지우 비유가 아주 재밌어. 성경은 상처로 쓴다…… 음…… 그건 그렇고 내가 질문 하나 하지. 어차피 지금 90년대 들어 한 가지 두드러진 것이, 시민운동단체가 준권력으로 작용하고 있는 건데…… 어떤가? 시민사회를 살 수 있을 것 같아? 시민사회 모델 속에 들어갈 수 있나?

김정환 시민사회라는 것을 정치적으로 이해한다면, DJ 집권하면서 그 길이 마련됐다고 봐. 그런데 문화적으로 이해한다면, 아니지. 시민사회라고 하지만 미국, 영국, 프랑스, 일본 등 선진국의 시민문화 수준은 우리가 상상할 수 없을 정도로 높거든. 시민문화의 역사가 유구하게 쌓여온 거지. 문승현이라고, 음악하는 후배가 있는데 말야.

황지우 〈그날이 오면〉 작곡가?

김정환 그래. 그 친구가 음악 배우러 러시아엘 갔다가 차이콥스키쯤까지 배우고 다시 현대음악을 배우려고 프랑스엘 갔는데, 지하철에서 그냥 마주친 예쁘장한 여고생이 '봉주르' 그러더라는 거야.

황지우 호오?

김정환 그게, 그 여고생이 섹시한 것과 상관없이, 너무 자연스럽고 편안하고 아름답고, 그 순간, 아 대한민국은 정말 끔찍한 나라로구나 하는 생각이 가슴을 아프게 쳤대. 우리나라에서는 도무지 가능한 일이 아니거든. 친절하게 뭘 물어봐도 겁을 덜컥 집어먹을 만큼 우리나라 여고생들은 피해의식에 시달리고 있는 거지. 시민혁명 이래 정치체제 자체는 안 변했지만 시민문화는 상당부분 자율적으로 심화-미화-발전했다는 거지. 그런 의미에서의 시민사회를 말한다면 DJ 정권 가지고는 안 된다고 봐. 그러기에는 너무 정치적이고, 즉 문화의 본질에 대해 무지하고(도대체 문화관광부라는 게 말이나 되는 발상이냐, 예술부가 있어도 시원치 않은 판에), 정치사상은 너무 많이 과거에, 과거 야당사에 연루되어 있거든. 시민운동이야말로 그 점에 몰두해야 하는데……

황지우 문화 쪽으로?

김정환 응. 예술집중적 시민운동으로.

황지우 나머지는 술 먹으면서 얘기하지……

황지우는 원래, 글을 아끼듯이 말을 아낀다. 더구나 자신의 시집을 주요 대상으로 놓고 이야기하는 자리라 그는 쑥스러운 듯, 평소보다 더 말을 아꼈다. 될 수 있는 대로 말을 많이 하게끔 유도해야 하는 내 입장은 난처함 그 자체였는데, 후에 생각해보니 말을 아끼는 법을 배우기도 한 것 같다.

대담이 끝나고 우리는 곧장 술집으로 자리를 옮겼다. 푸른숲 출판사 김혜경 사장이 두 시간쯤 후에 합석하면서 황지우는 말문이 슬슬 풀리기 시작했는데, 얼마 안 돼 취기도 오기 시작했다. 술자리는 자정을 한참 넘길 때까지 이어졌다. 아, 맛있다. 이 술 참 맛있다…… 나는 그렇게 되뇌었다. 황지우가 내게, 새로운 술맛도 가르쳐준 게 아닐까?

(『신동아』 1999년 3월호)

세기말, 인프라 없는 나라에 선 예술의 집 — 새로운 영화언어를 찾아서

영화감독 이광모

비원 앞. 정식주소는 서울 종로구 원서동 158-1 예술의 집. 파출소에서는 '예술의 집' 은 금시초문이고 '북촌창우극장' 만 알고 있었다. 예술은 쇠하고 극장만 흥하는가…… 그런 생각도 잠시, '극장' 또한 썰렁하기는 마찬가지였다. 지하 공연장은 개방된 상태였지만 싸늘하고 퀴퀴한 냉기가 일층 현관까지 솔솔 풍겨 끈적끈적한 공연관람 열기가 사라진 지 꽤 오래임을 웅변했다. 이층에는 교회가 들어서 있고 이광모 감독이 총대장 노릇을 하는 영화사 (주)백두대간 사무실은 삼층에 있었다. 영화제작사에는 기획-홍보를 담당하는 세련되고 젊은 미녀들이 포진해 있기 마련이다. 그런데 그 모종의 '예쁜 분내' 가 전혀 풍기지 않아서 나는 또 잠시 의아했다. 역시 이광모는 땀으로 아름다움을 창조하자는 주의인가. 나는 그렇게 일단 예상했다. 이광모 감독과는 첫 대면이므로 대담은 단도직입적으로, 질문-대답-토론 형식으로 진행되었다.

김정환 오늘 이감독과 집중적으로 얘기하고 싶은 것은 영화의 현재를 살피고 미래를 전망하면서 새로운 영화언어, 더 나아가 21세기에 걸맞은 새로운 (각 장르 예술의) 언어를 만들어내는 일에 관한 것입니다. 이감독은 나와 출신대학이 다르고 팔 년의 학번차가 있지만 대학 전공은 같고, 아마 80년대 격동을 공유했을 것이고, 문학, 특히 시에 상당 수준 심취하고 열심히 쓰기도 했다던데, 장래를 영화에 맡기게 된 특별한 계기는 무엇이었나요. 우선 어린 시절 이야기가 궁금합니다. 영화 〈아름다운 시절〉은 이감독 아버님의 어린 시절인가요?

이광모 아버님 세대의 어린 시절입니다. 그 시절을 제가 영화 속에서, 또 창밖에서 들여다보는 구조가 이 영화의 구조입니다.

김정환 그 점이 이 영화의 매우 두드러진, 그리고 흥미로운 대목입니다. 그런데 아버지 세대의 어린 시절은 영화에 드러나 있고 감독의 어린 시절은 숨겨져 있습니다. 그 숨겨진 부분을 드러내는 게 이 영화를, 영화의 언어를 이해하는 데 도움이 될 것 같습니다만……

이광모 제 어린 시절의 꿈은 축구선수가 되는 것이었죠. 매일 일어나서 잘 때까지 공을 차며 시간을 보냈습니다. 집에서는 수건을 말아서 헤딩 연습을 했고 방 아랫목에 묻어둔 밥주발까지 공 삼아 찼습니다. 국가대표 축구선수가 되는 게 유일한 꿈이었죠. 제한된 시골이라 그 정도의 꿈을 이룬다는 생각만 해도 정말 벅찼어요.

김정환 〈아름다운 시절〉에서 보인 영화 미학의 묘한 뚝심, 아름다움을 이루어내는 땀내가 벌써부터 연상되는데 과장일까요?

이광모 글쎄요. 어쨌거나 저는 당연히 체육중학교에 들어가고 싶었는데 초등학교 오학년 때 학교 축구대표팀에 선발되자 부모님은 덜컥 겁을 내셨어요. 저는 큰할머니 댁이 있는 서울로 전학을 당했습니다. 여기서도 축구부에 들어갔지만 부모님의 반대가 격렬했습니다. 돌이켜보면 그게 결과적으로 저의 인생에 도움이 되었다고는 생각하지만, 그 후 한 이 년 동안 공을 못 만지게 되면서 제가 겪은 좌절로 인한 정신적 공허함은 매우 컸습니다. 중학교 때는 의식도 없이 몽롱한 상태로 보냈습니다. 공부를 안 한 것은 물론이고 추억거리 하나 없이…… 지금 보면 공백상태 바로 그것이었습니다.

김정환 공백과 단절이라…… 그 두 단어도 〈아름다운 시절〉의 영화언어에서 매우 중요한 역할을 하고 있다고 어렴풋이 느꼈었는데…… 하긴, 공백과 단절은 과거를 돌아볼 때 누구나 느끼는 보편적인 감정일 수 있겠지만…… 그러면 시는 언제부터 썼나요?

이광모 중학교 삼학년 때부터 썼습니다. 뭐 별건 아니고, 수업시간에 딴 생각을 하면서 끼적거린 정도지요. 고등학교 들어가서는 정식으로 문예반에 들었는데 그때까지는 남의 눈에 안 띄는, 평범하고 평균적인, 자의식이 없는 학생으로 살았던 셈인데…… 당시 서클들이 대개 그러했듯 한 선배가 담배를 주기에 안 피우겠다고 했더니 엄청 두들겨패더군요. 할 수 없이 담배를 배우고 술도 마시고, 또 '장소이동' 이라고 해서 도둑질도 시키는 대로 했습니다. 책을 훔치는 것은 죄가 아니라며 다른 서클에서 책 같은 것들을 무시로 '장소이동' 해왔고, (웃음) 별로 죄의식도 없었습니다. 참 색다른 경험이었습니다. 입시 공부는 전혀 하지 않고 매일 한 편씩 시를 써내야 하고, 안 써내면 쥐어맞고……

'내가 이 정도로 비겁하구나'

김정환 억지로 꿰맞추는 것 같아서 좀 그렇긴 하지만 이감독 말을 들으니 그런 생각이 드네요. 색다름을 강조하지 않는 것이 이광모 영화의 위대한 미학이 아닐까 하는……

생애 전체를 보면 누구나 파란만장했던 시절과 평온했던 시절의 전체 양이 대충 비슷할 것입니다. 예술가는 파란만장함을 강조하기도 하고 평온을 강조하는 경우도 간혹 있겠지요. 그런데 진정한 예술 속에는 그 둘이 중첩되어 있다고 생각해요. 이를테면 평균의 파란만장한 깊이랄까, 아니면 파란만장의 보편성이랄까 하는. 아무튼 이감독은, 적어도 이 영화의 미학을 계속 발전시켜나간다면 그 색다른 경험을 색다름 그 자체로 표현하지는 않을 것이라는 것이지요. 벌써 생애 전체를 조망하는 중용의 시선을 갖고 있달까……

이광모 그건 과분한 칭찬 같은데요. 벌써 늙었다는 얘기도 되고요. (웃음)

김정환 늙었다는 건 물론 아니죠. (웃음) 난 사실 초등학교 이학년 때

학교를 몇 개월이나 땡땡이치고 다시 전학하고 그런 적이 있는데, 그 이후로 인생의 어떤 파란만장함도, 심지어 데모, 징역 경험까지도 그저 너무 평탄한 경험이라고 생각하게 된 듯합니다. 80년 내가 데뷔한 후 얼마 지나 한 소설가가 "네가 징역 산 이야기를 전혀 안 하던데, 나로서는 그게 얼마나 고마운지 모르겠다"고 말한 적이 있습니다. 그후 그 말을 매우 뜻깊게 가슴에 새겨두었습니다. 그 말을 따르지는 못했지만……

이광모 그때 서클생활은 장점도 있고 단점도 있었지만 저는 다시 한 번 커다란 충격을 받게 되었습니다. 고등학교 이학년 때 후배들이 교장실을 털다가 발각돼 퇴학당한 것입니다. 그때 저는 조직과 개인은 서로 융화될 수 없다는 것을 뼈저리게 느꼈습니다. 조직의 원리는 개인을 전혀 고려하지 않을 수밖에 없다는 점…… 여하튼 그 뒤로도 시를 계속 쓰기는 했지만 대학교 때는 그저 평범한 학생이었습니다.

전 1979년에 한 학기 동안 경희대를 다녔어요. 나머지 한 학기 동안 재수를 해서 고려대 80학번으로 입학했습니다. 1979년 한 해에 70년대 대학 분위기를 분명히 맛볼 수 있었죠. 이를테면 하길종 감독의 〈바보들의 행진〉에서 펼쳐지는 낭만적인 분위기랄까……

김정환 가까스로 막차를 탄 셈이네요. (웃음)

이광모 그렇습니다. 낭만적인 분위기는 그게 끝이었으니까요. 1980년 들어서는 5월 2일부터 데모가 시작됐고 저도 참가했습니다. 16일까지 매일 서울역으로, 시청 앞으로 시가행진하고 철야농성에도 참가했습니다. 그런데 계엄령이 터지자 갑자기 갈 곳이 없어졌습니다. 광장에는 아무도 나타나지 않았습니다. 그때 저는 또 큰 충격을 받았습니다. 우리가, 내가 이 정도로 비겁하구나…… 내가 날뛰고 부르짖던 것이 실상 아무것도 아니었구나. 총을 가슴에 들이댄 것도 아닌데…… 그런 생각이 가슴을 때렸고 광주항쟁이 일어나자 자괴심이 깊어져 소위 운동과는 인연을 끊었습니다. 1980년 2학기 때는 고려대에만 휴교령이 떨어졌는데 학우들이 끌려가고 데모가 잇따르는 것을 보면서 도서관에 틀어박히기 시작했습니다. 복잡한 심정을 견딜 수 없어 영문학 쪽으로 공부를 열심히 하자, 창작을 통해서 무언가를 이루고 기여해보자, 그런 생각으로…… 연애도 안 하고 술도 안 마시고, 고등학교 때 서클에 데어서인지 서클활동도 싫고, 아무 생각 없이 그냥 이런저런 책들을 읽었습니다.

김정환 그때 T. S. 엘리엇의 시에 심취하게 되는 건가요?

이광모 아네요. 그건 그전의 일이고 그때는, 역시 사회적인 분위기 때문에, 사회-인문과학 서적을 많이 읽었습니다. 『모택동 사상』도 읽고요.

김정환 그렇다면 이감독은 김수영 이래 정치와 문학의 관계를 더욱 심화시키는 시인 쪽으로 갈 수도 있었겠습니다. 정말 파란만장한 문학이 나올 수도. 그렇다고 지금 영화감독으로서 얻은 화려한 명성에 미치지는 못하겠지만…… (웃음)

이광모 영화로 이름을 날린다는 게 너무 겉만 번지레해서…… (웃음)

피어 있는 것만 아름다운 게 아니다

김정환 난 사실 〈아름다운 시절〉 시사회 끝나고 저 영화 제목, '아름답기로 작정한 시절' 로 바꾸어야 한다고 농담을 했었습니다.

이광모 '작정한 시절' 이라구요? (웃음)

김정환 그건 그렇고 나는 '아름다운 시절' 이라는 말에 영화언어에 대한 이감독의 어떤 생각이 배어 있다고 느낍니다. 아름다움은 잔인하다, 고통은 아름다움을 잉태한다…… 하긴 전에 박광수 감독의 영화 〈그들도 우리처럼〉 시사회에 가서 "눈 내린 산골 산악 풍경이 아름다운 건 이해하겠는데 당신은 삽으로 퍼올려야 하는 석탄 더미까지 아름다워 보이더냐?" 그렇게 물었더니 박감독은 "내 눈엔 아름다워" 그러더군요. 영화인들은 다 그런가요?

이광모 사실 그런 질문을 많이 받는데. 문학적으로는 김시인이 설명한 정도의 뜻이겠고, 영화적으로는 뭐랄까, 피어 있는 것만 아름다운 게 아니고 가슴으로 느끼는 아름다움, 삶의 깊이, 인간의 깊이, 심정의 깊이가 갖는 아름다움, 그걸 느끼는 순간의 감동, 그거야말로 아름답다고 생각합니다.

영화가 다루는 50년대 초반 사람들은 우리 세대에는 없는 심성의 깊이를 갖고 있습니다. 삶의 상처들이 짙게 농축된 심성의 깊이…… 우리 세대가 피상적이고 목적지향적이라면 그 세대 사람들은 상처를 애정으로 감싸안는 어떤 의미지향성을 갖습니다. 그 심성을 역사가 고통스럽게 짓누르지만 본질은 깨지지 않습니다. 아니 오히려 아름다움의 깊이를 더해줍니다…… 그런 역설이랄까 뉘앙스도 풍기려 했습니다.

김정환 앞 얘기가 생애의 아름다움에 관한 것이라면 뒷부분의, 지금 세대와의 비교는 자칫 과거지향적으로 들립니다. 이제 시(문학)에서 영화로 전업하게 된 이야기를 해보지요.

이광모 영화로 전업한 것은, 사람의 감정을 표현하는 데 언어라는 게 아무래도 적확하지 못하다는 생각이 들어서…… 물론 영화가 문학보다 우위라거나 그런 뜻은 아니고요.

김정환 언어라…… 정확히 말하자면 문자언어인데…… 왜냐하면 영화언어라는 것도 있으니까요. 어쨌든 시에 관심이 있었는데도 영화로 방향을 틀었다면 인생의 의미를 구현하는 데 있어 무언가 시에는 부족한 점이 영화예술에서 채워질 것 같았다는 뜻일 텐데요. 물론 연속-보충인 점도 있겠고 단절인 점도 있겠지만……

이광모 T. S. 엘리엇의 시 「황무지」, 그리고 그의 시 이론인 객관적 상관물(objective correlative) 이론에 상당한 충격과 감동을 느꼈습니다. 문자언어에 대해 갖고 있던 저의 문제의식이 그를 통해 심화되었다고나 할까요. "현대시 이전 19세기 낭만주의 시인들은 자기 생각과 느낌을 전달하는 데 있어 언어를 마구잡이로 사용했고 그래서 많은 오해를 불렀고 의사소통이 단절되었다", 그런 주장을 펴면서 엘리엇은 자기가 느끼는 것을 표현해줄 수 있는 외적인 사물 — 객관적 상관물 — 을 세상에서 찾아 그 사물을 제대로 묘사해주면 독자가 그 사물을 이미지화해

작가 자신의 논술보다 더 구체적으로 느끼게 된다고 했습니다. 그 이론을 실제로 구사한 것이 「황무지」였고요.

김정환 김소월의 전통적인 정서틀로 한국의 90년대를 담아낼 수는 없는 것이겠지요. 따라서 현대의 충격을 담아내는 새로운 언어-정서구조를 만들려는 노력은 당연한 것이죠. 설명을 덧붙이자면, 엘리엇은 「햄릿과 그의 문제」라는 논문에서 이렇게 말했습니다. "『햄릿』의 소위 '예술적 실패' 는 햄릿 자신이 스스로 표현할 수 없는 감정에 압도돼 있는 데서 나온다. 그 감정은 사실의 과잉 속에 있다. 감정을 예술 형태로 표현하는 유일한 길은 객관적 상관물을 찾아내는 것이다. 그 특수한 감정을 표현하는 일련의 사물들, 상황, 연속적인 사건 등등……" 그렇지만 그런 새로운 언어에 대한 고민 자체가 영화로 관심을 옮길 이유가 되지는 않았을 텐데요.

이광모 물론이죠. 그저 고민에 매료되었다고 할까요. 그런데 공부를 아무리 해도 풀리지 않는 문제가 있었습니다. 예이츠는 쉽게 읽히는데, 왜 엘리엇은 그렇지 않은 걸까? 나 자신은 점점 엘리엇의 시 세계 속으로 빠져들어갔지만 대학원 영문학과 학생들조차 엘리엇 시를 어려워합니다.

엘리엇 자신은 고도의 시적 통찰을 논리 이상의 정서적 설득력 혹은 감동으로 전달하는 듯 보이는데도 독자들은 받아들이지를 못합니다…… 그건 제가 보기에 중대한 결함이었습니다. 그래서 저는 혹시 문자언어 자체에 한계가 있는 것 아닐까 하고 생각하게 된 것 같습니다.

시의 매질(媒質)인 문자언어는 인간끼리 약속한 상징체계니까 생각을 표현하고 의사를 전달하는 데에는 매우 편리하겠지만, 이를테면 나무를 보면서 바람결의 느낌을 잡아내는 데는 한계가 있지 않겠는가…… 땀, 먼지, 나뭇잎이 그 자체로 주는 즉물적 느낌, 거기서 비롯되는 생각을 본질에 대한 사고로까지 예술적으로 끌어올리는 데 있어 문자언어는 굉장한 한계를 갖고 있다……

그런 고민을 해결해줄 표현매체들을 이것저것 기웃거리다가 영화에 관심을 갖게 된 것이죠.

김정환 지금도 그 전환을 후회하지는 않나요.

이광모 물론입니다. 갈수록 잘했다는 생각이 듭니다.

김정환 엘리엇의 시 언어를 놓고 고민했던 문제를 영화언어의 영역에서 바야흐로 심화시키는 것 아닐까, 하는 느낌이 드는데요. 단절보다는 연속성이 더 강할 것이라는……

새롭고 폭넓고 역동적인 길

이광모 그렇기는 하지만, 또다른 면에서 보면 단절이라는 생각이 들기도 합니다. 왜냐하면, 영화가 탄생한 지 얼마 안 되고 그러므로 무한한 가능성을 갖고 있는 장르라는 점에 저는 지금 제 혼을 다 빼앗긴 상태입니다. 맨 처음 동굴에 새겨진 후 양피지를 거쳐 컴퓨터에까지 이른 문자매체는 그 매체발달사를 상당부분 완료했다는 면에 비해 영화매체는 아직 원시적이고 그 원시성이 저를 늘 자극하고, 그래서 선택을 후회할 여지가 없습니다.

김정환 시는 자신의 표현영역을 확장시키기 위해 숱한 언어 실험을 하는 것이고 엘리엇의 경우 일상-시정의 언어와 고급 언어를, 추상과 구체를 전과 다른 방법으로 뒤섞거나 대비시켜 현대정신의 한 영역을 포착합니다. 그래서 대학원생이라도 학식만으로는 이해하기가 어려운 반면 현대적 감성으로 접근한다면 일반인의 능력으로도 음미할 수 있는 부분이 있는 것입니다. 시는 정말 가슴으로 느끼는 거니까요. 포괄적인 가슴…… 모든 언어는 불충분하지만 예술은 오히려 그 빈자리로써 '충분 이상의 것'을 포괄 표현하는 것이 아닐까요.

이광모 물론입니다. 그런데 영화는 일단 직접적으로, 그것이 의식적이든 무의식적이든 상관없이 시각과 청각으로 경험됩니다. 그에 반해 시는 아예 해독이 안 되는 경우도 있고, 암호는 아무리 근사하더라도 많은 사람에게 직접적으로 다가갈 수 없습니다. 반면 영화는 즉물적이고 구체적인 것이 기본으로 주어지지요.

김정환 하지만 이감독이 대중영화가 아니라 작가-예술영화를 지향한다면 다시 문제가 생기지 않을까요. 영화를 좀 볼 줄 안다는 내게도 이감독 영화는 너무 어려워요. 이대로 나간다면 이감독 영화는 시적 혹은 문학적이라는 얘기를 듣게 되지 않을까요.

이광모 벌써 그런 얘기를 듣고 있는 셈인데요. (웃음) 그러나 영화의 길은 근본적으로 새로운 길입니다. 훨씬 폭넓고 예술적으로 매우 역동적인 길입니다.

김정환 전적으로 동감입니다. 그 동감을 바탕으로 영화언어에 대해 좀더 본격적으로 모색해봅시다. 각 예술 장르는 고유한 매질(媒質)을 갖고 있습니다. 미술의 매질은 색이고, 음악은 소리, 춤은 육체, 문학은 문자…… 각 예술 장르의 언어는 당연히 그 매질의 특성과 밀접한 연관 속에 탄생하지만, 내가 보기에는 진정한 예술일수록 자신의 매질(의 한계)에 반발하는 와중에 태어나기도 합니다.

미술은 미술이 아니고서는 표현할 수 없는 영역을 탐구하면서 보이는 것으로써 보이는 것 너머를, 춤은 춤이 아니고서는 표현할 수 없는 영역을 탐구하면서 육체로써 육체 너머를, 음악은 소리로써 소리 너머를 지향합니다. 소설은 이야기로써 이야기 너머를 지향합니다. 구체적이고 즉물적인 영화는 이런 여러 매질들의 가능성을 종합해서 최고의 그럴듯함, 즉 박진감을 창출하고 그것을 매질로 합니다. 진정한 작가-예술영화라고 할 때, 영화(언어)가 그것 아니고서는 표현할 수 없는 영역을 탐구하면서, 자신의 매질에 반발하는 대목은 무엇일까요.

이광모 반(反)매질적이라기보다는, 매체의 여러 가능성, 잠재적인 가능성까지 찾아내고 영역을 확장시키는 것일 텐데, 가능성은 무한대입니다. 앞으로 영화가 어떤 모양새로 가고 어떤 제작과정을 거칠지는 아무도 예측하지 못할 것입니다. 양가죽에서 컴퓨터로 변한 것보다 더 광범위하고 근본적인 변화가 영화제작 영역에서, 아주 빠르게 이루어질 것입니다. 그 제작과정을 생각하지 않고 영화예술의 미래를 점치는 것은 무의미하고 불가능합니다.

김정환 가장 큰 가능성은 역시 장르통합 능력에서 옵니다. 특히 예술영화의 경우 순수예술의 가능성을 종합, 따로따로의 합보다 우월한, 그리고 새로운 총체를 만드는 능력에서 온다고 봐요. 이를테면 할리우드의 기발한 영화들을 단순히 대중영화라고 볼 수는 없다는 것입니다. 그것 또한 영화예술 장르의 한 특성에서 나오는 면이 있다는 얘기지요.

소설은 그 매질이 즉물적이 아니기 때문에 묘사에 사진이나 영화보다 시간이 더 많이 걸립니다. 공상과학소설이 나오기까지는 매우 오래 걸렸지요. 그런데 영화는 탄생과 거의 동시에 공상 영역을 다룹니다. 이것은 영화가 몇백 년의 소설사를 재빨리 따라잡은 결과라기보다는 영화의 예술적 상상력이, 매질의 즉물성에 대한 반작용으로서, 자신의 장점을 오히려 한계로 인식하고 뛰어넘으려 한 데서 온 결과 아닐까요? 그러므로 영화에서 대중적인 '가상현실'과 예술적인 '예술현실'의 구분이 가능하고 후자의 영역을 확대하는 데 순수예술 장르의 표현영역을 어떻게 활용하고 종합하느냐가 매우 중요한 '전망의 문제'로 되는 것 아닐까요.

이광모 예술의 장르들 간 경계가 허물어지고 서로 교류가 이뤄지고 있는 것은 움직일 수 없는 사실입니다. 그러나 영화가 기존 장르들을 종합하는 종합예술매체라는 생각은 매우 잘못되었습니다. 영화로 만들어지는 순간 그 자체의 자율적인 언어가 생겨납니다. 어떤 미술적 원리도 영화에 적용되는 순간 미술로서의 가치는 무너집니다. 변형-재편될 수밖에 없는 것입니다. 그런 자율성의 관점에서 새로 보아야 하는데, 문제는 지금의 영화평론가 대부분이 각자 문학, 미술 등 순수장르에 대한 관심에서 출발하여 그 상태를 크게 벗어나지 못한 채 영화를 문학적으로, 혹은 미술적으로 재단하려 한다는 점입니다. 영화는 종합성이 강하면서도 그것이 용해되면서 새로운 영화적 요소를 갖게 됩니다. 종합보다 중요한 것은 자율적인 토대인데, 불행하게도 그 토대가 아직 없습니다.

김정환 재단은 물론 문제가 되지요. 혼동도 문제가 되고. 사실 영화를 보고 '시적이다' 그러면 그게 욕인지 칭찬인지…… 내 시를 읽고 '음악적' 이라 그럴 때는 나는 좀 기분 나쁘던데요. (웃음)

이광모 욕이지요. (웃음) 음악으로 표현하면 될 것을 시로 표현했다는 뜻이니까. 영화의 경우도 마찬가지예요. '자율적' 이란 말 말고 좀더 뚜렷하게 '이것이야말로 영화언어다' 라고 설명할 수 없는 상태인 게 유감이지만……

영화감독의 비극적 숙명

김정환 그 상태야말로 이감독의 영화에 대한, 영화의 미지의 영역에 대한 열정과 패기를 자극하는 대목 아니겠습니까. 이제 본론으로 온 것 같습니다. 작가주의영화, 예술영화임을 최초로 표방한 이광모 감독 영화 〈아름다운 시절〉의 영화언어는 무엇입니까? 우선 테이크(한 숏의 길이)가 매우, 정말 고집스럽게 길던데요.

이광모 일 분 삼십 초에서 이 분가량입니다. 보통 영화에서는 한 숏이 오 초에서 십 초니까 매우 긴 편이죠. 리얼리티를 손상시키기 싫어서였습니다. 보통 영화의 경우 트릭으로 그 손상을 감추는데 첫째, 그게 싫었고 둘째, 〈아름다운 시절〉은 제가 경험한 것을 남에게 설명해주는 방식도, 현재진행형 사건을 묘사하는 방식도 아니고 제 상상 속에서 펼쳐지는 상상의 풍경을 공유하는 방식입니다. 아버지 세대의 어린 시절을 가만히 지켜보고 그것을 공유시키기 위해서는 그 삶의 풍경을 우선 지켜보아야 합니다. 마구 감정이입을 시키면 곤란합니다. 과거의 삶을 응시-통찰하고 의미를 묻는 느낌을 위해서는 어느 정도 거리가 필요하고 저는 그 거리를 시간화했습니다.

김정환 테이크가 길어지니까, 거꾸로 스토리에 의존하는 결과가 나온 것은 아닌가요? 중간에 자막이 나오고, 자막의 의미에는 단절도 있고 연속도 있겠지만……

이광모 〈아름다운 시절〉의 시나리오는 1988년에 썼습니다. 상당히 문학적 감수성에 물들어 있던 때입니다. 당연히 영화적이기보다는 문학적인 시나리오가 되었습니다. 그후 십 년 동안 영화에 대한 제 생각은 많이 변했습니다. 아마 십 년 전에 만들었으면 영화가 크게 달라졌을 것입니다. 십 년이 지나, 감수성 자체가 변한 상태에서 영화를 만드는 일은 매우 고통스러웠습니다. 십 년 전에는 눈만 감으면 마을과 인물이 저절로 떠오르고 그랬는데, 아무것도 떠오르지 않고 하나도 움직이지 않고…… 열정이 사라져버렸다고나 할까요.

김정환 이거 내가 쓴 시나리오 맞나? 그런 생각이 들 정도던가요?

이광모 거의 그랬어요. (웃음) 영화제작에 들어가고 육 개월 동안 아무 일도 못 했지요. 시나리오 한 줄 못 고치고…… 열정을 되살려야 하는 영화감독이라…… 어떤 비극적인 숙명 같은 것도 느꼈습니다. 모든 예술작품이 그렇듯 영화도 착상되자마자 제작에 착수해야 하는데 영화는 특히 재정 문제 때문에 시간 차이가 생길 수밖에 없어요. 더구나 작품다운 작품을 만들려면 시간의 단절은 숙명 같은 것입니다. 십 년간의 단절 뒤에 다시 읽으니 우선 스토리가 맘에 들지 않았어요. 스토리가 너무 강해서. 사실 김시인이 지적하신 것과는 정반대 방향으로, 즉 이야기를 해체하는 쪽으로 수정을 했어요. 원래 시나리오에는 단절도, 자막도 없어요. 그 문학적 관습을 해체하기 위해 무진 노력을 했는데…… 스토리의 친절성이 아니라 영화성에 기대는 쪽으로. 그러면서도 문학적 감수성을 포기하지 않고 둘을 조화시키려 애를 썼지요.

김정환 해체 문제가 아니라 더 두드러졌다는 얘기를 한 것인데…… 어쨌거나 다음 영화는 정말 영화적인가요? 십 년간의 차이가 겹쳐졌던 고통이 오히려 행복한 경험으로 될 수 있을 것 같은지……

이광모 상당히 다르게 갈 겁니다. 영화를 저급한 예술로 보는 한……

김정환 작가의 길이 험하겠군요. (웃음) 팬들은 칭찬을 하면서 발목을 잡는데. 더구나 첫 작품의 인상이 워낙 강렬해서 말이죠.

이광모 외적인 평가는 중요하지 않습니다. 그것에 좌지우지되는 게 문제지요.

김정환 이번 제작 경험을 바탕으로 생각해볼 때 앞으로 어떤 제작 시스템이 제도적으로 보장되면 좋겠습니까?

이광모 이번 경우 실험을 해보기에는 조건이 좋지 않았어요. 대체로 시대물을 쉽게 생각하는 경향이 있지만 우리나라는 과거의 거의 전부를 잃어버린 상태라서 복원이 매우 어려워요. 그 문제를 해결하기 위해서는 제작 시스템이 보수적으로 흐를 수밖에 없었습니다. 새로운 것을 시도했지만 보수적인 한계에 머물렀고 과감하게 실험적이지는 못했습니다. 단언컨대 우리나라는 제작의 인프라가 전혀 갖추어지지 않은 상태입니다. 사회 전체의 인프라가 그래요. 이런 상태에서 어느 한 분야만 잘되기를 바랄 수도 없는 일이고…… 다음 작품부터는 게릴라식 극소수정예 위주로, 그때 그때 흩어졌다 모였다 하는 체제로 갈 것입니다. 물론 그런 식으로 인프라 없음의 한계가 메워지지는 않겠지만, 아니 더 힘들겠지만, 그래도 보수적인 시스템에서 치러야 하는 쓸데없는 대가를 피해야지요.

김정환 어쨌든 실험영화가 아닌, 극장개봉 영화로 제작할 것 아닙니까?

이광모 그렇습니다.

김정환 나는 예술가 시스템이라는 말이 더 정확하다고 보는데. 배우들이 연기예술가로 단련돼야 하듯이 시나리오작가가 문학예술가로서, 촬영감독이 시각예술가로서, 영화음악가가 음악예술가로서 우선 단련돼야 하지요. 시나리오가 상시적으로 발표되고 '읽을거리' 로서도 평가를 받는 장(場)도 필요합니다. 영국의 위대한 연극문화는 '읽는 희곡' 문화가 담보해주는 레퍼토리 시스템의 정착이 그 토대지요. 촬영기술적인 측면만 강조하면 언뜻 전문화라는 미명하에 보수적인 관행만 온존시키는 결과를 낳을 것입니다. 시각예술의 차원에서 토론이 널리 공론화하면서도 전문화해야 합니다.

이감독이 '읽는 단계'의 시나리오로 먼저 인정받고 그후 영화제작에 착수한 것, 물론 십 년 동안의 우여곡절을 겪었지만, 그 순서를 밟은 것이 〈아름다운 시절〉의 영화적 예술성을 보장해주지 않았겠습니까. 이것은 영화작업의 종합성이 각 장르의 예술성을 종합-용해하는가, 아니면 잡탕-비빔밥으로 무력화(無力化)하는가를 가르는 중차대한 문제입니다. 난, 그 쟁쟁한 소설가 윌리엄 포크너가 영국의 이류소설을 원전으로 시나리오를 썼다는 얘기를 듣고 처음엔 놀랐다가 곰곰 생각 끝에 감동했어요. 시나리오 작업의 독자적인 예술성을 웅변하는 사례였던 까닭입니다.

이광모 해럴드 핀터도 마찬가지였지요. 그런데 우리나라의 경우 영화에 상업적인 경향이 강해서 그렇겠지만 각 분야 고수들 대부분은 영화가 저급한 예술이라는 편견을 갖고, 좀처럼 영화에 발 담그기를 꺼립니다. 영화에는 예술을 종합하는 역할이 분명히 있고 고수들이 참여한다면 감독은 그 종합체계를 만들기만 하면 되는데, 즉 연출만 하면 되는데.

반면에 영화 쪽에서는 원작자 대접을 너무 안 해주고 잘되면 감독 칭찬만 하는 거예요. 스토리가 좋다면 시나리오작가를 칭찬해주고 감독은 연출에 대해서만 평가를 해야 하는데 말이죠. 영화가 감독예술이라는 정의는 잘못된 겁니다. 각 분야 구분이 되지 않은 채 감독만 부각되니까 나머지 사람들은 의욕을 잃고 결국 감독 작품 아닌 것도 없고 감독 작품인 것도 없고 뒤죽박죽입니다.

전 그냥 작품만 존재한다고 생각합니다. 그 속에 영화제작의 모든 것이 용해됩니다. 그 점을 인정하고 일단 영화의 '작품성'을 존중하고 정당하게 평가하는 일이 필요합니다. 그렇게 되면 예술계 각 분야가 영화에 공헌하고 영화를 개척할 수 있는 길이 넓게 열릴 것입니다. 답답한 것은 사람들이 상업영화와 '예술작품' 영화를 우선 구분하고 다르게 대해야 하는데 그렇지 못하다는 점입니다. 외국의 경우 영화음악을 최상급 예술가들이 연주하고, 필요할 경우 바흐 음악에 비견될 만한 고급한 효과를 영화음악에 부여하는데 우리나라에서는 그게 불가능합니다. 대학생들이 연주를 하니 이건 연주가 아니라 소음에 가깝고, 아무리 작곡을 잘해도 '듣는' 음악의 수준은 저차원일 수밖에 없어요. 그렇게 전체 균형이 깨지는 겁니다.

새로운 것과 다른 것

김정환 나도 시나리오 작업을 해본 경험이 있는데 세 번 전면 개작했어요. 완성된 시나리오를 놓고 감독이, 한번은 '우리나라 기술'로 촬영이 불가능한 대목, 한번은 '우리나라 연기력'으로 연기가 불가능한 대목, 또 한번은 '우리 제작비' 로는 제작이 불가능한 대목들을 짚어냈고 나는 내용-알맹이를 살리면서 그 요구에 따랐어요. 그런데 그렇게 완성된 대본을 놓고 감독이 다시 두 가지를 지적합디다. 첫째, 내용이 너무 압축적이라 어려우니까 삼부작으로 풀어서 소화해가자, 둘째, 주제에 대한 생각이 다르다…… 난 그 단계에서 내 작품을 빼냈는데, 그건 들어줄 수 있는 요구가 아니었던 까닭입니다. 그때 그런 생각이 들었어요. 앞으로는 좋은 후배 작가들이 영화작업에 뛰어들 텐데 이런 식이라면 여전히 곤란하겠구나…… 그건 그렇고 다음 작품은 무슨 얘긴가요? '얘기' 라는 말이 좀 어폐가 있지만……

이광모 이산가족을 소재로 분단과 통일 문제를, 이데올로기가 아닌 인간의 차원에서 다룰 것입니다. 〈아름다운 시절〉과 달리 아직 오리무중상태고 그 상태로 시작하려 합니다. 동시작업이라고나 할까요. 그렇다고 해서 소위 영화가 만들어지는 '과정의 영화' 라는 뜻은 아닙니다. 이산가족을 찾아내 인터뷰하면서 적당한 대상을 찾아 다큐로 찍고 동시에 그 인물들이 시나리오 작업에 토대가 되는 그런 이중적인 작업, 그러다가 다큐멘터리로 채집된 것이 영화 속으로 들어올 수도 있고요.

김정환 난 요즘 그런 생각을 합니다. 영화의 발전 속도가 너무 빨랐기 때문에 오히려 진정한 의미에서의 영화의 고전은 아직 만들어지지 않았다는…… 위대한 고전은 모두 자신의 탄생 이야기를 담고 있지요. 아이스킬로스의 〈오레스테이아〉 삼부작은 고전연극이지만 그 자체가 연극 탄생사이기도 하고. 아테네 섬 주변 미케네에서 벌어진 야만적인 행태(인육 생식, 근친상간 및 살해 등)로 빚어진 갈등과 모순이 아테네를 향하여 문명화되고 아테네에 도달해서 화해에 이르는 연극의 줄기리는 연극 발생과정과 일치합니다. 호머의 서사시는 '서사시가 태어나는 과정'을 줄거리로 형상화합니다. 소설 또한 그렇지요. 그렇다면 영화는 어떻게 영화의 탄생과정을 그리고 존재이유를 영화화할 것인가? 이것은 물론 영화제작과정의 영화화와는 다른 문제입니다. 나는 그 영화의 고전을 만들 가능성에 이감독이 가장 근접해 있는 것이 아닐까, 이감독의 영화를 보면서 그런 생각을 했는데요.

이광모 글쎄. 그 말 설마, 칭찬이겠지요? (웃음)

김정환 물론, 굉장한 칭찬입니다. (웃음) 그리고 그런 생각도 듭니다. 〈아름다운 시절〉은 박광수 감독 영화 〈그 섬에 가고 싶다〉와 여러 면에서 비교될 텐데 이를테면 똑같이 6·25를 다루지만 〈그 섬에 가고 싶다〉가 외인론(外因論)에 지나치게 의존하는(원래 아름다운 섬이었는데 육지의 전쟁이 마을을 황폐화시켰다는 식의) 반면 〈아름다운 시절〉은 '6·25, 그후'의 일상을 다룸으로써 상처를 견뎌가는 것의 아름다움을 음미케 하는 방식으로 외인론을 극복하고 있다는 것. 그 대비는 시나리오 줄거리뿐 아니라 색채 미학과 촬영기법에서도 관철되는데 그게 뚜렷한 발전처럼 보인다는 것 등이지요. 박광수 등 선배 세대와 비교해서 이감독이 밟을 독자적인 길은 어떤 것인가요? 더구나 앞으로 이산가족 문제를 다루게 되면 소재상으로 박광수 세대와 다시 겹칠 텐데……

이광모 그냥 세대차이라고 전제하고 말하겠습니다. 저는 그렇게 생각해봤어요. 선배들은 상상력의 방향이 원심적인 반면 나는 구심적인 편이다. 그 차이를 나는 더욱 내재화할 것이다…… 원심적인 상상력은 대체로 반복이 심해서 곧 싫증이 납니다. 그것이 역사를 다루는 정직한 방법인지도 의심이 가고. 물론 균형이 중요하겠지만 외면화보다는 내면화가 제게는 맞아요.

김정환 장선우 감독하고도 다르지 않은가요?

이광모 장감독과 저는 새로움에 대한 개념이 다른 것 같아요. 그는 끊임없이 새로운 것을 추구하지만 저는 모양새는 달라지더라도 그냥 쌓여온 것을 보충하면서 새로운 것을 찾는 편이고 그래서 상당히 보수적입니다.

김정환 보수적이라기보다는 그게 바로 '고전적' 이라는 말의 의미, 그리고 새로움의 본뜻 아닐까요. '새롭다' 는 말과 '고전적이다' 라는 말은 칠십 퍼센트 이상 공통분모를 갖는다고 나는 생각하는데. '새로운' 것과 '다르다' 는 것은 정말 다르지요. '새로운 것' 은 기왕에 있는 어떤 것을 참신한 각도에서 본 결과고 '다른 것' 은 단절의 의미가 강하고요.

이광모 장선우 감독의 경우, 새로운 것을 추구하다보니까 달라지기도 하겠습니다. 저는 원래 뜻의 새로움을 추구하려 합니다. 새로움에 대한 강박관념 때문에 새로움을 추구하지는 않겠습니다. 자기 부정, 자기 파괴, 자기 단절, 그런 것만으로는 발전할 수 없어요. 지나치게 새로운 것을 추구하면 오히려 새로움으로 발전하지 않는 까닭입니다.

김정환 이제 영화언어 주변 이야기를 해보도록 하죠. 돈과 관객, 그리고 영화정책 등등. 백두대간 운영은 잘돼왔습니까?

이광모 외부에서는 돈을 많이 벌었겠냐고 하지만 번 것은 없고, 까먹은 것도 없어요. 주로 외국영화 걸작들, 〈천국보다 낯선〉〈안개 속의 풍경〉〈내 친구의 집은 어디인가〉〈화니와 알렉산더〉〈쥘과 짐〉〈붉은 시편〉〈영국식 정원 살인 사건〉 등등 한 삼십 편 정도 수입해서 배급했습니다. 영화 마니아들 반응이 괜찮았습니다. 붐이 일었고, 지식인들이 영화를 대하는 눈길도 많이 고와졌습니다.

예술영화, 준비된 관객은 오만 명

김정환 예술영화라면 꼭 챙겨보는 진정한 고정관객이 우리나라에 몇 명이나 된다고 봅니까? 그 숫자를 점차 늘려가는 것이 무엇보다 중요한 일일 텐데……

이광모 한 오천 명쯤 되고 삼만 명 정도는 거품이라고 보는 게 중론인데 전 조금 다르게 판단합니다. 제 생각엔 적어도 오만 이상입니다. 이 사람들 중 흥행으로 움직일 수 있는 숫자가 오천 명에서 만 명이라는 것입니다. 정말 화제작인 경우 삼만 명 정도 들고요. 어쨌거나 준비된 관객은 오만 명쯤 됩니다.

〈아름다운 시절〉을 개봉하고 나서 놀란 것은 영화 미학을 평론가들보다 더 잘 파악하는 관객들이 꽤 있더라는 겁니다. 〈아름다운 시절〉은 한 이십만 명 들었습니다.

김정환 그 정도면 손해는 면하는 건가요?

이광모 아니죠. 손해예요. 수입 예술영화의 경우 이만 명에서 이만오천 명만 들면 손해를 면합니다. 가능성이 충분하다는 얘기죠. 그러나 직접 돈을 들여 제작한 한국영화는 적어도 삼십만이 들어야 합니다. 무엇보다, 특히 수입 예술영화의 경우는 배급 방식이 문제입니다. 할리우드에서 엄청난 돈을 들여 만든 블록버스터와 천만원, 이천만원짜리 영화의 배급 방식이 똑같다는 것은 말이 안 됩니다. 그렇게 되면 예술영화는 당연히 티켓층을 찾지 못하게 됩니다. 소수 마니아그룹이 왔을 때 혜택을, 최소한 정보 서비스라도 줘야 하는데, 그런 것 없이 〈타이타닉〉 옆에서 예술영화를 같이 상영하면 어떻게 되겠어요.

김정환 그래서 예술영화 전용극장 '동숭시네마테크'를 공동운영했던 것 아닌가요.

이광모 최소한 세계 각국의 영화잡지를 구비하고 감독의 영화론도 비치해놓고, 영화 라이브러리를 만들고…… 대중소설, 탐정소설이나 무협소설 읽듯이 도스토엡스키를 읽을 수는 없는 거니까요. 가이드를 주는 게 반드시 좋은 것은 아니지만 적어도 그런 방향성은 있어야 합니다.

작가영화에 대한 강의를 좀 쉽게 풀어서 해주고 관객과의 대화를 마련하고 강좌를 만들고 작품마다 해설서를 만들고, 공부를 더 하고 싶어 하는 사람에게는 오십 쪽에서 칠십 쪽짜리 해설서 같은 걸 주고, 그런 식으로 배급·감상 환경을 바꾸기 위해 시작했는데, 일 년밖에 못 갔어요. 그렇게 십 년, 이십 년이 지나면 이삼백 편의 예술영화가 확보되고 그걸로 이벤트를 하거나, 예를 들면 고다르 강좌도 만들고, 보통 한 영화당 프린트가 세 벌 오니까 한 벌은 잘라서 프레임 별로 분석해본다든가, 굉장히 다양한 문화기획 서비스를 할 수 있을 겁니다.

김정환 대단한 생각인데 그 십 년, 이십 년이란 세월이 좀 답답하기도 하네요. 그런 거야말로 정부 지원으로 단기간 내에 갖춰줘야 할 시스템인데. 그나저나 외국의 경우 어떤 것이 예술영화인가에 대해서는 뚜렷한 인식과 판별능력이 있는 반면, 우리나라는 상당히 혼재된 상태죠. 예술에 대한 소위 사회·평론적인 합의가 무너져버렸다는 것입니다.

인프라 시스템을 지원하는 일은 정부가 마음만 먹으면 되는 일일 것 같은데 작품제작을 지원할 경우 어떤 것을 지원해야 하는지, 그것을 판별할 전문가와 권위가 부재한 상태에서는 참 난감한 일일 것 같아요.

목소리 큰 놈한테 떡 하나 더 주고

이광모 상업적·산업적 측면의 영화와 문화적 측면의 영화, 이 두 얼굴이 영화에 공존합니다. 국가는 당연히 문화로서의 영화를 지원해야 합니다. 산업으로서의 영화를 통해 국가경쟁력을 상업적으로 높인다는 발상은 착각입니다. 현상소 기자재 비용을 깎아주는 일이라면 모를까 국가가 상업영화에 몇십억씩 투자하는 것은 바보스러운 짓입니다.

영화보다 더 중요한 것은 문화입니다. 눈에 잘 띄는, 스타성이 있는 영역을 지원하고 생색을 내는 일은 사실 정치 차원에서 보더라도 우스꽝스럽습니다. 보이지 않는 인프라, 즉 독립 단편영화 제작 여건을 마련하고 교육환경을 개선하고 시나리오 작가를 육성하고, 그런 일에 지원이 따라야 합니다. 상업영화는 철저히 자본시장논리 속에서 싸우게 만들고 시장논리상 도저히 흥행이 불가능하지만 분명히 문화적인 가치가 있는 작품을 지원해야 합니다. 지금 정부는 인프라 구축에 대한 개념이 없습니다. 목소리 큰 놈한테 떡 하나 더 주는 식입니다.

김정환 요는 이감독처럼 '앞으로 나는 작가-예술영화를 하겠다' 고 공언하는, 아니 할 수 있는 경우도 사실 희귀하고, 물론 십 년의 세월을 견뎠지만 어떻게 보면 운이 좋은 경우란 말이죠. 그런데 기성 감독들, 이를테면 장선우, 박광수의 경우 이미 예술영화라는 말은 쓰지 않습니다. 정작 지원을 하려고 해도 어떤 게 예술영화인가 하는 문제가 모호하기 때문이지요.

이광모 구분은 까다롭고, 물론 유동적입니다. 다만 이렇게 생각해보지요. 적절한 지원이 없었기 때문에 역량 있는 감독들이 상업화해갑니다. 장선우, 박광수 감독뿐 아니라 대부분의 역량 있는 감독들, 심지어 저보다 나이 어린, 데뷔한 지 얼마 안 되는 감독들조차 아마 자신이 영화를 시작했을 때 생각하던 영화를 만들지 못하고 있을 것입니다. 우리나라에서 영화감독은 결코 전업이 될 수 없는 직업입니다. 그들이 지원을 받았더라면 우리나라 영화의 수준은 많이 달라졌을 것입니다.

김정환 하여튼 난, 최소한 80년대 이후 영화사에서는 이광모 감독 이전과 이후를 구분해야 한다고 보는 편입니다. 내가 보기에 앞세대들은 영화의 대중적 영향력에 대한 운동적인, 의식적인 관심으로 접근한 면이 많았어요. 데뷔 작품이 흥행에 실패하면 치명적이었기에 예술영화에 대한 집착 자체가 가능하지 않았고요.

박광수의 〈칠수와 만수〉, 장선우의 〈성공시대〉, 여균동의 〈세상 밖으로〉, 홍상수의 〈돼지가 우물에 빠진 날〉, 이창동의 〈초록물고기〉의 공통점은 바로 그 점입니다. 〈달마가 동쪽으로 간 까닭은〉은 분명 예술영화지만 '운동화' 되지는 않았고……

예술영화에 대한 지원이 정부 차원에서 이뤄지고, 관객의 수가 늘고 수준이 현저하게 향상되면 그들 또한 예술영화 선언을 다시 할 수도 있겠지요. 돈 문제만 아니면 예술영화 하지 누가 상업영화 하면서 욕먹고 싶겠어요.

스크린쿼터 반드시 있어야

이광모 물론입니다. 지금도 그들이 상업영화 감독인 것은 결코 아니고요. 정부 지원이 문화 차원에서 이뤄진다면 많은 감독들이 발상의 전환을 할 것입니다. 물론 자라나는 세대들에게 질 높은 교육·제작 여건을 만들어주는 일이 제일 시급하겠지요.

김정환 영화에 대한 관심이 많고 치열한 편이었는데 요즘 들어 점점 사그라지는 느낌입니다. 말로는 문예영화라고 하지만 뭔가 어정쩡하고…… 내가 영화의 예술성과 규모를 혼동했던 것 아닐까, 영화란 원래 그런 것 아니었을까, 하는 생각까지 들었어요. 그런데 〈아름다운 시절〉을 보고, 그 치열하게 지루한, 동시에 치열하게 아름다운 화면을 보고 아, 저것부터 시작인지 모르겠다. 예술영화도, 또 예술영화에 대한 제 관심도…… 그런 느낌이 왔습니다.

예술영화야말로 전략적으로도 훌륭한 개념이라고 생각합니다. 21세기로 넘어가면 할리우드 오락영화만 남게 될까? 진정으로 한국적 예술영화가 없다면 그럴 것입니다. 사실 할리우드 블록버스터들도 TV나 컴퓨터 멀티미디어 때문에 위기를 맞은 극장의 생존전략으로 나온 것 아닙니까. 컴퓨터 멀티미디어-가상현실의 오락 수준이 좀더 높아진다면 블록버스터의 의미는 사라질 것입니다. 대중문화는 좀더 개인화할 것이고 정보는 컴퓨터가 대신해주고, 그렇다면 다시 치열한 예술가 정신의 시대가 도래하는 것 아닙니까.

상업성은 '한 번 보고 버리는' 책의 생산을 강제하지요. 같은 책을 두 번 보면 그만큼 손해니까. 그러나 과학기술이 더 발전해서 비디오 대여료보다 더 싼 가격으로 비디오를 구입할 수 있게 되면 사람들은 어쨌거나 한두 번 더 볼 작품들, 즉 예술영화를 집에 비치하게 되지 않을까…… 너무 낙관적인 얘기지요. 어쨌거나 이감독은 스크린쿼터에 대한 생각이 간단치 않을 것 같은데요.

이광모 정말 간단치 않아요. 산업적 측면, 국가 이익적 측면에서는 스크린쿼터가 반드시 있어야 합니다. 그래야 연기자와 감독의 수도 많아지고, 양적인 보호장치로는 매우 필요합니다. 그러나 과연 그것이 질적인 보호장치로도 작용하느냐, 그렇지는 않습니다. 저는 미국영화가 우리나라 영화를 다 망가뜨리기 때문에 더 강력한 보호장치가 있어야 한다고 생각합니다. 그러나 한국영화를 질적으로 발전시키는 일은 또 다른 문제입니다.

김정환 스크린쿼터를 예술영화 지원의 일환으로 만들 수는 없을까요?

이광모 그건 현실적으로 불가능합니다. 예술영화 관객이 실제로 많지 않기 때문에 예술영화 상영을 강제한다면 극장이 망합니다. 극장이 죽으면 어떻게 합니까. 지금도 대부분 극장은 적자를 면치 못합니다.

김정환 규제한다는 의미도 있겠지만 정부가 예술영화 상영극장을 재정적으로 지원하고 또 교육적인 차원에서 중고등학생 혹은 대학생의 관람을 권장하고 그런다면 말이죠.

이광모 그러려면 어마어마한 액수가 들어갈 것입니다. 오히려 스크린쿼터를 양적 보호장치로 뚜렷이 구분해놓고 질적 보호장치는 따로 모색해보는 것이 훨씬 현실적이고 실현 가능한 일일 것입니다.

예술영화 일 년에 몇 편 만드나

김정환 진정한 예술영화가 지금 우리나라 수준에 일 년에 몇 편이나 만들어질 것 같은가요. 내 생각엔 다섯 편 미만이라고 보는데. 물론 예술영화 선정 주체의 비평적 권위에 대한 합의가 있어야겠지만 어쨌거나 예술영화가 많이 만들어지는 풍토가 자리잡으면 예술영화가 자라나는 세대의 유력한 꿈으로 자리잡을 수도 있을 텐데요.

이광모 자라는 세대가 우선적으로 중요합니다. 그 세대는 아이디어가 좋은 작품들을 많이 갖고 있어요. 그런 아이디어가 실현될 수 없는 현실에 안타까워하다가도 어떤 영화를 보면 정말 기가 막힐 때가 있어요. 왜 저런 영화를 만들었을까, 정말 이해할 수 없고 답답합니다. 상업적으로도 예술적으로도, 저건 정말 아닌데, 하는 그런 영화 말이죠.

김정환 영화제작과정을 한 번 구경했는데 이해할 수 없는 점이 있었어요. 영화 한 편에 십억이 들고 대충 백 장면으로 구성된다고 치면 장면당 드는 돈은 천만원가량인데. 이게, 나 같은 글쟁이 입장에서 보자면, 꽤 고급스러운 단행본 한 권을 만들 수 있는 돈이거든요…… 그런데 그 백 장면들을 단 몇 달 동안 척척 찍어가는 거예요. 영화가 돈이 많이 드는 장르인 것은 사실이지만 돈을 너무 헤프게 쓰는 것도 사실 아닌가요.

이광모 우리나라 제작 여건이 그럴 수밖에 없어요. 무엇보다 배우나 유명 스태프들을 몇 달 이상 잡아둘 수 없어요. 준비하는 데는 몇 년이 걸려도 정작 찍을 수 있는 기간은 제한될 수밖에 없어요.

김정환 미국 같은 데서는 영화사에서 연극계를 지원하고 그 통로를 통해 연기력 뛰어난 배우를 선발, 영화계에 데뷔시킨다는데. 우리나라도 그래야 하는 것 아닌가요?

이광모 그것도 매우 중요하고 시급한 인프라입니다. 배우뿐 아니라 시나리오작가도 그렇고. 순수예술을 지원하면서 그 성과물을 영화에 반영한다면 그야말로 일석이조일 것입니다. 그런데 지원하는 사람들이 그런 고민을 통 하지 않아요.

김정환 갑갑한 얘기는 이제 그만하고, 이제 대담 막바지에 왔으니 좀 더 밝고 희망찬 (웃음) 전망 혹은 바람을 나누고 마쳤으면 좋겠습니다. 정치가 인간 삶의 질을 높여주는 최상의 수단이었던 시대는 20세기로 마감될 것 같습니다. 현실사회주의의 멸망도 정치의 의미가 전과는 근본적으로 달라졌다는 것을 극적으로 보여준 것 아니었을까요? 클린턴이 성 추문을 용감(?)하게 버텨내는 것도, 우리나라 정치인들이 동네북처럼 얻어맞는 것도, 정치의 위상이 박정희 군사독재 때와는 사뭇 다르다는 뜻 아닐까요. 그런 점이 민주주의의 완성인 것도 같고.

나는 21세기를 가상현실에 대한 유혹과 예술현실에 대한 의지의 급박한 충돌의 장으로 봅니다. 아울러 예술현실에 의한 가상현실(유혹)의 극복에 진보의 미래가 걸려 있다고 봅니다. 예술영화 감독이란 명칭이 위대하게 들리는 까닭입니다. 물론 정치 대신 예술적인 상상력이 사회를 지배해야 한다는 뜻은 아니고, 일상적 문제조차 예술적 상상력으로 접근해야 더 근본적이고 포괄적으로 이해하게 된다는 거죠. 많은 신세대들이 프로듀서나 영화감독을 장래 희망으로 삼는 현상 또한 그들이 경박해서가 아니라 그러한 징후의 한 단면이겠고요.

이광모 예술적 상상력보다 창조적 상상력이란 말이 더 좋을 것 같습니다. 어쨌든 저 역시 예술의 역할이 점점 더 증대할 것으로 생각합니다. 우리나라뿐 아니라 서양도 사실 20세기 초반까지는 모든 면에서 안정이 안 된 상태였지요. 아니 불과 몇 년 전에야 비로소 안정을 이룬 것 아닐까요. 20세기는 정치적 대변혁과 양차 세계대전, 생존과 힘과 권력을 위한 투쟁, 이데올로기 갈등 그런 것들이 세계를 뒤흔들었습니다.

하지만 이제는 삶의 질을 높이는 문제가 화두로 되었고 그 방향을 창조적 상상력에서 찾아야 한다는 생각입니다. 창조적 상상력으로 시스템을 개선하고…… 사실 이제까지 예술은 존중된 적이 없었습니다. 대체로 시녀 역할을 했다고 보는데, 이제는 예술이 그 자체로 존중되고 그 자체로 삶 전체의 자양분 역할을 하는 시대입니다. 그 자양분을 토대로 정신적인 것과 물질적인 것을 보충해야 합니다.

지난달에 인도와 싱가포르를 방문할 기회가 있었는데 너무나 커다란, 미국, 일본, 유럽의 경우와 전혀 다른 이질성(異質性)에 충격을 받았습니다. 싱가포르는 물질적으로 너무나 완벽한 나라입니다. 한 사회의 시스템이 이렇게까지 갈 수가 있구나…… 그렇게 저는 경악했어요. 몇 십 달러를 더 주면 주저 없이 직장을 옮기고 아무도 그것을 의리 없다고 비난하지 않아요. 물론 월급은 중요한 것이지만 저에게는 싱가포르가 공허한, 영적인 영역이 텅 비어 있는 세계로 느껴졌습니다.

인도는 그와 정반대였어요. 무질서하기 짝이 없고, 물질적으로 어떻게 이토록 가난할 수 있을까 싶었습니다. 물론 아프리카는 더하겠지요. 어쨌거나 충격적일 만큼 가난했는데, 다른 한편 종교적, 정신적인 면으로는 우리가 갖지 못한 어떤 기품과 줏대, 그리고 따스함과 깊이가 느껴졌습니다. 물질적인 처참함이 정신을 고갈시키지는 않는구나……

싱가포르도 비극이고 인도도 비극입니다. 한쪽에만 치중한 비극. 물질적인 것에만 치중해도, 정신적인 것에만 치중해도 비극이 옵니다. 조화를 이루고 균형을 맞춰야 합니다. 예술적인 베이스, 그리고 종교적, 영적인 베이스 위에서 물질적인 발전을 이루는 식으로 나아가야 합니다. 정신적인 뿌리가 없으면 삭막합니다. 경제와 예술과 종교가 함께 조화를 이루어야 합니다. 그중에서 예술만이 중추를 이루어야 한다고는 생각하지 않습니다. 물론 이제까지는 실용성이 없다는 이유로 무가치하다고 천시받았던 예술이 삼각축의 하나로 들어서면서, 좀더 단단한 토대로 들어서고 있다는 생각은 하고 있습니다. 장차 예술가의 책임은 더 커질 것입니다. 그 점은 전적으로 동감합니다.

그는 매우 겸손하고 얌전했지만 그의 답변은 무척 논리적이었다. 체계적이면서도 고집스러웠다는 뜻이다. 그 고집 속에 위대한 작가의 위대한 모순이 포함되어 있다…… 그런 생각을 내내 떨칠 수 없었다. 그는 먼 곳까지 걸어가서 내게 점심을 정성스레 대접했지만 술 먹을 생각은 없는 듯했다. 워낙 바쁘니까. 그리고 영화작업은 매우 조직적으로 이루어지는 거니까…… 나는 나와 다른 그의 처지가 안쓰럽기도 했지만 곧 부러움이 엄습했다. 아, 자신의, 예술의 진정한 조직을 찾았구나. 나는 공연예술가들과 홍청망청 한데 어울리던 80년대 말이 문득 그리워졌다. 예술의 집에서 몸으로 뛰는 예술가들에게 행복 있으라.

(『신동아』 1999년 4월호)

길바닥 문학엔 나이가 없다

소설가 김주영

유리창 빌딩. 검은 다이아몬드처럼 반짝거리는 호텔 파라다이스 뒤는 의외로 고즈넉한 수풀 풍경이 펼쳐지고 그 안에 아담하고 낮은 집 한 채. 우경재단 건물이 있고 그 안에 다시 의외로 현대적인 사무실이 있다. 들어가면 매우 넓은 그 사무실에는 온갖 자료들이 너무 말끔하게, 적요할 정도로 말끔하게 정리되어 있다. 그게 소설가 김주영의 작업실이다. 그는 대학원생보다 더 학구적이지만 그걸 내색하지 않을 뿐 아니라 고담준론을 싫어한다. 하지만 그는 환갑을 맞았고 아마도 모처럼 숨을 고르고 자신이 온 길을 되돌아보고 싶어할지 모른다. 주제를 '이야기'로 잡으면 어떨까? 얄궂은 대담 제목은 그렇게 고안되었다. 그는 내겐 십오 년 연상이고 문학의 대선배고 개인적으로 은인이기도 하다. 대담은 정담으로, 그가 편하게 이야기하고 나는 해설을 맡는 식으로 진행

되었다.

김정환 제가 보기에 작가 김주영은 우리나라 최고의 이야기꾼 중 하나입니다. 숱한 이야기를 만들어내고 혹은 역사 속에서 살려내고 했는데, 환갑을 맞으면서 이야기에 대한 생각 자체가 좀 달라지지 않던가요? 같은 이야기를 더 감동적으로, 또 예술적인 문체로 형상화해내는 데 힘을 기울이던 때도 있었겠지만 이제 이야기란 도대체 무엇인가, 그런 생각이 들 것도 같은데요. 특히나 작가 김주영의 경우 '이야기는 길이다' 라는 생각을 저는 늘 해왔습니다만. 지금까지 해온 소설 작업을 나이 육십이 된 상태에서 여행길 되돌아보듯 돌아본다면……

김주영 소설가라는 이름보다는 이야기꾼이라는 말이 더 좋습니다. '작가' 란 말은 뭔가 논리적이고 이성적인 존재를 뜻하는 듯해서…… 그 동안 많은 작품을 썼지요. 이를테면 다작을 한 셈인데, 그러면서도 내 작품으로 어떤 사회현상을 이해시킨다거나 총체적인 분석을 한다는 생각을 해본 적은 없고…… 이순이 된 사람이 어찌 그리 철이 없느냐고 사람들이 내게 그러는데,(웃음) 나는 그게 무슨 면박이나 꾸중으로 들리지 않아요. 좋은 쪽으로 받아들이려고 합니다. 나이보다 늙었네, 점잖네, 그것보다는 훨씬 낫지. (웃음) 딱히 그 얘기가 아니라, 살아오면서 보니까, 어떤 사람을 볼 때 못된 점이 무엇인가를 꿰뚫는 것보다는 저 사람이 왜 저런지를 이해하는 쪽으로, 이러저러한 경우 저 사람 입장에서는 어떻게 할 것이냐, 그런 기조를 발전시켜왔던 것 같은데, 그게 지금 보면 그 사람 혹은 누구를 생각해서가 아니라 바로 나한테 이득이 되더라는 거지요. 예순 살이 되니 그런 생각이 더 진해지고, 잘했다는 생각이 들고……

김정환 원래, 이야기는 길이라고 생각합니다. 김주영의 소설이 그걸 다른 작가의 경우보다 더 가시화하는 것일 뿐이죠. 그 길이 (남을 이해하는) 포괄적 상상력을 보장해준다는 것, 이야기는 이성으로 이해하지 못하는 세상 현상을 우선 포괄하고 이야기로써 이해하는 방법이라는 것…… 참 이상하지요, 이야기는 늘 그렇게 시작됩니다. 겨울이 왜 추운지를 과학적으로 알면 겨울이 탄생하게 된 신화는 존재하지 않았을 것입니다. 이상하다, 왜 날씨가 변하는 거지? 이상하다, 왜 어떤 땐 춥고 어떤 땐 더운 거지? 그렇게 신화도, 하느님 이야기도 시작됩니다. 그렇게 이야기야말로 가장 오래 전부터 존재한, 난해한 세상 현상을 포괄하고 혹은 일단 포괄하기 위한 방법이고, 20세기 말 이성만능주의 혹은 이성의 독재에 절망한 지금 더욱 절실한 방법으로 되는 것입니다.

데뷔작이 대표작이 돼서야

김주영 좀 거창하기는 하지만, 그렇지요. 그게 소설의 매력이고 이야기의 매력이지요.

김정환 다작을 한다는 것도 행복한 경우가 있고 불행한 경우가 있는데, 제가 보기에 작가 김주영은 행복한 경우에 속합니다.

김주영 나는 많은 작품을 썼지만 남는 작품이 뭘지 아직도 모르겠어요. 결국 한 작품이 남을 텐데, 그것 하나를 위해 몇십 년 동안 고생을 한 건데, 이것이 남을 거다라고 희미한 신뢰나마 가는 작품을 아직 못 썼어요. 이건 겸손은 아니고…… 그런 작품을 이제 써야 되지 않겠나 하는 생각입니다. 그렇게 긴 작품은 아니고, 욕심 같아서는 두서너 개 정도. 잘 안 팔리더라도. 신문 연재는 이제 좀 삼가고.

김정환 없다는 것은 물론 겸손이고, 말하자면 아직까지 대표작인 『객주』를 넘어서는, 『객주』보다는 양에 집착하지 않고, 그렇게 자기가 자기를 능가하고 싶다는 말로 들리는군요.

김주영 데뷔작이 대표작이 되는 건 막아야 하지 않겠어요? (웃음) 그럴 때가 되었다고 생각합니다.

김정환 데뷔작이 대표작이 되는 것은 독자에게도 책임이 있다고 봅니다. 독자들은 어느 작가의 데뷔작이 좋으면 좋을수록 변화를 용서하지 않는 경향이 있지요. 비평가들은 변화를 추적하는 '작가론' 쓰는 일에 점점 더 등한해지고.

김주영 맞아요. 특히 요즘 서정인씨 같은 경우 변화를 하려고 무진 노력하는 작가 중 하나고 그건 매우 중요한 변화인데 그런 얘기를 평론가들이 별로 안 하지요.

김정환 신문 연재를 앞으론 삼가겠다고 했는데, 『객주』 연재할 때만 해도 행복한 시절 아니었습니까?

김주영 연재를 하다보면 제일 먼저 걸리는 게 상업주의예요. 편집자는 독자 반응 한마디까지 분석해서 작가한테 일러주고, 이를테면 남녀가 여관방에 들어갔는데 아무 일도 없이, 살도 안 섞고 (웃음) 나오면 되느냐, 뭐 그런 압박이 오게 되거든. 서울신문에 아직도 감사하게 생각하는 것이, 『객주』를 연재할 때는 담당기자가 처음부터 끝까지 한마디 간섭도 안 했어요. 원고 실수가 있었을 때도 아무 말 않고 격려만 해준 덕분에 『객주』가 나올 수 있었지요.

김정환 신뢰가 있으니까 그랬을 거예요. 독자들 호응이 좋기도 하고, 또 호응이 적더라도 이건 될 거다 하는 독자적인 판단이 있어 밀어붙이기도 했고. 어쨌든 그때는 뭔가 여유가 있었지요. 신경림 시집 『농무』를 다시 한번 보다가 놀란 적이 있는데요, 수록된 시들의 게재면이 밝혀져 있는데 서울신문과 경향신문이 그렇게 많았더군요. 정치가 살벌했던 때라 그렇게 문화면 쪽으로 숨통을 터주었지요. 그에 비하면 요즘은 사회 전반적인 분위기가 훨씬 좋은데, 뭔가 더 막막합니다. 더 숨이 막히고……

김주영 권력과 정치가 물러간 자리를 상업주의가 재빨리 차지한 것이지요, 더 치밀하게.

김정환 아마도 문학성을 인정받으면서, 저 사람 작가다, 평생 쓸 사람이다, 그런 평을 받는 사람이 열심히 쓰면, 물론 고생이야 하겠지만, 어느 정도 글만으로도 버틸 수 있는 것은 김원우 대쯤에서 끝나는 것 같습니다. 전통적인 의미의 소설가 개념이 현재 나이 오십 정도의 작가층에서 끊어진다는 거지요.

김주영 맞아요. 『객주』 쓸 때는 정말 두려웠습니다. 그때는 체계적인 역사 교육을 받아본 적이 없다는 자격지심이 심했을 때입니다. 직접 경험하지 못한 조선시대 이야기를 더군다나 만 매가 넘는 분량으로 내가 어떻게 쓸 것인가, 그런 생각에 섬뜩해지기도 했지요. 집필 약속을 하고는 겁도 나고, 그래도 자존심 때문에 남에게 말도 못 하고, 그래서 혼자 공부를 열심히 했지요.

김정환 공부야 늘 열심히 하는 편 아닌가요? (웃음)

김주영 그런데 역사를 전혀 모르니까, 고려고 조선이고 사건을 단편적으로만 알았지…… 총체적인 그림이라든가, 저력에 대한 신념이라든가, 그런 것이 역사를 아는 것인데, 그게 전혀 없는 상태에서 공부를 시작해서 신화나 민족에 대한 책을 두루 섭렵하기 시작했지요. 밖으로는 안 하는 척하면서, 옛날부터 알고 있는 척하면서 (웃음) 시작했어요. 그러다가 뒤늦게 재미를 붙였는데, 동시에 이런 생각도 들었어요. 소설이란 게 무슨 신기한 이야기일 것인가, 그냥 유장하게 흐르고 누가 읽다가, 맞아 이것이 인생이지, 그렇게 느끼는 대목이 있으면 되는 것 아닌가. 대단한 교육적 목적이나 사명감으로 사회 전체를 계도하겠다는 욕심을 가지면 안 되고, 맞아 이거 내 경험과 똑같아, 그렇게 나가면 되는 거다 하는…… 그런 대목이 많으면 좋은 소설이고 몇 대목 없으면 신통찮은 소설이고. 하여간 강물 흘러가듯 유구하게 긴 호흡으로……

재주보다 뚝심으로 씁니다

김정환 그러다보니 장편 쪽으로 넘어가게 되었다는 얘긴가요?

김주영 그렇습니다.

김정환 장편과 단편 이야기를 하기에 앞서 제도권 교육 얘기를 좀 해야겠습니다. 저로서는 작가 김주영이 제도권의, 특히 역사 교육을 받지 않은 것이 참 다행이라고 생각합니다. (웃음) 우리나라 역사 교양서에는 대체로 소설적 등장-퇴장이 없습니다. 위인들의 훌륭한 시절이 있을 뿐이지 그전에 뭐를 했고 그후에 어떻게 되었는지가 없으니, 소설의 토대로는 매우 껄끄럽게 작용했을 것입니다. 오히려 역사기술자가 『객주』의 작가에게서 배워야 한다는 생각인데요.

김주영 하긴 그래요. 한 인물을 역사적으로, 전체적으로 볼 수 있는 자료가 없습니다. 왜 사임당 신씨가 나왔는지, 그분의 가정생활은 어땠고 어디서 왜 그렇게 성장했는지가 전혀 없지요. 조금 극적으로 전개하는 글은 거짓말투성이기 일쑤고.

김정환 간략한 생애 기록을 찾아보면 십 년 뒤 이야기가 오히려 십 년 전에 나오기도 하지요. 정치, 경제, 사회 그런 식으로 생애의 업적을 분류하니까. 정작 생애의 개념이 빠지고. 김원우 같은 작가는, 워낙 꼼꼼하고 치밀한데, 역사소설을 쓰느라고 자료를 찾아보다 거의 미칠 지경이 되었다고 합니다. 앞뒤가 너무 안 맞으니까. 소설가들은 앞뒤 안 맞는 것 못 견디지 않습니까.

김주영 못 견디지. (웃음) 우리 역사책이라는 게 어떤 한두 사람의 사학자에 의해 몇십 년 동안 좌지우지되어 왔으니까……

김정환 동년배 역사학자한테 물어봤더니 일본식 역사집필 방식을 고수하기 때문이라고 하더군요. 구십오 퍼센트 이상을 사료에서 편집하고 자기 의견은 극히 절제하는 방식 말이죠. 그런데 일본은 사료가 많으니까 편집 방향 자체가 역사관을 반영하는데, 우리나라는, 특히 조선시대 이전의 사료는 너무 적어요. 그런 상태에서 자기 의견, 그리고 해설을 삭제하고 편집만 강조한다는 것은 복제에 불과하고 그 안에 역사의 생애, 혹은 현재적 생명감, 그럴듯함이 있을 수 없게 되는 것이죠. 또 제도권 교육이라는 게 너무 교양목록 위주라서 고전을 읽히기는 하지만 겉만 핥고 졸업 후엔 평생 안 읽게 되고, 오히려 제도권 교육 안 받은 사람이 나이 들어 고전을 읽을 때 더 많은 것을 보는 경우가 있지 않습니까.

김주영 옳지. 그게 참 문제야. 예순 살 먹으면서 새삼 자각하는 게 두 가지예요. 첫째 귀가 명징하지 못하다는 것, 둘째 행동이 잽싸지 못하다는 것. 그런데 그 속에서 내가 전에 너무 안이하게 봤던 것이 더 잘 보이는 거야. 그냥 그런 게 있구나 생각했던 것, 내 삶의 중심에 항상 있었는데도 오히려 그래서 하찮게 보았던 것이 하나의 큰 덩어리로 가치개념을 갖고 귀에 선명하게 들려온다 이거지. 특히 선명하게 들리는 게 판소리, 장구, 꽹과리 소리 같은 것으로, 그게 바로 나이를 먹는 데서 오는 덧거리, 보너스예요. 사람에 대해서도 마찬가지죠. 대범함이랄까. 고전도 그래요. 『춘향전』 그거 다 아는 얘기다, 그렇게들 생각하지만 다시 읽으면 또다른 측면이 보이고 행간이 읽히고 나이 들수록 그윽한 맛이 느껴집니다.

김정환 고전 속에서 자기 나이를 느끼는 것이죠.

김주영 그런가? 그렇겠네. 육체는 늙고 욕구는 쇠퇴하지만 그런 것을 얻게 되는 게 바로 육십 나이. 그래서 작품을 다시 읽게 되고 옛날에 읽었던 하찮은 지리지 하나를 읽으면서도 아, 이 동네가 여기 있었지, 그래 맞아, 하게 되고. (웃음)

김정환 작가 김주영의 다작은 굉장히 행복한, 어떤 전형적이고 모범적인 전업성의 담보라고 할 수 있었을 텐데요. 물론 처음에는 쪼가리 글도 쓰고 고생했겠지만 최소한 『객주』 이후에는 꾸준히 쓸 수 있는 장이 마련된 경우인데, 김주영 작품세계에서 장편과 단편은 어떻게 구분되나요?

김주영 내 감성이 아주 예민했을 무렵 나는 먹고사는 문제로 굉장히 고생했어요. 공부도 못했고 점심시간에 밥을 굶어 혼자 교실을 빠져나왔지요. 수업 끝마치는 종이 기다려지는 것은 방과 후 집에 가서 밥을 배불리 먹고 어머니를 만날 수 있기 때문인데 그런 행복도 나는 누릴 수 없었어요. 그렇게 나는 세상을 보는 눈이 비뚤어질 위기에 처해 있었지요. 그 위태로움을 본능적으로 느꼈던 것 같아요.

나의 청년 시절은 박정희 군사정권 시절이자 농촌사회가 도시로 가파르게 이전되던 때였고 주변에서 동물적으로 살면 출세할 수 있다는 생각에 젖은 어른들을 많이 보았는데, 그들의 삶이 내 미래가 될 것 같아

두려웠습니다. 그래서 내 자신을 스스로 훈육·교육하는 측면에서 그 사람들의 얘기를 쓰면 나 자신이 여과되고, 결국 반성문을 쓰는 게 되지 않겠는가 생각했던 겁니다. 그러면서도 저런 인간상들은 시류를 타고 잠시 벼락출세를 할 뿐이지 사회의 중추가 되지는 못할 것이라는 모종의 희망을 버리지 않았습니다. 그게 내 단편들이고, 그래서 내 단편들은 풍자적이고 냉소적이죠. 모파상처럼 사회의 한 단면을 족집게처럼 집어내고 주제도 선명하지만, 본류라고는 할 수 없는…… 제도적으로 장편을 발표할 처지가 못 돼서 쓴 것이기도 하지만. 어쨌든 난 재주로 쓰기보다는 견디는 힘으로, 뚝심으로 쓰는 쪽입니다. 작가는 오줌 마렵고 엉덩이 아픈 그런 생리적 현상을 오래 견디고 궁둥이를 의자에 오래 붙여두는 것이 중요합니다. 이것도 나 자신의 인생과 무관하지 않아요.

나는 모든 결정을 거의 혼자 했습니다. 똑똑해서가 아니라, 솔직히 말하면 내가 갖고 있는 교양이나 지적 자산이랄 게 없었고 학교도 다니는 둥 마는 둥 했고 경험으로 보자면 군생활조차 길게 못 했고, 그러니 뭐 하나 결정하려면 상당한 시간이 필요하고 고뇌가 많았어요. 그 대신 한번 결정하면 끝까지 밀고 가는 성격이 나 스스로의 에너지가 된 겁니다. 그게 내 자산이면서 치부입니다. 긴 소설을 쓰는 뚝심도 쉽게 말하면 참는 데 이골이 난 내 성격에서 생겨났다고 할 수 있습니다.

김정환 단편은 풍자를 통한 자기 카타르시스 역할을 하고, 장편은 단순한 소설을 넘어 생의 작업 혹은 의미가 됐다는 이야기인 셈인데. 이런 단편 개념은 흔히 평론가들이 이야기하는, '문예성의 응축' 이라는 단편 개념과는 좀 다르게 들리는군요.

설치지 말고 삭혔으면……

김주영 좀 다르지요. 문예성의 응축이라…… 그거 좋은 말 같긴 한데, 요즘 문단을 보면 좀 엉뚱하다는 생각도 듭니다. 젊은 작가들은 이론적인 훈련은 하지 않고 그래서 자신이 한 말이 무엇인가를 옳게 자각하지 못하는 상태에서 단편을 발표하고, 비평가는 그 점을 꼬집어주고 그러면 작가는 동의할 수밖에 없고 그렇게 눈길을 주며 의존하는 성향이 문제입니다. 비평가 그룹을 만들어서 작가를 키운다는 생각을 하는데 그 연계가 동업자 관계로 이어지고 그런 그룹이 출판을 하고 제도화하니까 문제지요. 그 관계가 상당히 곪았고, 그래서 작가들이 독립성·경쟁력이 없다는 생각입니다.

또 한 가지, 내가 다작을 했다고 얘기했는데, 다작을 하면 소재 선택이나 과녁이 산만해지는 것은 사실입니다. 천착이나 심화가 어렵지요. 역시 겉핥기입니다. 이번 신문 연재를 마지막으로 연재는 삼가고 나이에 걸맞게 깊숙이 들어앉아서, 우리네 삶이란 게 뭔가, 깊이가 뭔가, 사랑이라는 게 뭔가, 그런 문제를 심도 있게, 아니 끝까지 파헤칠 수 있는, 고뇌가 동반되는 그런 작업을 하고 싶어요. 그래봐야 앞으로 십 년, 운 좋으면 이십 년…… 잘 모르겠지만 어쨌든 끄트머리에 와 있는 것은 사실이니까.

김정환 어쨌든 작가 김주영에게 있어 단편에서 장편으로 넘어간 것은 필연이었던 것 같습니다. 그런데 그 과정에 풍자가 매우 너그러운, 아주 포괄적인, 인간의 상처와 비극을 껴안는, 웃음으로 변해가는 것에도 저는 주목합니다. 사실 『객주』에 대해, 사건으로 보자면 우연(偶然)이 너무 많이 개입하고 역사적 고증도 불명확하다는 비판을 많이 하는데……

김주영 그렇지요. 사실이고.

김정환 그런데 저는 그것보다 중요한 것이 김주영 문학의 다소 광포하지만 너그러운 웃음이, 사실은 진정으로 현대적인 점이라고 생각합니다. 앞으로 쓸 작품도 그 웃음을 한결 명징하게, 정말 이천 살 먹은 명징한 노년의 나이로 무르익게 만드는 것일 테고. 그것이 단편에서 나올 거라고는 생각되지 않고, 대하소설도 아니고 장편 정도 길이일 것이라고 생각되네요. 사실 우리나라에 대하소설은 몰라도 진정한 의미의 걸작 장편소설은 아직 없었다고 저는 봅니다. 무슨 줄거리가 신기해서가 아니라, 아니 줄거리는 환히 아는 건데도 읽으면 읽을수록 깊이가 느껴지는 장편소설, 아니 줄거리와 문체와 소설 미학이 혼연일체여서 도저히 따로 떼어놓을 수 없는 소설, 동시에 이야기가 이야기에 대해 이야기하는 소설, 작가 김주영이야말로 이중의 과제로 그런 작품을 써야 하는 것 아닙니까?

김주영 정말 대단한 지적을 하네요. (웃음) 쓸 수 있다면 좋겠지.

김정환 아까도 얘기했듯이, 김원우 세대에서도 그게 안 되면, 영영 불가능해질지도 모릅니다. 뒤집어보면 그 세대에서 해내야 할 일이라는 말도 되겠습니다. 그다음 세대는 몇몇 작가를 제외하고는 소위 작가정신이라는 개념이 매우 다릅니다. '문예성의 응축'이라는 단편소설 개념도 그런 추세 혹은 세태의 한 반영이라는 생각마저 듭니다. 저희 세대는 80년대에 문학을 한 건지 정치를 한 건지 헷갈렸으니까 그 충격을 벗고 전업작가가 되더라도 전통적인 의미의 작가가 되기는 힘들었을 것이고, 그 밑으로는 더 큰 상업주의적 헷갈림, 즉 진지한 문학과 대중성 있는 문학이 혼동되어버리고……

김주영 나타나는 건 좋은데 사라지는 게 문제입니다. 너무 상업적인 것이 승하다보니까 하루아침에 스타가 나타나고 하루아침에 사라지고, 그 사람들 자체도 그런 시류를 아는 건지 너무 설치는 측면도 없잖아 있거든요. 문학은 설친다고 되는 게 아닌데. 오랜 삭힘, 삭힘이 중요한 것인데…… 삭히고 또 삭혀서 반성문 한 장 써내는 것이 문학이라고 생각하는데, 혜성들한테는 그게 부족하지 않으냐는.

김정환 그런 얘기하면 구닥다리란 소리 듣지요. (웃음)

김주영 그래. (웃음) 아까 말한 보너스의 나이로 얘기하자면 평소 하찮게 생각했던 것, 지나쳐버렸던 것, 실수로 놓쳐버렸던 것이야말로 나이 든 작가들이 좋은 문학으로 승화시켜야 하는 것들 아니겠는가…… 그런 점에서는 나이 든 작가들의 직무유기도 큽니다. 글 쓰는 데 대단한 노동이 강요되는 건 아닐 텐데 나이 핑계로 글은 안 쓰고 무슨 제도적인 혜택에나 고개를 돌리고……

김정환 사실 예술이란 게 육체의 아름다움에 대한 환희와 절망의 변증법 속에 생겨나는 것 아니겠습니까. 나이 들수록 아름다워지는 것은 없는가, 그 질문이 예술을 낳았고 예술의 아름다움이 생겨났지요. 그런데 우리나라 문학의 나이는 매우 짧습니다. 김동리·서정주 예술의 나이 정도랄까.

김주영 사회 전체가 정치논리에 너무 깜짝 놀라는 게 큰 문제입니다. 정치라는 게 말과 활력으로 이루어지는 건데 그것에 쏠리면 원숙해지지 못하지요. 유럽과 달리 우리나라 문화 풍토는 단단치 못합니다. 정치하는 사람이 한마디 해버리면 경제·사회·문화 분야가 전부 휘말려드니까. 구분이 명확하지도 않고, 혼자 일어설 기반이 우리 예술엔 없습니다. 돈 많은 사람들한테 붙어먹고 살던 예술의 습성에서 우리는 아직도 벗어날 수 없어요. 잡지도 그렇고 광고도 그렇고. 그러니까 정치에 쏠리지 않을 수 없고……

김정환 오죽하면 문학은 임금 곁에 있어야 한다는 말이 나오겠습니까. (웃음)

김주영 그래. (웃음) 나도 이젠 조용하게 앉아, 왔다갔다하지 않고, 생각을 많이 하는, 스스로 침잠해들어가는 그런 문학을 해야 하는데.

가족을 쓰고 싶다

김정환 할 만하고, 해야 할 위치입니다. 더군다나, 작가 김주영처럼 출퇴근식으로 글을 쓰는 경우라면. 내가 보기에 침잠을 할 것 같지는 않고 (웃음) 아마 일 없는 여행을 떠나게 되지 않을까요. 말 그대로 '작가의 여행' 이자 '작가 여행' 일, 자기 안으로의 길과 바깥으로의 길이 수시로 겹쳐지는 그런 여행, 아니면 만년작의 여행……

김주영 만년작?

김정환 특히 음악에는 만년작이란 용어가 있지요. 유언작과는 다른 개념인데, 이제까지 썼던 작품을 모두 잊어버린 상태에서, 말 그대로 마음을 비운 상태에서 새로 시작할 때 탄생하는 걸작을 일컫는 말입니다. 이전에 썼던 것들이 어떤 무념무상의 예술적 본능으로 작가 안에 자리잡고, 내화·체화하고, 그것에 다시 예술이 가해져 '예술의 예술' 을 탄생시킨다는 개념. 전과 단절된 것은 아니지만 질적으로 새로운 그런 작품. 뭐 딱히 나이가 들어야만 쓸 수 있는 것은 아니고, 어쨌든 그렇게 자기가 자기를 극복하는 작품 말이지요. 제가 보기에 그런 작품을 쓸 가능성이 제일 많은 작가가 김주영입니다. 베스트셀러 작가도 해봤고, 꾸준히 써왔고, 이제 환갑을 맞았고, 전통적인 작가정신의 소유자이고……

김주영 아무래도 과찬 같은데. (웃음) 이제까지 내 글쓰기 작업에 대한 반성과 외형적인 결심 얘기는 이미 했고…… 어쨌거나 나도 내 나이에 걸맞은 깊이의 인생관을 소설로 구현해야 되지 않겠나, 다른 사람의 가치기준으로 보자면 하찮더라도 내 스스로 내 삶에 대한 책임을 지고 이만하면 내 기량껏 했다는 판단을 내릴 수 있는 그런 작가의 삶을 이제는 살아야 되지 않겠나, 그런 채무감은 아주 무지근하게 느껴집니다. 그게 개인적인 삶보다는 작가의 작품에 반영되어야 하고…… 그래, 맞아요. 소재의 특이성, 세상을 놀래는 별스러운 이야기, 그런 게 중요한 것은 아니에요. 난 지금까지 너무 달려오는 데만 치중했어요. 그러다보니 문득 사냥꾼에 쫓기는 노루 신세가 된 거 있잖아요? 어디로 가는가, 어디로 가야 하는가. 이런 생각을 해보지도 않았던 내가 내 삶에 대해 스스로 정리해야 할 시점에 다다른 거지요. 김시인 말마따나 여행은 계속할 것입니다. 사실 지금까지 남부럽지 않을 정도로 돈을 벌었지만 생계비 외 대부분은 여행비로 썼어요. 여행은 내게 많은 것을 주었지만 여행에 관해, 여행에서 느낀 이야기는 아직 한 번도 소설로 쓰지 않았습니다. 그 모든 게 내 밑에 가라앉아 있지 않겠나, 그렇게 나 스스로를 격려해봅니다. 조용히, 멈춰서서, 그것이 독자에게까지 확산되는, 그런 조용한 소설을 나는 쓰고자 합니다.

김정환 바로 그것입니다.

김주영 사회가 변하고 시류는 흘러가지만 우리가 근본적으로 벗어나지 못하는 소재가 있는데, 이를테면 가족이 그렇습니다. 가족에 관한, 제대로 된 소설을 써볼 작정이에요. 가족 구성원이 사회의 질타를 받을 정도로 비정상적일 수도 있고 그냥 일상 가족일 수도 있는데, 그게 확대되면 국가·사회가 되는, 그런 가족의 의미를, 길을 가면서 생각해보는 그런 소설……그런 소설로 내 문학적인 생을 마감해야 하지 않겠나……

김정환 '마감'이란 말은 김주영답지 않고…… 정리하면서 새 길을 떠나고 그렇게 우리 문학의 나이를 상향조정하고 그러는 거겠지요.

김주영 이제는 소설 많이 팔고 싶은, 인세 욕심도 없어요. 왜냐하면 무엇보다 가족에 대한 책임을 거의 다했으니까. 딸들이 다 출가했거든요. 그래서 돈 걱정 별로 없고 다만 작가생활을 어떻게 마감할 것이냐, 역시 그건데, 운명적으로 새로운 길을 떠날 수는 없어요. 『객주』도 그렇지만 내 모든 작품이 길바닥 문학인데 또 길바닥을 떠날 수는 없지. 동시에 세상 놀랠 얘기는 안 되고, 길바닥을 떠나지 않으면서 하는 가족 이야기. 가족에 대한, 단 한 사람을 이야기하더라도 사랑이 무엇이고 사랑이란 말이 무엇인가, 하는……

김정환 아주 신이 들린 것 같군요. (웃음)

김주영 허허, 그래. 맞아요. 사실 난 여행을 할 때 버릇이 있었어요. 일 때문에 가는 경우 말고는 일부러 오지를 찾아다니지. 돈 들여서 갈 필요가 없는, 그런 데를 일부러 찾아다녔어요. 인도나 아프리카 오지를 가면 못사는 사람들 얼굴에서 잘사는 사람들 얼굴이 보입니다. 젊을 때 다녔더라면 안 그랬겠지요. 당연히 화려한 곳만 찾아다녔을 거예요. 오물투성이에, 잠자리는 삐거덕거리고 그런 델 누가 돈 들여 찾아가겠어요. 하지만 늦게 해외여행을 시작해서 그런지 나는…… 이번에는 티베트를 가보려고 합니다.

김정환 여행을 싫어하는 저도 나이를 먹어간다는 느낌, 그리고 서울 출신인 저에게도 분명 고향 같은 게 외국에 있을 수 있다는 느낌을 요즈음 간혹 갖기도 합니다. 참, 북한여행은 어땠나요.

정신과 물질

김주영 북한이라…… 우선 인상에 남는 것은 여자들. 북한사회를 유지하는 중심축이 여자라는 생각이 들어요. 김일성이 주체사상과 똑같은 반열에 놓고 강제했달까 가르친 것이 효도라더니 그 효도 전통이 뚜렷이 남아 있고. 여자들이 공사장에서 남자와 똑같이 일을 합니다, 똑같은 강도의 중노동을 아무 푸념 없이. 평양에 살며 공장을 운영하는 어느 재미동포가 그러더군요. 공장에서 여자들이 무거운 짐을 운반하느라 낑낑대는데 남자 종업원들은 쪼그려앉아서 담배나 피우고 있기에 좀 거들라 그랬더니 남자들이 '놔둬도 괜찮다, 충분히 한다' 뭐 그러더라나. 그런데 정작 여자들도 '냅두소' 그러더라는 거예요. 그렇게 똑같은 강도로 일하면서도 퇴근해서는 남편과 시어머니 봉양에 한 치도 흔들림이 없다는 거예요. 게다가 그 여성들이 어찌나 순수하고 소박한지, 내숭을 떨지 않고, 때 안 묻고. 물론 남자들도 마찬가지예요. 너무 친절한 거야.

김정환 친절하다?

김주영 그럼. 백두산에 가서 차를 타고 오르는데 도중에 "저거 무슨 나뭅니까?" 하고 물었더니 차를 세우고 내려서는 설명을 해주는데, 아는 만큼, 아는 대로 끝까지 설명을 해주는 거라. 여기서는 그 경우 물어본 사람이 되레 귀찮아지지. (웃음) 그리고 우리를 대접하려고 너무너무 애를 쓰는 거예요. 심지어 산천어를 다 먹어봤다니까. 산천어를 키우는 것만도 신기한 일인데…… 그게 훈련 때문인지 원래 소박한 건지. 둘 다일 거예요, 아마. 어쨌든 사람들이 모두 진국이라…… 그 인상이 첫째고, 둘째는 사회 전체가 일사불란하다는 것. 헐벗고 굶주리는 거는 아무리 감추려 해도 어쩔 수 없이 보이고. 사람들이 굉장히 전투적인데 그게 자의적 활력이나 에너지 때문에 그런 것 같지는 않고, 위에서 시키면 한다는 정도.

김정환 아마 북한은 쫄쫄 굶어도 체제가 유지되는, 될 수 있는, 그런 가치를 주고 있을 것입니다. 그것이 환상이든 실제든.

김주영 정신과 물질이랄까 그 둘 사이에는 상극인 면이 없지 않다고 생각해요. 저 사람들 사실 굶고 있기 때문에 정신이 저렇게 맑은 거 아닌가, 그런 생각이 든다구요. 그런데 식량이 들어가잖아요? 그러면 그 정신이 달라집니다. 자기들 방식이 좀먹게 된다구요. 정신이 풀리는 거지요.

김정환 역사 대대로 그게 정치의 문제였지요. 해결해야 할, 하지만 너무 우습게 봐서 해결에 실패한.

김주영 식량을 갖다주는 게 사실은 자본주의의 굉장한 공격이라는 말입니다. 정신을 좀먹는 공격. 이건 궤변이지만 그런 면이 있어요.

김정환 하지만 식량을 줘야지 어떡하겠어요.

김주영 물론 줘야지요. 그런데 그게 북한을 붕괴시키는 최선의 방법이라고 나는 본다는 얘기지요. 북한 얘기 하니까, 그 사람 생각이 나네. 북한 사람은 아니고. 요즘 내 소설이 좀 달라지겠구나, 그런 생각이 들게 만드는 사람이 하나 있는데.

김정환 뭐, 어차피 작가 김주영의 문학 이야기는 사람 이야기니까요. (웃음)

말의 가치

김주영 깔짝거리고 시답잖은 얘기나 하던 어떤 사람이 어느 날 보니 그렇지가 않더란 말이지. 아무것도 아닌 그런 이야기에 나 스스로 정서적으로 여과되고 씻겨지는 느낌을 받을 때가 많아요. 아, 내가 지금까지 살아오면서 좋지 않은 때가 많이 묻었구나, 그런 생각. 아, 맞아 저런 목소리가 있었지, 어릴 적 내 고향에서 듣던 목소리가 있었지, 그런 생각이 드는 거라. 그 여과되지 않은 말, 나를 여과시키는 말, 그 솔직한 말은 아무나 들을 수 없다고. 어느 학자가, 어느 명사가 그런 말을 듣겠어요.

김정환 저는 80년대 운동권에 있다가 한국문학학교를 하면서 문학하는 선생님들 만나고 나니까 정신건강이 좀 좋아지는 것 같습니다. 운동권이란 데가 늘 토론하고 의견이 갈리고 갈라서기 위해 갈라서는 경우도 있고, 그러다보면 사람이 각박해지지요. 끝까지 같이한 동지가 더 애틋한 반면, 어제의 동지가 오늘은 적이 되는 경우도 많은 것입니다. 그러다가 학교에서 선생님들을 만났는데, 평소에 자주 만나던 분들이 아니고 대개 십 년 만에 보는 경우였어요. 그런데도 작품이나 신문기사를 언뜻 언뜻 봐서 그런지 그 동안 내내 만나왔다는 생각이 들고 그게 참 신기하고 따뜻한 느낌을 주었습니다. 아, 문학이란 게 그런 맛이 있구나…… 운동권 후배들이 찾아오면 난 지금 영혼의 대화중이라고 농담을 하곤 합니다. 문학하는 분들 만난 것이 참 복이고 다행이라 생각합니다.

김주영 물론이지요. 문학하는 사람 중에 진국이 많지요.

김정환 자, 그건 그렇고. 소설 이야기 하면서 정말 최고의 이야기꾼 김주영 식으로 이야기가 이리저리 자연스레 흘러왔는데, 이제 정리를 해봅시다.

김주영 나이 육십에 이르러 자기가 자기를 능가하는 문제, 즉 김주영이 김주영을 능가하는 문제, 그리고 소설의 이야기가 이야기에게 스스로 묻는 '이야기의 이야기' 문제가 어영부영 다 나왔는데, 또 뭐가 있을까요?

김정환 표현의 극한까지 가보는 문제가 남았습니다. 표현 불가의 영역까지 자기를 몰아치는 문제……

김주영 그 세 가지 문제가 다 연관성이 있는 건데. 한마디로 고전·걸작의 문제인데. 사실 우리나라에서는 어렵지요. 너무 시대·정치적으로 흔들리고 그 흔들림에 휩쓸려 편견이 생기고 사람만 날카로워지고, 말마따나 개발도상국 아니겠어요. 하지만 노력은 해야겠지요. 앞장서서 노력하는 작가가 되어야겠고. 하지만 작가가 또 무얼 이루겠어요. 깨나

갈 뿐이지. 작가는 건축가와는 다르거든요. 그렇지만 문장의, 문체의, 끝까지 가본다는 문제는, 나도 어느 정도 노력을 해왔다고 생각해요. 과녁이 다른지 모르겠지만 문장, 단어, 그런 것들에 노력과 공을 많이 들였거든. 우리말이 갖고 있는 색채감, 그런 것까지도 표현할 수 있는 방법이 있지 않으냐, 그 가능성을 희미하게나마 보지 않았느냐, 그런 생각은 들어요. 감히 말하건대 우리말을 발굴하고 말의 심오한 가치를 되살리는 데 있어 다른 작가들보다는 비교적 많이 노력한 편입니다. 그게 사실은 굉장히 어려운 일이에요. 정치·경제 쪽으로 관심이 치중되어 말의 가치가 없어지고 훼손되고 왜곡되고 그러는 것은 정말 한 나라 문화의 중대한 결함이지요. 논리는 외국에 비해 부족하지, 뭐랄까 거치적거리기만 하고……

가차 없이 쓰는 게 문장이다

김정환 논리 자체는 별도의 영역이 있고 힘도 있는 건데, 논리를 너무 수입에 의존해서, 이분법과 논리를 혼동하는 게 문제겠지요. 그런데 말의 색채와 음악을 표현하는 것을 넘어……

김주영 음악을 들으면서 한 폭의 그림을 느끼는 경지지요.

김정환 그 경지에 달하고 온갖 표현력을 다 갖추었을 때 비로소 표현 불가의 영역과 만나고 그때 언어 표현의 한계를 뼈저리게 보여주는 것 자체가 새로운 완성 아닐까요.

김주영 그걸 누가 할 수 있겠나. 그야말로 인간이기를 포기하고 신이 되는 경지일 텐데.

김정환 우리가 글을 읽을 때, 입으로 읽지는 않지만, 그렇다고 눈으로 보는 것만은 아니지요. 마음의 귀에 자신의 입소리가 들리는 것인데, 그렇게 보면 자음이나 모음이 한두 줄 간격으로 여러 차례 반복될 때 아주 껄끄럽게 들립니다. 학생들을 가르치다보니까 내가 그것을 의식하게 되는데, 그런 기준으로 볼 때 김주영 소설문학의 '문장 소리'는 정말 놀라울 정도로 다양하고, 반복이 덜합니다. 그 소리의 다양성이 어느 정도 경지에 이르면 아까 말한 문장의 소리가 갖는 색채에 달하게 될 것이라는, 아니 이미 작가로서는 달했을 것이라는 생각이 들어요.

김주영 그건 과찬이고. 또하나 소설에서 문장은 더도 말고 덜도 말고 가장 정확하게, 말 그대로 가차 없이 쓰는 겁니다. 요즘 작가들 보면 그 기준에서 상당히 벗어난 경우가 대부분입니다. 자기도 잘 모르는 문장을 그냥 좋아서, 주제나 자기 생각과 관계없이, 그냥 근사하니까 써버리죠. 이건 도용이거나 모방일 수 있어요. 더도 말고 덜도 말고 자기 생각 그대로, 그것이 문장입니다.

김정환 진심으로 환갑을 축하드립니다. 김주영 문학에, 그리고 우리나라 소설문학에 찬란한 노년의 경지가 열리기를 고대한다는 뜻입니다.

김주영 고맙소.

우경재단 건물을 나서는 김주영은 바지품이 전보다 넓었다. 이젠 좀 넉넉하게 살려고…… 라고 그는 말했다. 우리는 택시를 타고 한국문학학교 근처 호프집으로 갔고 택시 안에서 좀 서먹해진 이야기가 거기서 질펀하게 다시 이어졌다. 김주영은 방송작가 박진숙을 찾았고 한국문학학교 학생들도 부르라고 했다. 소설가 이순원과 그 반 학생들이 좌석을 채웠고 김주영은 여러 명에게 술 사는 게 흔쾌한 듯 스스로 흥청망청 댔다. 그리고 뒤늦게 황지우와 이상국의 제1회 백석문학상 수상소식을 들고 시인 고형렬이 합류했다. 다시 흥청망청. 녹음기는 그냥 켜두었는데, 어느새 김주영은 사라지고 '불러놓고 먼저 가는 법이 어딨냐' 는 박진숙의 목소리가 뾰로통 튀어나오더니 고형렬이 대신 대단원의 막을 내린다.

"우리는 허무를 위해, 소용없음을 위해 산다. 그런데 그게 아름답다……" 잘 자라 문학하는 벗들. 나는 그렇게 말하고 녹음기를 껐다.

(『신동아』 1999년 5월호)

문체가 이야기를 꾸려간다

소설가 김원우

언젠가부터 우리 문단에는 '장편소설 미학'을 협살하는 풍토가 조성되었다. 그건, 지면 사정이나 경제적 조건, 혹은 '골때리고 길기까지 한' 글을 안 읽는 대중독자의 수준과도 연관이 있겠지만 보다 근본적인 것은 비평문화 풍토와 작가의 역량이겠다. 단편이나 중편보다 규모가 늘어나는 만큼 '미학=세계관'의 폭과 깊이가 넓고 깊어져야 하는 작가 역량의 문제와, 그런 장편을 위한 분위기를 만들기는커녕 '단편=순문학/장편=대중문학'의 이분법을 방조하고 심지어 '게으름으로 강요'하는 비평 역량의 문제. 이런 정황 속에서 가장 혹심하게 가위눌리고 있는 작가 중 한 사람이 김원우고, 진정한 '장편적 미학'(미시적이건 거시적이건)을 갖춘 장편소설 문화의 창출이 우리 문학의 수준을 높이는 데 관건이라면 김원우의 '중편들'이야말로 관건적인 작품이다. 서양의 경우 19세기는 '거시적' 장편의 전성기였다. 당시 사회구성체 수준과 '문체=이야기' 수준이 딱 들어맞았던 결과다. 20세기 들어 '현대'의 내용이 파격적으로 난해해지면서 장편은 위기를 맞았으나 특히 토마스 만, 제임스 조이스, 프란츠 카프카 등의 '미시적' 장편들에 의해 생명을 연장받게 되는데, 이때 '미시성'은 이야기가 문체를 거느렸던, 혹은 문체가 이야기를 담지했던 상황을 '문체의 이야기' 혹은 '문체=이야기'로 극복하면서 현대의 고독과 실존의 '난해=고통'을 전유하는 것에 다름 아니었다. 이런 장편 전통은, 엽기 혹은 이단 정도로 '취급=대우' 받을 뿐 뿌리를 내리기는 어려웠다.

김원우 소설집 『객수산록』에 수록된 '중편'들은, 내가 보기에 분명, 그런 장편을 지향한다. 그것도 카프카와 정반대로, 아주 멀쩡하게, 멀쩡함 속으로. 멀쩡함과 잡다의 깊이 속으로(하긴, 이제 와서 카프카를 멀쩡 안 하다고 할 도리도 없지만). 그의 장편 지향은 전통적 의미의 스토리를 더욱 줄이고, '문체=문제'가 '문체=문제' 속을 파고들면서 그 파고듦이 이야기의 몸체를 '잡다=심화' 하는 방식으로 이루어진다. 그리고 거꾸로, 간단한 '메모 문체'만으로 사건들을 절묘하게 관통하고 꿰기도 하는데, 어쨌거나 스토리 라인을 정말 일직선화하면서 오히려 '미학=세계관' 총체의 규모와 깊이를 확대-심화하려는 극단적인 예술 충동을 『객수산록』 수록 작품들은 숨기지 않고 있고, 종종 여러 결의 문체가 스토리보다 훨씬 복잡하게 나타난다.

가령, 「반풍토설초」는 이야기랄 것도 없는 동작선 도중에 사회 분석도 하고 잡다한 세속 일상 감정도 적고 울분도 터뜨리고, 그러다가 이런 결론에 도달하는데, 놀랍게도 소설 논리와 미학 양면에서 적확하다. 아니, '철학=미학' 의 차원에 달하고 있다. "믿기지 않아. 있어야 할 자리에 다른 것이 앉아 있어. 무슨 설화(說話)의 세계 같잖아." "근대소설이 아니라 신화나 전설 같은 거요?" "그것보다는 좀 낫겠지만. 저렇게도 살고 이렇게도 사는 것이, 이 삐걱거리는 공존이 겉으로는 일단 조화롭긴 한데 차곡차곡 돌계단이나 밟아가는 이쪽도 왠지 사기 같애." 환해진 산길이 점점 낯설게 펼쳐져서 곤혹스럽다…… '무슨 설화의 세계 같잖아' 는 기존의, 특히 낡은 선민의식을 좀체 털어내지 못하는 '소설 독자' 들의 '모범소설관' 에 대한 쫑코다. 사실 주인공이 꼭 암 걸려 죽는 '모범' 스토리보다야 현대의 잡다 속으로 소설의 몸을 펼칠 때 진정한 소설의 재미가 획득된다는. 그 다음 "근대소설이 아니라, 신화나 전설" 은 물론 과격한 반문이고, 그것을 누그러뜨리는 "그것보다는 좀 낫겠지만" 이후의 아우름과 "이쪽도 사기 같" 다는 자기반성, 그리고 결론으로, "곤혹……" 이것이야말로 '마음의 지도' 소설을 그려가는 올바른 방법이라는 강력한 주장이자 방법의 형상화다.

김정환 지금이 오후 세시인데도(2003년 1월 3일, 문학동네 편집회의실이다) 밖에는 눈보라가 짙어지더니 하늘이 새카매졌습니다. 마치 종말이라도 오는 듯싶고, 날씨마저 원우 형 소설의 무서운 진지성과 어울리는 듯해서 오늘 대담의 분위기로서는 그야말로 소설적이라고나 할까,

아주 제격입니다. 아무튼 오늘 대담은 가급적 '평론조'를 지양하고 '소설풍'이랄까, '이야기가락'으로 풀어가면 좋겠습니다. 왜냐하면 원우 형은 인품도 대체로 그렇지만 작품도 너무 근엄하달까, 목에 힘이 들어가 있어서 다들 그 정색한 진지성에 진절머리를 내고 있거든요. (웃음) 이런 자리에서까지 독자들을 실망시킨다면 서로 피곤하고, 이래저래 낭비가 심하겠지요. 각설하고, 저는 예술가를 만나면, 소설가도 예술가이기는 할 테니까요, 제일 궁금한 게 하나 있습니다. 가령 자신이 장차 예술가로 입신할 어떤 예감이랄지, 그런 첫 경험이 있었는지, 그게 도대체 어떤 것이었는지 따위부터 묻고 싶습니다. 말하자면 어떤 첫 경험이 어떤 식으로 총체화되어갔는지 하는 것입니다. 미학 용어를 잠시 빌리자면 '예술적 전유의 쾌감' 같은 것 말입니다. 작년에 책으로 묶여 나온 김원일 선생의 회갑 기념 문집 『김원일 깊이 읽기』를 보니 가난한 집안 형편과 친형님의 영향이 컸다고 씌어 있던데 어땠습니까?

김원우 벌써 '평론가풍'이 여실한 것 같습니다. 형님의 영향 운운은 나중 일이고, 좀 병적인 잠버릇은 있었습니다. 6·25전쟁이 나서 한동안 쫓겨다닐 때, 월북한 아버지의 행방을 탐문한답시고 경찰들이 수시로 덮치고 어머니를 지서로 데리고 가서 추달하는 그런 곡경을 치르던 시절이었습니다. 그즈음 어머니는 누님과 형님, 동생은 고향 진영의 할머니에게 맡겨놓고 나만 데리고 당신 고향인 울산으로, 대구로 피난살이를 하면서 이런저런 살 궁리에 여념이 없을 때인데, 그때 일가친지들의 방에서 어머니 곁에 누워 잠을 자려면 천장의 사방연속무늬가 왜 그렇게나 무슨 쓸데없는 생각들을 이어가게 했는지, 지금도 생생히 떠오릅니다. 이를테면 사람이 나고 죽고, 나고 죽고 한다면 이 우주가 장차 어떻게 될까, 언젠가는 그런 되풀이에도 그야말로 종말이 있을 거 아닌가, 내가 죽고 나서도 이 세상이 몇천 년, 몇만 년이나 더 이어진다면 나라는 미물이 얼마나 답답할 것인가 같은 생각을 줄기차게 해댔습니다. 불과 대여섯 살 때인데 내세 같은 말이야 상정했을 리 만무하지만. 도무지 잠을 이룰 수 없었습니다. 잠이 안 와요. 선천적으로 잠이 없는 체질이지 싶습니다. 요즘도 대구 숙소에서 하룻밤에도 서너 번씩 깨고, 서너 시간쯤 자는데도 이럭저럭 버티거든요. 별의별 공상을 다 이어가지요. 낮 동안 썼던 문장도 외우고, 전후 문맥에서 빠뜨린 대목도 챙기고, 내일 쓸 문장도 여투고, 그러다보면 허리도 배겨오고 심신이 고루 파김치가 되는데도 잠이 잘 안 와요. 아마 프로이트 같은 양반이라면 이런 이상체질도 임상실험의 대상으로 삼아 어떤 '기질적/기능적' 장애요인을 발겨낼 수 있을지 어떨지. 잠버릇도 유전인 것 같습니다. 저희 어머니도 낮 동안 그렇게나 열심히 일했음에도 밤새 잠을 못 이뤄 뒤척거리고 했거든요.

김정환 조금 더 쉽게 풀어가지요. 지금도 기억에 완강히 남아 있는 이 세상과의 감각적 첫 접촉에는 어떤 장면이 있습니까?

김원우 지금도 생생한 장면으로는 동국대학 후문 들머리께, 퇴계로변에 우리집이 있었는데, 그 언덕 너머에 그 당시 국무총리 공관이 있었습니다. 6·25전쟁이 터지기 직전입니다. 그 공관 건물을 내가 직접 보지는 않았던 듯하고 기억에도 없는 걸 보면 그 말은 어머니나 형님께 전해들었던 게 기억화되지 않았나 싶지만, 그 언덕배기에 피어 있던 환한 호박꽃은 지금도 생생히 떠올릴 수 있습니다. 제가 어릴 때 울음이 길어서 한번 터뜨렸다 하면 하루 종일 울다 그쳤다 하기를 반복해서 그 언덕배기에다 내버려두곤 했던 모양인데, 모래알이 환히 드러날 정도로 깔끔하게 만들어져 있던 높다란 시멘트 계단도 기억나고, 왕십리로 피란 갔을 때 살던 집의 엉설궂은 대문짝도 지금까지 잊혀지지 않습니다. 그 주인집 대문짝 밑에는 개새끼들이 들락거릴 수 있을 정도로 커다란 구멍이 나 있었습니다. 만으로 세 살 전후의 기억들이고, 지워지지 않는 장면들입니다.

김정환 그런 장면, 사물들이 이야기의 그물망을 자발적으로 짜가고 있다는 느낌입니다. 제 경우는, 태어나서 일 년도 채 안 됐을 것 같은데, 물론 착각인지도 모르겠습니다만, 어쨌든 도마 위에 놓인 생선 아가미에서 솟는 피가 생생한 장면으로 남아 있습니다. 칼로 저며진 그 생선 토막이 안 잊혀집니다. 그후 몇 년 동안의 기억은 하얗게 비어 있는데 말입니다. 소설가가 되기로 작정한 직접적인 계기는 무엇이었습니까?

김원우 이미 어떤 매체에 글로도 썼습니다만, 고등학교 이학년 겨울방학 때 형님이 읽고 내물린 토마스 만의 『사기사 펠릭스 크룰의 고백』을 우연히 붙잡은 게 결정적인 계기였습니다. 그전까지 학교 도서관에서 정음사, 을유문화사에서 발간한 세계문학전집도 여러 권씩이나 읽었고, 그 당시 한창 인기를 누리던 한국 작가들의 소설들도 빌려서 밤새

삼사백 쪽을 독파하곤 했는데, 그렇게 난독을 한 텍스트 중에 지금껏 그 내용이나마 떠올릴 수 있는 작품은 역시 토마스 만의 그 미완성작밖에 없습니다. 알다시피 그 작품은 화자가 군대 징집을 피하려고 엄살을 피워대고, 호텔 보이로 취직해서 부르주아 계급의 사생활을 미주알고주알 엿보면서 그 치부 까발리기를 주저리주저리 엮어가는 회상기 형식인데, 우선 길다란 수식어를 한아름씩이나 끌어다대고 있는 그 만연체 문장에 반했습니다. 지금은 그 디테일도 깡그리 다 잊었습니다만, 두 모녀가 줄잔가 무슨 끈인가로 허벅지 사이즈를 서로 재서 비교하는 장면이 있었던 것 같습니다.

김정환 모녀가? 그거 적잖이 섹시한 광경인데요. 고등학교 이학년 때라면 사춘기인데 가슴이 울렁거렸겠습니다.

김원우 전혀 그렇지 않았습니다. 토마스 만쯤 되면 그런 장면도 선정적으로 그리지는 않지요. 토마스 만의 남녀관계 묘사는 대체로 고상하고 점잖습니다. 최근의 한 연구에 따르면 토마스 만이 호모였다니까. 『마의 산』만 하더라도 딱 한 장면이 나오는데 그것도 옆방에서 내지르는 여자의 신음 소리를 들었다는 정도입니다. 폐병 같은 소모성 질환을 앓는 사람들이 색을 더 밝힌다는 것은 정설인데, 또 토마스 만이 그것을 모를 리 만무하건만 시간이 이렇고 인문주의가 저렇고 가문비나무숲이 어떻다 따위를 장황하게 늘어놓습니다. 그 장광설이 실로 장관입니다. 경상도 말로는 그런 변죽 울리기를 '뒤비쫀다'라고 하는데, 대가들은 대체로 그렇게 이야기를 풀어가는 듯합니다.

김정환 그 사기꾼 이야기는 어떻게 됐습니까?

김원우 토마스 만이 이야기를 이렇게 풀어갑니다. 엉뚱한 이야기를 한참이나 끌어다대고 말이지요. 아무튼 그 사기꾼의 고백이 너무 재미있었습니다. 그 치렁치렁한 중문·복문의 일대 코러스가 왠지 그렇게 좋았습니다. 아마도 그때 벌써 그런 문체가 내 호흡과 맞았던 게지요. 번역문 자체가 아주 유려했습니다. 단어들마다 종성이 부딪치지 않아서 술술 읽혔어요. 어휘 자체도 아주 풍부했고요. 거짓말이 또다른 거짓말을 만들어가는 그런 사기 행각에 대한 해설·설명·묘사가 너무 그럴듯해서 그때까지 읽었던 다른 소설들이, 특히나 한국소설들이 너무 유치해 보여서 시쁘집디다. 후딱 읽어치우려니까 서운해서 아껴가며, 그야말로 음미했던 기억이 지금도 남아 있습니다. 그런데 토마스 만의 그 작품만은 그때 한 번 읽고는 그후에 다시 읽어보려고 꽤나 벼르고 했건만 책을 못 구했습니다. 아마 국립도서관 같은 데는 소장하고 있을 텐데, 게으른 성정 탓으로, 만사가 시드럽고 꼼짝하기 싫은 후천적 정서 때문에……

김정환 말이 나온 김에 문체 이야기를 좀더 해보지요. 원우 형은 염상섭을 과찬하는 좀 중뿔난 습벽도 있는 것 같고, 염상섭의 그 소위 경아리 만연체를 부분적으로 닮고 있다는 일부의 지적도 쓰다 뗣다 하지 않고 감수하고 있지 않나 싶은데, 염상섭을 집중적으로 읽은 것은 언제부터입니까?

김원우 이야기가 좀 길어집니다만 '내 식으로' 라면 교만하게 들릴지 모르겠으나 어쨌든 소설이란 걸 어떤 식으로든 한번 써봐야겠고, 등단이라는 객관적 평가도 받아야 했으므로 70년대 중반, 그전까지 치면 제대하고 나서부터 단편을 일 년에 한 편씩 써서 매년 신춘문예에 투고도 해봤으나 번번이 떨어졌어요. 오로지 투고용으로 단편을 네 편쯤은 썼던 것 같고, 장막희곡도 이백오십 매쯤 되는 걸로 한 편을 탈고해봤습니다. 물론 어느 것이나 본심에도 못 올랐어요. 요즘 말로 열을 받았지요. 그래서 이래서는 안 되겠다 싶어 중편이나 한 편 써서 마지막으로 투고질을 해보고, 그것도 안 되면 여러 형편 때문에 그때까지 엄두를 못 내고 있던 공부라도 좀더 다부지게 해서 문학평론을 써볼 작정이었습니다. 그런데 지금 생각하면 어설프고 한심한 작품인데 최인훈 선생께서 제 졸작을 그나마 곱게 봐주셔서 간신히 턱걸이로 등단은 했습니다. 돌이켜보면 정말 진땀이 빠작빠작 배어나오는 장면입니다. 알다시피 문학이란 건 나이가 곧이곧대로 말하는 분야인데 젊은 시절의 작품이란 게 한마디로 치기 덩어리일 뿐이니까 그렇습니다. 물론 대가들은 싹수부터 다르지만 토마스 만이나 횡보도 초기작 몇몇은 엉성합니다. 아무리 뜯어읽어봐도 쓸데없이 장황하기나 할까 무슨 말을 하고 있는지 종잡을 수 없는 작품도 있습니다. 이를테면 소위 서사라는 것이 팽이처럼 제자리에서 뱅글뱅글 맴만 도는 작품도 없지 않다는 지적입니다. 어쨌든 등단을 하고 보니 심정적으로 뭔가에 옥죄인달까 부끄럽달까 기분이 아주 묘해집디다. 쉽게 말해서 곤혹스러워졌습니다. 소설이든 시든 문학이란 게 이 세상을 제 나름으로, 곧 남과 다르게 봤다는 존재증명 같은 것이고, 그것이 바로 독창성일 테지요. 그것이 없다면 누가 이미 다 써먹은 것을 주인공 이름이나 바꾸어 동어반복한 것에 지나지 않을 테니 말입니다. 그래서 선배 작가들이 이미 노래한 가락만은 피해야 되지 않나 싶은 자각이 저절로 들었습니다. 그래서 읽어봤습니다. 춘원, 동인을 읽었는데 너무 따분해서 곧장 작파했습니다. '이건 아니다' 라는 가치판단이 거의 생리적으로 와 닿았습니다. 말하자면 어떤 코드가 나와는 안 맞았습니다. 박태원, 채만식도 읽어보니 진지성에서는 훨씬 본격적이긴 했어도 어딘가 여기(餘技)로 썼달까, 제멋에 겨운 프로페셔널리즘이 노골적으로 엿보였습니다. 그 밖에도 거론할 선배 작가들은 많지만 다 생략하기로 하고, 횡보의 『삼대』를 읽었습니다. 『여원』의 부록으로 나온 녹두색 표지에 2단 종조 조판의 책이었습니다. 분명히 좀 달랐습니다. 횡보의 독보적인, 어휘 취사에서부터 수집가적인 일대 성취를 보인 그 문체도 제 취향과 맥이 통하는 듯싶은데다 그의 시각 자체가 무엇보다 당당했고, 숙독을 해보니 일종의 아이러니라고나 해야 할 현실적 감각 일체의 세목화가 아주 그럴듯했습니다. 달리 말하면 당대의 정치적, 사회적, 경제적, 일상적 제반 여건을 꿰어나르는 그의 안목에는 다른 작가들에게는 없는 어떤 함의가 넘실거렸습니다. 다들 말하는 대로 웅숭깊고 돌올하지요. 어쨌든 그의 독창성이 뚜렷하게 돋보였고, 지금도 이 생각에는 변함이 없습니다. 아무튼 횡보를 부분적으로나마 알고 나니 내 소임이라면 좀 우습게 들릴 테고 내가 갈 길은 어렴풋이나마 보이는 것 같았습니다.

김정환 그러나 토마스 만과 염상섭이 문체로는 상당한 유사점이 있는지 모르지만 기본적으로는 차이가 엄청 클 텐데요.

김원우 크다마다지요. 내가 아는 한 아주 다릅니다. 문체도 길다는 것이나 근사할까 전혀 다른 맥락이고, 두 양반의 문학세계나 그 성취도 비교급일 수는 없지요. 우선 독문학과 한국문학의 역사적 콘텍스트가 딴판이니까요. 말을 하기로 들면 끝이 없지만 발표 형식마저 너무 달라서 횡보의 중요한 가작들은 대개 하루하루 지면 채우기에 급급할 수밖에 없었던 신문 연재 형식이었으나 토마스 만의 작품들은 대개가 몇 년씩에 걸쳐서 쓴 전작 형식이었습니다. 이 대목은 두 사람이 겪은 당대의 정치적 상황, 문화적 환경, 사회적 처신 이상으로 중요하고, 누가 말했듯이 만사의 물적 토대, 곧 경제적 형편과 그 전반적 여건이야말로 작품의 질적 가치마저 철두철미하게 강제한다고 보아도 무리가 없을 것입니다. 양은 물론 논외입니다. 그것은 개인적 열정, 노력이나 세평·문운 같은 일상, 각자의 경험과 관심사와 역사적 인식으로 뭉뚱그릴 수 있는 일체의 생활세계 따위와도 무관하지 않을 테고, 두 양반 다 양으로는 당대의 누구와 견주어도 손색이 없습니다. 사실상 양도 좀더 찬찬한 분별력을 들이댄다면 두 양반의 작품들마다 그 차이가 두드러집니다만.

김정환 두 양반의 문체야 그렇다 하더라도 이야기 그 자체의 그릇 모양새와 그것을 풀어가는 형식도 많이 다를 텐데요. 서사양식의 전통도 워낙 다를 수밖에 없으니 말입니다. 더욱이나 우리 쪽의 사회구성체론과 그것들의 수준이 상대적으로 미미했을 것은 뻔하기도 하고요.

김원우 많이 떨어지지요. 한쪽만 말해야겠습니다. 제가 토마스 만 전공자도 아니고 그의 원서는커녕 번역서만 겨우 읽었을뿐더러, 도무지 우리말이 안 되는 엉터리 번역본 몇 작품은 몇 번씩이나 읽다가 도중하차한 형편인데다 우리나라에도 토마스 만 연구자들이 워낙 많아서 주제넘게 나서기는 뭣합니다. 그러나 두 양반 다 정치적 격변기를 온몸으로 살아냈다는 공통함수는 있는 셈입니다. 한쪽은 비스마르크의 근대국가 완성과 바이마르공화국을 거쳐 나치 치하의 박해로 망명생활을 했고, 이쪽도 한말과 일제 치하, 만주에서의 좀 어정쩡한 망명생활을 거쳐 해방공간을 살아내다 6·25전쟁 때는 종군하기도 했습니다. 두 양반 다 여러 점에서 정치적인 인물이었고, 학력도 부실했으나 대단한 노력가들이었던 것도 사실이지만, 횡보 쪽은 정치적으로나 경제적으로나 안팎 곱사등이였습니다. 우리 쪽의 경우에는 특히나 모든 문인이 대체로 민족주의자이지 않나 싶은데, 횡보는 아주 점잖은 민족주의자였고, 토마스 만의 세계시민적 의식에까지는 미치지 못했으나 이태준의 납작한 조선 기리기 취향보다는 훨씬 양질의 국제적 감각도 가지고 있었으며, 좌파나 극우 쪽에 대한 시각에서도 토마스 만처럼 극단적으로 편향적이지는 않았습니다. 그런저런 차이가 횡보로 하여금 역사소설을 안 쓰게 만들었을 테고, 저쪽은 심도 깊은 패러디 작업은 물론이거니와 심지어는 기독교의 설화를 소설화하는 경지로까지 나아갔을 겁니다. 엄청난 차이지요. 더욱이나 토마스 만의 전반적인 작품세계가, 곧 그 아우라가 모범적, 정론적, 세계사적이라면 횡보는 국지적, 반론적, 예외적이랄 수 있습니다. 한국어만 죽기살기로 부둥켜안고 뒹굴었지 옳은 근대국가라는 실체를 횡보는 구경도 못 했으니까요. 이런 차이가 두 양반의 그릇의 크기를 정확히 구별지어버립니다. 억울하지요. 분해도 어쩔 수 없습니다. 그런 억울감이 횡보 작품의 행간에는 자욱하고, 그게 볼 만합니다. 가령 횡보 당대의 가정, 혼인, 여자, 공부 따위를 대단히 생동감 있게 펼쳐 보입니다. 물론 통속적 취향도 많지만 횡보는 오늘날의 사이비 결혼제도를 아주 본질적이다 싶게 통박도 하고, 여성 일반의 정체성 찾기를 요즘의 페미니즘 시각 못지않게 드세웁니다. 요즘 페미니즘 운운하는 이 땅의 이론들이나 소설들은 대개는 횡보보다도 못하고 엉터리들이 너무 많아서 옥석을 구분할 것도 없습니다. 요컨대 횡보를 안 읽은 평론가나 소설가의 안목을 저는 신뢰하지 않습니다.

김정환 읽었는지 안 읽었는지 어떻게 압니까?

김원우 알지요. 횡보론을 썼든 안 썼든 횡보를 제대로 읽은 사람이라면 글을 그렇게 쓸 수는 없을 겁니다. 그런데 누구한테 들은 말인데 독일에서도 요즘에는 토마스 만을 읽는 독자가 전무하다고 합니다. 서점에라도 가보면 손도 안 닿는 천장 밑에다 그의 전집을 꽂아두고 있다대요. 거기도 사람 사는 데니 별수 없겠지요. 요즘 누가 토마스 만을 읽겠습니까. 독자들로부터 홀대받는 면에서도 두 양반은 똑같습니다. 더욱이나 횡보 쪽이 더 불행한 것은 그의 책치고 옳은 텍스트라고 할 만한 게 한 권도 없다는 사실입니다. 적어도 내가 읽은 판본으로는 그렇습니다. 모르지요, 유종호 선생님의 어떤 횡보론을 보니 초간본을 텍스트로 삼았던데, 그것은 제대로 만든 책인지 어떤지 저로서는 안 봤으니 알 수는 없습니다. 저는 책 모으는 취미도 없고 진짜 판본을 구해 읽는 수고도 마다하는 얼치기이니 전공 운운하기도 남부끄럽습니다만. 말이 나온 김에 덧붙이면 명실상부한 횡보 전집도 못 꾸리고, 지리부도책도 옳은 게 없는 나라에서 글을 쓴다는 작업 일체가 사치거나 허영일지도 모릅니다. 그런 의미에서도 저는 오늘의 우리 출판계를 바로 보지 않습니다.

김정환 이제 두 양반 이야기는 고만 하지요. 너무 빽빽합니다.

김원우 좀 고리타분한 것은 사실입니다. 그래도 두 양반의 성실하고 정직한 면면은 배워야 합니다. 특히 횡보는 침묵할 줄 아는 미덕도 누렸습니다. 예전이나 지금이나 우리 문인들은 너무 나부댄달까 설치는 경향이 있는 듯합니다. 떼지어서 말입니다. 문사라는 것들이 일기나 편지 같은 것도 안 쓰고 싱거운 소리나 해대고.

김정환 『객수산록』을 읽어보면 우선 생경한 우리말들이 많이 나오고, 그 소위 만연체가 의미 전달상 독자를 적잖이 헷갈리게 하는데, 원우 형의 문체론 같은 강의도 차제에 들어보도록 하지요.

김원우 몇 가지 기율은 정해두고 있습니다. 이제는 기억력이 형편없어서 사오 년 전부터 노트를 한 권 만들어 적확한 우리말을 익히려고 합니다. 물론 대화에서는 사투리도 쓰지만, 가급적이면 이희승의 『국어대사전』에 등재되어 있는 표제어만 사용하려 하고, 근대어·외국어도 쓸 데는 써야 한다는 원칙은 지키려 합니다. 단문을 가급적 안 쓰려 한다면 어폐가 있을 테고 오문만큼은 안 쓰려 노력합니다. 비문이야 언어 관습상 어쩔 수 없이 쓸 데가 더러 있지요. 제 독서 기율을 하나 소개하면 어떤 책이라도 사전을 한 번도 안 뒤져봐도 될 정도라면 알조다 싶고, 적어도 눈에 띌 만한 문장이나 표현이 몇 개씩이라도 안 박혀 있는 책이 과연 책일 수 있는가 하는 신조는 새기고 있습니다. 토마스 만이나 횡보의 글에는 사전을 반드시 찾아보도록 족쳐대는 어휘나 기억해두고 싶은 문맥이 매 쪽마다 수두룩합니다. 아무리 나쁜 머리라도 저절로 긴장할 수밖에 없습니다.

김정환 까탈스러운 어휘 나열, 복잡한 문장, 분석적인 문체, 인문 사회학적인 문맥 따위가 넘쳐나서 일부의 독자들이 원우 형 소설을 너무 기고만장하다고, 니 잘났다고, 어려워서 골때린다며 등을 돌리고 있다는 엄연한 현실은 물론 알고 있겠지요?

김원우 알다마다요. 저도 눈치코치는 멀쩡한 사람인데요. 실은 별것도 아닙니다. 상투적인 표현은 악착같이 안 쓰겠다, 우리말 자체가 대단히 감정적이랄까 감상적인 측면이 없지 않으므로 그걸 좀 피해보고 눅여보자는 생각에서 더러는 비비 꼬는 흐름에 맡기기도 하고, 별것도 아닌 의미 캐기를 통해 어떤 명징성을 직조하자는 생각은 실천하고 있으나 부끄러운 실적이지요. 그렇긴 해도 쉬운 문장, 상투적인 문체로는 너무나 막강하고 복잡해진 오늘의 현대성 자체, 우리 사회가 안고 있는 여러 모순 및 그것의 구조화과정에 대한 해명이 역불급이지 않을까 하는 생각은 갖고 있지요. 그렇다고 내 것이 뭐 논리적인 문장이라고까지 할 것은 없고요. 아무튼 제 언어의 용량 자체가 워낙 보잘것이 없어요.

그걸 알고는 있어요. 극복하기가 어렵고 제 재주로는 안 된다는 것도 아니까 점점 더 재미없어지지요. 체념하고 사는 쪽입니다.

김정환 체념까지나.

김원우 체념이란 게 아주 편리해요. 이걸 잘만 체질화시키면 살기가 편해져요. 사람도 너그러워지고요. 알고 보면 나잇살이나 먹어가는 게 체념 쌓아가기랄까 체념 길들이기입디다. 하루에도 여러 종류의 체념 덩어리들을 적어도 열 개 이상씩은 거느리고 살아갑니다. 평상에 나뒹굴고 있는, 새카맣게 때에 전 목침처럼 말입니다. 어쨌든 내 불민·무능·천박한 문재 따위에 대한 체념은 워낙 만만해서 그럭저럭 잘 삭이는 편이지만, 독자들의 그런 반응은 정말 난처하지요. 독자도 여러 범주로 나눌 수 있을 텐데 이때껏 어떤 특정한 독자를 염두에 두고 소설을 쓴 적은 한 번도 없으니까 서로 원수지간이라 해도 어쩔 수 없다는 체념도 진작에 챙겨두고 있습니다. 다만 내 책을 펴내준 출판사 측에 늘 미안하지요. 아무래도 베스트셀러 작가들보다는 냉대를 받는 게 사실이고, 그런 눈치가 뻔하니 스스러워지고 해서 책을 내준 출판사에 들르기도 저어되고 그렇지요. 역시 만만한 게 체념인데 사람이 게을러지는 것도 사실입니다.

김정환 홍명희도 물론 읽었겠습니다.

김원우 말가락을 배우느라 두 번 읽었습니다. 지금 시중에 나도는 판본은 나중에 정독했고, 처음은 을유문화사 판본에다 한때 선시도 나름대로 편역한 모 스님이 흑석동 중앙대 부근에서 떠도는 앞부분 복사본이라면서 구해줘 읽었는데 신문 조판을 다닥다닥 짜깁기한 판본이어서 연재 당시의 제법 근사한 삽화가 드문드문 박혀 있는 것은 좋았으나 글자도 제대로 안 보이는 것이었습니다.

김정환 식민지 시대 지식인의 절망을 「날개」로 가상현실화한 시인-소설가 이상은 결코 행복했다고 할 수 없지만, 그의 문학은 심리 균열의 치열한 적나라로써 절망의 힘에 달했다고 봅니다. 한편 한학을 배웠으나 일찌감치 '민족적' 공산주의에 심취했던 소설가 홍명희는 '최고의 역사소설' 『임꺽정』을 통해 우리말의 보고와 조선 명종조 임꺽정 시대를 빼어나게 재현했고, 평생 신념을 꺾지 않고 투철하게 민족해방운동을 펼친데다 해방 후 월북, 부수상에까지 오르므로 정치적 역정 또한 행복했습니다. 하지만, 그런 생각이 들어요. 그의 작품의 미학이 식민지 현실보다 낮은 봉건제 모순에 집착하고, 그것이 혹시 거꾸로 그의 미학적 계급의식을 '농민적' 인 데 머물게 하여 그가 북한 체제의 '봉건성' 에 친화력을 느끼는 계기로 작용했다면, 그러니까 그의 '정치' 가 문학 속으로 악화되었다면, 홍명희의 정치와 문학의 '관계' 또한 결코 행복하다고 볼 수 없다는 거죠. '식민지' 의 정치 사회적 환경은 예술정신에 어떤 영향을 미치고 진정한 예술가는 그 환경을 어떻게 극복하는 것일까 하는 문제 말입니다. 특히 『객수산록』과 연관해서 홍명희 『임꺽정』의 문체는, 물론 '역사' 소설이니까 소설의 당대를 재현하지만, 또한 역사 '소설' 이므로, 집필의 당대도 반영해야 하는데(그렇게 현재와 과거 사이의 거리가 창조되고 거기를 매개로 역사와 미래 전망의 변증법이 가능해지는 거죠), 과연 그런가.

김원우 김교장이 워낙 똑 부러지게 정의를 내려서 저로서는 이렇다 하고 첨언할 것도 없습니다. 다만 북한 체제에서 최고위층에까지 올라갔다는 피상적인 그이의 정치적 이력만으로 벽초를 재단, 평가하면 좀 부실한 진단이 아닐까 싶습니다. 그이의 숨은 정치적 역량을 우리는 전혀 모르고 있으니까요. 짐작만 할 수 있을 뿐인데 그의 정치적 성공에 문학이 도구로 이용되었다는 발상도 좀 낭만주의적 해석이라면 틀린 말은 아닐 테고, 사실상 그런 낭만적 기질이 여러 방면에서 호소력이 큰 것도 사실일 것입니다. 아마도 그이의 대척점에 임화나 이상 같은 사람을 상정하는 게 오히려 벽초의 아우라 이해에 도움이 될지도 모릅니다. 임화의 문학적 감수성은 상당한 게 틀림없으나 그의 공적·사적 처신은 재능만큼이나 덜렁거렸달까, 기회포착적이어서 스스로 자신의 생애를 파탄화했다는 느낌도 없지 않고, 그야말로 이상한 실험시 같은 걸 쓰기도 했던 이상 같은 이의 소설에는 벽초의 자기 부정적 낭만성과는 또다른 임화류의 자기 변신적 낭만성이 없습니다. 물론 나이도 있어서 치기는 보일망정 말입니다. 그러니 이런 등식이 나올 수 있을 것입니다. 정치와 세상살이 쪽에서는 벽초가 노회한 어른이라면 이상은 순진한 소년이었고, 문학과 인생살이에서는 두 쪽의 그런 나잇살 서열이 거꾸로 박히지 않았을까. 실제로도 그렇게 되고 말았지만 억지 추상화라고 하면 딱히 반박할 여지도 없지만요. 그렇긴 해도 이상의 모더니티랄까, 일종의 표현주의적 기법 같은 것은 남의 것을 그대로 베꼈든 말았든 대단한 성과이자 우리 것임에는 틀림없고, 오늘날의 그 아류 같은 실험작보다는 맹렬한 열정이랄지 광기, 역동감, 공격성이 제대로 만져지는 것도 사실입니다. 하나같이 무슨 기능올림픽에라도 출전해야 제격이지 싶은 각종 인물들이 설쳐대는 『임꺽정』이야 그 말 재미와 당시의 풍속을 엿듣는 재미가 워낙 압도적이어서 막상 소설이 안 보입니다. 달리 말하면 조작미가 없습니다. 조작미의 유무야말로 이야기와 소설의 경계를 갈라놓습니다. 바로 이 조작미의 확보에서 횡보를 따를 작가는 흔치 않습니다. 조잡하달 수도 있겠으나 편지·돈가방·그림 한 점·혼인 사단 같은 디테일로 횡보는 일단 조작미를 완성해냅니다. 아무튼 횡보는 근대 내지 현대 소설을 썼던 것 같고, 당신 자신도 현대 소설가임을 의식했음에 틀림없습니다. 그걸 온당하게 의식, 행사한다는 것은 우리나라 사정으로는 아직도 쉬운 일이 아닙니다.

김정환 저는 일이 년 전엔가 박태원의 『소설가 구보씨의 일일』을 새로 읽고, 그 문체에도 놀랐지만 제임스 조이스의 『율리시즈』 서평을 읽었다든지 하는 그런 대목에서 경악을 금치 못했습니다. 그 당시 일본 제국주의가 서울 바닥에 심어놓은 세계적 문화 향유 환경을 아직도 우리는 못 따라가는 게 아닌가 하는 자괴감이 들어서 말입니다. 제국주의를 퇴치한 것은 좋은데 낭만적 민족주의의 지나친 팽배로 그 작지만 아담한 일본적 세계성에도 눈을 감아버리고, 삼팔선으로 갈라지자 소련의 사회주의적 세계성도 징그럽고, 휴전 후에는 미국의 자본주의적 세계성도 진절머리나고 해서, 결국에는 '세계성=총체성=정체성'이라는 등식이 한목에 망가져버리지 않았나, 그러니까 그런 일종의 문화적 아노미 상태를 겪다보니 약삭빠르게도 문학을 이왕 하기로 들었으니 촌놈이 유리하다는 황당하고 고집스러운 망상에 신들린 현실 속에서 내가 도대체 무엇이며, 무엇을 할 것인가를 반추해보았습니다. 촌놈은 역시 상스럽고 무식하잖아요. 무식이 병인 줄 모르는 골통들은 곤란하고 답답하지요. 그런 의미에서도 홍명희와 이상의 대비는 상당히 근사하고 적잖이 흥미로운데요.

김원우 글쎄요, 공부를 더 해봐야 무슨 엉성한 진단이라도 나올 테지만 지금 우리 문학의 현장성 및 세속성, 그 대강에 대해서 김교장이 무슨 말을 하려는지 대충 짐작은 갑니다. 문학적 순도가 높은 이상류의 인물과 정치적 순도가 상대적으로 더 짙었던 벽초형 인물의 대비를 통해 한국문학의 진정한 진흥을 모색해봐야 하지 않나 하는 어떤 전망의 개진인 듯합니다. 오늘의 우리 문학판도 정확히 그런 두 부류에다 이상류와는 또다른 횡보적 위인도 상정할 수 있겠는데 일종의 유서 깊은 적서(嫡庶)의식의 '작용/반작용'이 암류해서 서로 뿔뿔이 '진짜/가짜' 문학을 시위할 테지요. 지나친 인정주의에 지나지 않는 지역감정도 사실상 적서의식의 다른 토로이지요. 어쨌든 벽초형 명성과 성취가 작은 것은 아니지만 부러워할 것까지는 없지요. 그러니까 그런 아류적 사고 전반과 행위 일반을 우리는 극복해야겠지요. 물론 쉽지는 않지요. 우리 사회의 전반적인 성격이 돈, 경제 때문에 너무 복잡해져버렸으니까요. 분단 및 그 극복에 대한 논란은, 워낙 세계사적 문맥의 일이라, 함부로 말하기도 그렇고요.

김정환 정말 골치 아픈 난제네요. 정치판이나 문단이나 죄다 이름판, 돈판에 놀아나고 있으니까.

김원우 체념해야지요. 그게 좋은 약입니다. 다만 횡보처럼 정색은 하고서 침묵하는 기량을 육화시키기는 해야겠지요. 패배주의다, 순응주의다 해대는 겉멋 들린 공세도 이제는 이렇다할 설득력도, 호소력도 없지 않을까 싶습니다. 나라나 사회나 개인이나 마몬이 유일신이자 모범이고 지애비 이상이니까요. 또한 정치적 명성이나 문학적 명성 같은 것, 이른바 세속적 성공이야 나쁘달 것도 없을 테고 그 단맛을 싫어하는 사람이야 있을 리 만무하지만 그것의 진정한 평가는 또다른 문제이고, 그런 것이 우리의 정치적 역량과 문학적 성취에는 아무런 도움이 안 된다기보다도 거의 훼방꾼 노릇만 하고 있다는 게 희비극이지요. 남북한을 통틀어 말하더라도 우리의 정치사나 문학사의 대강을 저는 절대로 바로 보지 않습니다. 물론 나만 제대로 읽고 있다는 소리는 아니고, 문학이란 것도 그런 고집이 밑거름으로 작동하는 것은 틀림없지만 그것을 엄정하게 평가해야겠지요.

김정환 복잡한 이야기는 접어두고 살아온 이야기나 다시 하지요. 아까 들어보니 등단하고 나서부터 오히려 자기 글에 대한 책임의식 같은 걸 느껴서 남의 글을 많이 읽고, 문학 공부를 열심히 했던 것 같은데, 그 당시 실제 생활세계를 들어보도록 하지요.

김원우 하숙집에서 책은 더러 읽었지만 공부할 시간도 없었어요. 그때 한 월간지 편집장 노릇을 하고 있었기 때문에 꽤나 바빴거든요. 그 이후로도 한동안 먹고살기에 워낙 바빠서 공부를 제대로 할 짬이 안 났어요. 물론 핑계일 뿐이지만.

김정환 데뷔했을 때는 재고가 한 편도 없었나요?

김원우 무슨 말을 털어놓으라는지 대충 알겠습니다. 한 편도 없었어요. 원고지 파지 뒷면에다 깨알같이 초고를 끼적거렸다가 베껴 쓰고 나서 투고해버리면 그 초고야 보관하고 말고 할 것도 없는 휴진데요. 일 년쯤 청탁도 없었어요. 그러다가 지금은 없어진 『세대』라는 잡지에서 누가 기일 내에 원고를 못 쓰겠다고 나자빠졌다며 나한테 사흘 만에 써 내라고 했습니다. 재고가 많이 있을 테니 정리해서 가져오라는 소리지요. 그때 숙대 근방에서 하숙살이를 하고 있었는데, 잡지 편집일을 낮 동안 하고 나서 하숙집에 돌아와 배를 깔고 썼습니다. 신춘문예에 투고해서 떨어진 작품을 회상해가며 그대로 옮겨적은 셈이지요. 팔십 매쯤 됐을 것입니다. 남루한 작품인데, 돌아가신 김현 선생이 어떻게 그걸 읽었는지 재미있더라면서, 『문학과지성』에 재수록하려니까 마침 니 형 작품도 재수록을 하게 돼서 이번에는 어쩔 수 없이 빠져야겠다고 했습니다. 그 뒤부터 여기저기서 청탁도 하고 그러데요. 몇 가지 원칙을 세웠습니다. 청탁한 원고만 쓴다, 쓰기로 했으면 마감날짜는 반드시 지킨다 따위로. 잡지사에서 일해봐서 잘 아는데 청탁이 뭔지도 모르는 문사도 예상 외로 많고, 마감날짜를 죽으라고 질질 끌어가며 미루는 이상한 성정의 떠버리들을 많이 봤거든요. 어쨌든 그 이후로 이 년쯤 단편을 꽤

부지런히 썼습니다.

김정환 이때껏 동년배 중에는 그래도 많이 쓴 편이지요?

김원우 1999년 2월에 대구로 내려가기 직전까지 일 년에 책 한 권꼴로는 썼을 것입니다. 순전히 생계유지용이었지요. 청탁이 오는 대로 썼으니까요. 쓰겠다고 작정만 하고 머리를 쥐어짜면 써져요. '상상력이 별거냐, 마감날짜야말로 상상력의 동력원이다' 라는 일본의 한 문사 말이 제법 그럴듯하잖습니까. 시나 문학평론은 머리가 좋아야 하지만 소설은 머리가 나빠도 상관없어요. 몸으로 때워야 하는 육체노동이니까요. 막벌이 노동자들이야 화톳불이라도 쬐면서 잠시잠시 쉬기라도 하잖아요. 보수도 형편없고, 줄담배를 피워야 하고, 심신이 두루 허기로 복대기는 기약 없는 실직상태에다……

김정환 오히려 시야말로 머리하고는 전혀 상관이 없을 거예요. 소설은 머리 수준과 상관없이 공부도 좀 해야 할걸요?

김원우 아무리 해봐야 역불급이지요. 한다고 되는 것도 아니고, 막상 공부해서 써먹을 것도 일 퍼센트나 될까 말까 하고, 젊을 때는 공연히 같잖은 허세나 부리다 말지요. 남의 것이든 지 것이든 그것들과 견주어 쓰는 작품마다 구태의연이라도 피해나가고 동어반복이나 안 하면 다행이지요.

김정환 먹고사느라고 한동안 쓰기 싫은 잡문도 많이 썼지요? 원우 형이 대표적인 케이스가 아닐까 싶은데요.

김원우 대표적이라면 너무 과분하달까 과격한 말 같고, 많이 썼어요.

신문 칼럼, 서평이라기보다도 독후감 쓰기, 사사 집필, 이름을 밝히기는 좀 뭣하지만 작고한 재력가 두 양반의 전기 써주기, 남이 써온 사사나 잡문을 감수한다기보다 뜯어고치기, 지금도 그 잡지가 나오는가 모르겠는데 한때 한 모 사장이 아주 꼼꼼하게 만들었던 『샘이 깊은 물』이라는 잡지에는 신풍토기행 같은 장르도 일 년 반쯤 써대곤 했어요.

김정환 사사나 전기야 어쩔 수 없다 치더라도 여행기 같은 것은 형 이름 박아서 책으로도 묶어낼 수 있잖아요, 못 본 것 같은데요?

김원우 원고료를 받았으면 그뿐이지 그런 걸 책으로 묶어 어디다 쓰게요? 책이란 게 나름대로 이 세상을 깔끔하게 정리하자는 건데 오히려 어지럽히면 되겠어요? 물론 지나가는 말로 하는 소리고, 첫 소설집을 묶고 나서 앞으로 소설이 아닌 다른 장르의 내 책은 안 갖겠다고 맹세해서 그래요. 어쩌다 맡은 현재 생업이 대학 접장이라서 앞으로는 만부득이 그 맹세를 깨야 할지 모르겠어요. 횡보론과 그 곁다리 같은 것도 모으면 얼추 책 한두 권은 되지 싶으니까. 정리하려니 귀찮아서 엄두를 못 내고 있지만요.

김정환 그런 주문생산용의 잡문을 쓰다보면 발주자 측에서 원우 형의 문체를 좀 뜯어고치자고 안 하던가요?

김원우 칼럼 같은 것은 손을 조금씩 대고, 전기도 긴 문장은 줄이고, 접속사를 넣어 엉터리 구문으로 짜고, 분지르고, 칼질을 하데요. 그러면 그런갑다 여기고, 내가 다시 손볼 수 있으면 적당히 고쳐주고 했지요. 몇 번 경험해보니 그 짓에도 요량이 생겨서 내 소설 문장과는 전혀 다른 문장이 그냥저냥 의미는 통하게 써집디다. 아까 말한 그 이름 긴 잡지에서는 어떻게 봤는지 내 문장을 토씨 하나도 손질 안 했습니다.

김정환 지독하시네요. (웃음) 글쓰기에 글땜질이 직업이라니, 글판에도 애프터서비스가 있다는 걸 오늘 처음 듣네요. 직업 말이 나왔으니, 원우 형 표현대로라면 대학 접장이라는 생업을 맡고 있는 근황이나 듣지요. 제가 운영하는 한국문학학교에서 오 년 동안 한 번도 결강 없이 일 주일에 한 번씩 나와 문청 문소들의 습작품을 지도하는 걸 저도 엿들었는데, 원우 형은 창작에 대한 열정 이상으로 학생들 지도에도 정열적인 걸 그때 알았습니다. 그런 두 생업의 양립, 조화가 대구 계명대에서도 물론 잘 이루어지고 있을 테지요? 『객수산록』에도 대충 그려져 있기는 하던데, 우선 대학 접장 노릇을 하게 된 계기부터 듣도록 하지요.

김원우 많이 이죽거리고 더러는 희화화하기도 했지만 대체로 그 책에 씌어 있는 그대로입니다. 대구로 내려가기 직전 오 년 동안, 김교장도 대충 짐작하듯이 내 삶이란 것이 워낙 형편없을 정도로 궁했습니다. 막판에는 사람이 좀 이상해졌습니다. 대인기피증도 심해졌고, 아무튼 그때의 구질구질한 내 사정은 생략하기로 하고요. 정말 아무런 대책 없이 막막한 나날을 개개며 명색 집필실에 죽치고 있었는데, 하루는 문학평론가 정호웅 교수가 전화로, 선생님 취직하십시오, 이러면서 대구의 모 대학에서 교수요원을 뽑는다는 공채공고가 인터넷에 떴다고 그럽디다. 꼼짝하기도 싫은 판이라 귀 밖으로 흘려듣고 있으려니 연방 전화를 걸어 무슨무슨 서류를 챙기라고 떠다밀고, 그때 대구에서 재직하고 있던 서경석 교수도 온갖 주문, 지시들을 디밀며 설레발을 쳐대서 거의 떠밀려서 내려가게 됐습니다. 우연히 그렇게 제2의 생업이랄지가 궁즉통으로 굴러왔습니다.

김정환 원칙도 잘 세우고 맹세를 한번 하면 실천도 잘하시는 것 같은데 대학 접장 노릇하면서 불문율 같은 것은 정했습니까?

김원우 정했지요. 시인들은 예외지만 우리의 선배 작가들이 대학에만 가면 소설을 잘 안 쓰는 경향이 있는 것 같아서 나는 안 그러겠다고, 일 년에 단편이나 중편을 꼭 한 편씩이라도 쓰자고 맹세했습니다. 그러나 막상 재직해보니 가당치도 않았습니다. 교수요원이 칠백 명쯤 되는 학교라서 그런지, 아마 서울이나 지방의 다른 대학들도 마찬가지지 싶은데, 오늘날의 우리 대학들이 너무 비대해져 있고 꼭 그만큼 관료화되어 있어서 잡일을 많이 시킵디다. 그래서 학기중에는 글을 한 줄도 못 쓰고, 방학중에나 겨우 엄두를 내고 그렇게 됐습니다. 아까도 말했다시피 소설쓰기는 막노동꾼 이상으로 육체노동이고, 단기간에 집중력을 발휘해야 하는 일종의 한시적 도급공사 같은 거지요. 나이가 들면 힘도 부치고요. 애초의 그 맹세도 온갖 변명을 끌어다대며 시나브로 개맹세로 만들어야 될라나봅니다.

김정환 이것은 안 물어봐도 되는데, 이왕 말이 나왔으니까, 대학생들에게 본격적으로 문학이론, 글쓰기를 가르치면서 자극이나 도움을 받는 부분은 없습니까. 무얼 어떻게 가르치는지는 나야 안 봐도 훤히 알겠으나 더불어 첨언도 해주시지요.

김원우 주마간산으로 말하고 말지요. 자극은커녕 오히려 방해나 안 됐으면 다행이지 싶구요. 문학이론이야 이런 자리에서 어떻게 가르친다 만다 언급할 것도 없이 몇 종의 책들을 참고해서 그 속에 있는 알맹이들을 내 식으로, 일방적으로 설명해주고 말며, 질문 같은 것은 하지 말라고 합니다. 질문다운 질문도 못 들어봤거니와 나도 긴가민가하는 대목이 워낙 많은데다가 말이 길어지면 시간 낭비가 심해지니까요. 습작 실습시간에는 주로 문장의 잘잘못이나 꿇아주고 합니다. 오문·비문을 밑줄 쳐서 왜 잘못됐나를 설명하고, 어휘 취사에는 공연히 허영을 부리지 말라고 호통도 치고 그러지요. 정말 고역이지요. 매일같이 철딱서니 없는 습작을 꼼꼼히 읽어놔야 명색 강의라는 것이 되니까요. 학생들 습작을 읽는다는 것도 독후감을 서너 줄 적어가서 당선작을 골라내는 그런 심사와도 달라요. 작년 연말에 김화영 선생을 무슨 볼일로 오랜만에 만났더니 제 근황을 듣고는 그러지 마라, 그러다 멍들어 접장질 오래 못 한다, 대충대충 해야 명강의 소리를 듣는다 그럽디다. 우스갯소리가 아니라 여러 실례까지 들어가며 그러길래, 내 속으로 나한테 그런 재주가 있다면 벌써 딴 길로 접어들어 성공했지 학생들 습작을 뜯어읽고 앉았겠나 하고 체념했어요. 말이 또 샛길로 빠졌네요. 소재 잡기나 이야기 풀어가는 방법으로는, 세상을 제대로 읽을 줄 알으라는 당부만 디밉니다. 가령 농촌을 다룬 습작품을 보면 오늘날의 농촌 삶이 신문의 사진이나 TV에서 자주 보는 화면처럼 그렇게 눈이 시원한 풍경은 없다, 무슨 여행시나 사물시처럼 어쩌다 그 앞을 지나치는 행인의 시선으로 봐봐야 수박 겉핥기다, 실제로도 그렇게 아름답지도 않을 것이다, 그 속에서 영일 없이 폭폭하게 살아가는 주민들이 그들의 삶을 훑고 가는 낯선 시인이나 TV 카메라맨들을 얼마나 우습게 보겠냐, 그러니 그런 국외자 방관자의 안목은 전적으로 시대착오적이다, 라고 들려줍니다. 내가 아는 한 오늘의 우리 농촌은 이제 성풍속 하나만 논란거리로 삼는다 해도 도시보다 훨씬 다채로웠으면 다채로웠지 못하지 않습니다. 좋든 나쁘든 차도 다들 굴리고, 비닐하우스가 골골마다 끝 간 데 없이 펼쳐져 있습니다. 농한기 같은 게 없어진 지도 오래됐고요. 먹고사는 생업 이야기는 이것으로 대충 그만 하지요. 따분하니까요.

김정환 앞으로 쓸 이야깃거리를 미리 풀어놓으라는 것도 생업 방해일 테고요. 『객수산록』에 보니 방학 동안에만 연구실에 칩거하며 중편을 쓰셨던데, 중편이 체질에 맞습니까?

김원우 앞뒤 말이 통하게 머리로만 구상을 하다보면 자연히 그렇게 굴러가고, 내 문체가 또 이야기를 그런 쪽으로 작동시켜가나봅니다. 다른 목적이 있다면 몰라도 너무 장황해빠진 장편소설도 오늘의 시대적 여건과는 겉돌지 않나 싶고, 단편소설도 현대성의 다층적 면면과 정확히 상응하는 여러 담론을 쓸어담기에는 무리가 아닐까 하는 생각은 갖고 있습니다. 이야기를 간추릴 줄 모르는 부실이야 내 머리가 워낙 나빠서 그럴 테지요.

김정환 아까 잠시 말이 나왔다 미흡하게 끊어졌는데, 문인에게 돈과 이름, 곧 문명은 무엇입니까? 소설가가 소설을 섬기고, 돈과 문명이 소설가를 섬겨야 정상일 텐데, 물론 우리만 그렇지도 않겠으나 요즘은 이 주인과 노예의 관계가 철저히 뒤바뀌어 있지 않습니까? 섭섭하게 들릴지 모르겠으나 원우 형은 두 부문 다 워낙 미미한 것 같은데요?

김원우 문인이란 사람들이 정도의 차이는 있을망정 하나같이 경미한 정신병자이기는 할 겁니다. 토씨 하나를 바꿀까 그대로 놔둘까로 끝없이 망설이고 바들바들 떨다가도 막상 가장 요긴한 대목에서는 아무렇게나 써버리잖아요. 마찬가지로 하룻밤에 술값을 십이만팔천원이나 훌렁훌렁 쓰면서도 난방비가 많이 나올까봐 온 겨울 내내 방구석에서 오들오들 떨고 지냅니다. 돈도 그렇고 문명도 그렇고, 제 것을 그렇게나 아끼고 기리다가도 어느 순간 내팽개쳐버리니 순진한 어린애랄까 정신병자지요. 또 돈을 벌고 문명이란 걸 돋을새기려고 작정만 하면 못 할 것도 없지요. 쉬워요, 어렵지 않습니다. 특히 한국사회에서는 말이지요. 어떤 상품이라도 생산적 측면에서는 그런 게 있을 리 만무하지만 소비적 측면에서는 생산자나 소비자나 해프닝을 벌이게 마련이지요. 그 해프닝에 주객이 적당히 부화뇌동하면 될 테지요. 그러나 그게 싫어서라기보다 다른 게 더 재미있고 그쪽에 관심에 많으니 돈이 그걸 알고 멀리 도망가지요. 흔히 글쓰기가 고통스럽다 어떻다 하지만 실제로는 그것이 제일 만만하고, 하기 좋다기보다도 하니 해볼 만하고, 스스로 해봐야겠다 싶어서 하는 거지요.

김정환 원우 형은 문학단체의 이러저런 모임에도 일체 안 나타나고, 남의 시상식에도 얼굴을 안 비치고 그러는데 그래도 만나본 문인들 중에는 인품이랄지 작품이랄지가 누가 제일 괜찮았습니까?

김원우 왜요, 꼭 가야 할 자리에는 갑니다. 돈하고 일정한 관계가 있기는 하지만요. 여러 사람이 모인 자리는 쑥스럽고 마땅히 할말도 없어서 서로 불편해지는 것은 사실입니다. 아직 내 나이가 동업자의 인품을 품평할 그런 정도는 아닌 듯합니다. 그렇긴 해도 횡보 선생이나 김수영 시인이 좀더 오래 사셨더라면 꼭 한 번 뵈었으면 좋았을 것이라는 공상은 오래 전부터 해왔습니다. 정 모 시인의 안내와 소개로 횡보 선생 댁에는 한 번 찾아간 적이 있는데, 미망인과 맏자제분도 뵙고 두어 시간 앉아 있다 나왔습니다. 왠지 서글퍼지고 착잡해지던 기분이 지금도 남아 있습니다. 김수영 시인의 경우는 그이를 아주 잘 알고 가깝게 지낸 우인 한 분을 제가 한때 직장 상관으로 모신 적이 있는데, 그 양반이 들려준 김수영 시인의 몇몇 일화가 한편으로는 믿기지 않다가도 다른 한편으로는 그럴 수도 있겠다 싶습디다. 김수영 시인의 어떤 수필에 보면 방바닥에 떨어진 여자 머리카락을 집는 대목이 나오는데, 젊을 때 그걸 읽고는 야, 이건 뭔가 다르다, 소설을 써야 할 양반이 아닌가 하는 느낌을 받은 적이 있습니다. 김수영 시인의 동생분은, 인물이 아주 곱지요, 길에서 어쩌다가 만나면 다방에까지 갈 처지는 못 돼도 반갑게 인사 정도는 나눌 처진데 그 양반의 그 낭랑한 음성, 좀 호들갑스러운 말솜씨를 듣다보면 제가 궁금한 것을 차마 물어볼 용기는 안 생깁디다.

김정환 두 분 말고도 상당히 그럴듯한 인품들이 많을 텐데요?

김원우 많겠지요. 가짜 먹물일망정 그게 거죽에만 눌어붙어 있는 양반도 더러 있고, 머리꼭지에서부터 발끝까지 상것 티가 줄줄 흐르는 사람도 없지 않습니다. 별것도 아닌 제 자랑만 시끄럽게 떠들어대고 말이지요. 이렇다할 소용도 없으면서 아무 밥상에나 오르는 간장 종지 같은 사람도 있고요. 제가 사병으로 복무할 때, 내 앞으로 지나가는 박정희 대통령을 본 적이 있습니다. 그 양반이 그날따라 수행원이나 경호원도 없이 두어 발짝 뒤에 바짝 졸아붙어 따르는 사령관 한 명만 데리고 연단으로 올라가는 모습을 똑똑히 쳐다봤습니다. 지금도 그때 그이의 안색, 눈길, 걸음걸이, 복장 따위가 눈에 선합니다. 그즈음 웬만한 가정이면 흑백 TV를 막 들여놓곤 하던 땐데, 화면에서나 신문에서 보던 박통의 그 분위기와는 전혀 달랐습니다. 기분이 아주 묘해집디다. 내 속으로 권위 같은 것도 일체 안 비치고 양복도 안 어울리는 저 자그마한 양반이 잔뜩 거느리고 있는 저게 도대체 뭔가 하면서 말이지요. 지금도 그때 기분을 말로는 다 못 하겠고, 글로 쓴다면 오십 장은 쓸 수 있을 듯합니다.

김정환 원우 형도 대학 다닐 때 데모는 했을 거 아니에요?

김원우 두어 번 하다 말았어요. 그거 길게 했다가는 큰일나겠습디다. 제 출신이 그래서 방정맞은 예감이랄지, 쓸데없는 상상력에 주눅이 들어버렸어요. 그때도 친구 하나가 넌 비겁하다, 기회주의자다, 라고 해서 그렇다고 승복했습니다. 안 그런 사람이 누가 있겠습니까. 나는 안 그렇다는 사람을 믿지도 않고 과연 제정신인가라고 묻고 싶습니다. 솔직히 말해서 우리는 거짓말도 그렇고 아첨을 떠는 수준조차 너무 유치합니다. 토마스 만과 루카치를 보면 서로 거짓말을 하고 아첨도 떠는

데, 격조가 있습니다. 물론 두 양반 다 어디까지가 거짓말이고, 아첨인지야 알지요. 그쪽 사람들은 거짓말을 생산, 재생산하고 그것에 반론을 펴고 수용하는 제도를 기립니다. 우리는 그런 제도가 없어요. 우리 풍토에 옳은 전기문학이 없는 것은 전거도 부실하지만 거짓말을 하는 기술이 부족해서 그렇다는 게 제 생각입니다. 산문문학 전반이 다 그래요. 왜 그렇겠습니까? 언어를 정확하게 사용할 줄 아는 기량이 부족해서 그렇습니다. 어쨌거나 제가 다닌 한 지방대학도 데모를 아주 치열하게 했습니다. 1969년돈데, 삼선개헌 반대 데모로 4월부터는 아예 수업도 못 했고, 총장이라는 양반이 군화 신고 데모 말리고, 학교 주변의 언덕배기에서 사흘이 멀다 하고 쏘아대는 최루탄 때문에 눈도 못 뜨고 그랬어요. 저도 체중 미달로 신체검사에서 을 1종을 받아 방위근무를 하기로 되어 있었는데, 어느 날 뜬금없이 징집영장이 나옵디다. 내가 지금 왜 박통 말을 꺼냈느냐 하면 그 양반에 비해서 요즘 정치가들은 하나같이 어째 되다 만 건달도 아니고 무슨 삼류 탤런트 같다는 소리를 하기 위해서입니다. 통치방법론이야 어찌 됐든 한쪽이 진짜라면 다른 한쪽은 분명히 가짜예요. 그날 내가 목격한 인상으로는 분명히 그래요. 무엇보다도 얼굴에 먼저 사이비라는 게 드러나고 말거든요. 그때와 엄청 달라진 시대라는 변수를 감안하고 보더라도 그렇습니다. 서민적이다 어떻다 해대는 소리는 전적으로 다른 범주에서나 통하는 엉터리 말이고, 위엄이나 신비감 같은 걸 억지로 조장할 것까지는 없을지 몰라도 사람이라면 누구라도 가짜가 안 될 의무감은 스스로 의젓이 지켜가야 합니다. 물론 문인도 예외일 수 없습니다. 대중매체 따위의 영향력 때문에 어쩔 수 없다는 것도 하릴없는 핑곗거리일 뿐입니다. 다들 경쟁적으로, 스스로 속물 중의 속물임을 시위하고 있는 꼴입니다. 물론 이론적으로 그렇다는 소리고, 실천적인 측면에서는 누구라도 여의롭지 못하지만, 제가 잘못 보고 있다면 김교장이 한 수 가르쳐주세요. 문인이든 정치가든 왜 이렇게 가짜 천지가 되고 말았겠습니까?

김정환 천민자본주의의 득세 플러스 의사민주주의의 횡행 탓일 테지요.

김원우 거칠지만 도식적, 공식적 정답이긴 한데 그 너머의 숱한 뭔가도 그것보다 더 막강한 요인으로 작용할 것입니다. 그걸 힘닿는 데까지 발겨내는 것이 소설가라기보다는 소설의 소임일 겁니다.

김정환 또 골머리를 때리네요. 대충 고만 하지요. 중·장편소설론 같은 문학론을 더 주거니 받거니 하고 싶지만 그런 썰풀이가 다 맞고 다 틀린 말이잖아요.

김원우 문학은 다른 예술 장르에 비해 너무 과도한 명징성을 내발적으로 요구, 구축하지 않나 싶고, 그런 자기 과부하가 거꾸로 엉터리들을 확대 재생산하지 않나 싶습니다. 미술이나 음악처럼 좀 헐렁했으면 좋으련만 꽉꽉 처닫혀 있어서……

김정환 장르대비론까지나…… 속물들끼리 목이라도 축이면서 정신을 좀 차려 짚어보지요. 어때요, 잘만 정리하면 오늘 대담은 재미있을 것 같네요.

김원우 우리만 재미있으면 뭣 합니까, 독자가 재미있다 해야지요.

(『문학동네』 2003년 봄호)

문학동네 산문집
김정환의 만남, 변화, 아름다움

초판인쇄 | 2007년 10월 12일
초판발행 | 2007년 10월 19일

지 은 이 | 김정환
펴 낸 이 | 강병선
책임편집 | 오경철 최유미
펴 낸 곳 | (주)문학동네
출판등록 | 1993년 10월 22일 제406-2003-000045호

주 소 | 413-756 경기도 파주시 교하읍 문발리 파주출판도시 513-8
전자우편 | editor@munhak.com
전화번호 | 031) 955-8888
팩 스 | 031) 955-8855

ISBN 978-89-546-0403-1 03810

* 이 도서의 국립중앙도서관 출판시도서목록(CIP)은 e-CIP홈페이지(http://www.nl.go.kr/cip.php)에서 이용하실 수 있습니다. (CIP제어번호 : CIP2007003065)

www.munhak.com